사람은 무엇으로 사는가

사람은 무엇으로 사는가

톨스토이 지음 ∣ **김시오** 옮김

브라운힐
BrownHillPub

차 례

사람은 무엇으로 사는가?

한 구두장이가 아내와 아이들과 함께 어느 농부의 집에 세
들어 살고 있었다. 이 구두장이는 자기 집도 땅도 없기 때문에,
오로지 구두를 만들고 고치는 품삯만으로 살림을 꾸려나갔다.
더구나 식료품 값은 비싸고 품삯은 쌌기 때문에, 버는 것은 모두
먹을 것을 사는 데 들어갔다.

그에게는 아내와 번갈아 입는 털가죽 외투가 딱 한 벌 있었는
데, 그것마저도 낡고 해어져서 누더기가 되어 버렸다. 그래서
그는 2년 전부터 외투를 새로 만들 양가죽을 사야겠다고 마음먹
고 있었다.

가을로 접어들자, 얼마 되지는 않았지만 그의 손에도 조금의
여유가 생겼다. 그의 아내는 3루블의 지폐를 보관하고 있었고,
그것 외에도 마을사람들에게 받을 외상값이 5루블 20코페이카나
되었다.

그래서 어느 날, 구두장이는 아침 일찍부터 마을로 양가죽을

사러 갈 준비를 했다. 그는 아침을 먹자마자 솜을 두른 아내의 재킷을 껴입고 그 위에 모직 외투를 걸친 다음, 곧장 3루블의 지폐를 주머니에 넣고는 나뭇가지 하나를 꺾어 지팡이 삼아 집을 나섰다. 그러면서 속으로 이렇게 생각했다.

'꿔준 돈 5루블을 받으면, 양가죽을 살 수 있을 거야.'

마을에 도착한 구두장이는 한 농부의 집을 찾아갔지만 주인이 외출 중이었다. 다만 그 아내에게 이번 주 안으로 빌린 돈을 갚겠다는 약속만 받아 낸 후, 다음 농부의 집으로 향했다. 그러나 그 농부 역시 한 푼도 없다며, 장화 수선비로 겨우 20코페이카를 줄 뿐이었다. 그는 하는 수 없이 양가죽을 외상으로 사려 했지만, 가죽 장수는 외상은 절대로 안 된다고 했다.

"먼저 돈을 가져와요. 그러면 마음에 드는 것을 줄 테니까. 외상값 받는 일이 얼마나 힘이 드는지, 이젠 그런 장사는 안 하려고요."

결국 구두장이는 장화 수선비로 20코페이카를 받고, 어느 농부에게서 낡은 털장화 수선하는 일을 맡았을 뿐 헛걸음만 치고 만 것이었다. 구두장이는 속이 상해서 20코페이카로 몽땅 술을 마셔 버리고는, 양가죽은 사지도 못한 채 집으로 향했다.

그날 아침 집에서 나올 때는 꽤 추웠던 것 같았는데, 술을 한잔 마시고 나니 외투 없이도 그럭저럭 견딜 만했다. 그는 한쪽 손으로는 지팡이로 꽁꽁 얼어붙은 땅을 두드리고, 다른 한손으론 털장화를 휘두르며 혼잣말을 중얼거렸다.

"모피 외투 같은 것 없어도 견딜 만하네 뭐. 딱 한잔했는데도 온몸이 따뜻한걸. 모피 외투 따윈 필요 없어. 이래 뵈도 난 사나이라고! 암! 아무렇지도 않은걸. 모피 외투 같은 건 없어도 잘 살아갈 수 있어. 그런 건 나한테 필요 없다고. 하지만 마누라가 가만있지 않을 텐데……

내가 화가 나는 건, 나는 너희들을 위해 죽도록 일했는데 나를 바보 취급한다는 거야. 두고 보라고! 만약 다음에도 돈을 안 가지고 오면 모자를 기어코 빼앗아 버릴 테니까. 그런데 이게 무슨 짓들이야? 20코페이카씩 나눠서 찔끔찔끔 주다니! 도대체 이걸 가지고 뭘 하라는 거야? 고작 술 한 잔 하고 나면 끝이잖아. 너희들은 형편이 곤란하다고 엄살을 부리는데, 난 안 그런 줄 알아? 나는 더 힘들다고, 너희들은 집도 있고 가축도 있고 뭐든 다 있지만, 나는 몸뚱이뿐인데. 너희들은 농사를 지어 빵을 먹지만, 나는 하나에서 열까지 모든 것을 돈으로 사야 한다고! 적어도 일주일에 3루블은 빵 값으로 치러야 된단 말이야. 지금 집에 돌아가면 빵이 떨어졌을 테니, 또 1루블 반을 써야 돼. 내가 이런 형편인데, 왜 돈 갚을 생각을 하지 않느냐고!"

이렇게 중얼거리면서 걷다 보니, 구두장이는 어느새 길모퉁이에 있는 교회 근처까지 오게 됐다. 그때 교회 뒤쪽에서 뭔가 허연 물체가 어른거리는 것 같았다. 구두장이는 찬찬히 살펴보았지만, 이미 어두워졌기 때문에 앞이 보이지 않아 그것이 뭔지 알아볼 수가 없었다.

'저쪽에 돌 같은 것은 없었는데……. 무슨 짐승인가? 하지만 짐승 같지는 않은데……. 머리 모양을 봐서는 사람 같기도 한데, 사람치고는 너무 하얗단 말이야. 그리고 사람이라면 저런 곳에 있을 리가 없지.'

그는 좀 더 가까이 다가갔다. 그제야 그 물체가 또렷하게 보였다. 그런데 이상한 일은 그건 확실히 사람이었지만, 도대체 죽었는지 살았는지 알 수가 없었다. 벌거벗은 상태로 교회 벽에 기댄 채 꼼짝도 않고 있는 것이었다. 구두장이는 덜컥 무서운 생각이 들었다.

'다시 한번 옆으로 가 볼까? 아니면, 이대로 그냥 가 버릴까? 아마도 나쁜 놈들이 저 사람을 죽이고는 옷을 벗긴 다음 여기다 버린 것이 틀림없어. 가까이 갔다가 무슨 억울한 일을 당할지도 모르는 일이야. 게다가 저놈이 어떤 놈인지도 모르는 데다, 좋은 일로 저런 데 있을 리는 없고……. 만약 가까이 다가갔다가 목이라도 조른다면, 꼼짝없이 당할 텐데. 설령 목을 조르지 않는다고 해도, 귀찮은 일을 당할 게 뻔해. 그나저나 저 벌거숭이를 어떻게 하지? 그렇다고 내가 걸치고 있는 옷을 벗어서 줄 수도 없고. 에이, 그냥 아무 일 없는 것처럼 지나쳐야지.'

그렇게 생각하면서 구두장이는 걸음을 재촉했다. 하지만 교회를 지나게 되자, 슬슬 양심의 소리가 가슴을 울리는 것이 아닌가. 그는 가던 길을 멈춰 선 채 계속 혼잣말을 했다.

"세몬, 도대체 너는 뭘 망설이는 거야? 사람이 죽어가고 있는데, 너는 무섭다고 도망치려고 하는 거야? 네가 엄청 많은 돈이라도 가지고 있는 거야? 빼앗길 만한 물건이라도 갖고 있냐고? 세몬, 그건 옳지 않은 짓이야. 정신 차려!"

결국 세몬은 발길을 돌려 그 남자가 있는 곳으로 다가갔다.

2

세몬은 그 남자에게 다가가 자세히 살펴보았다. 그는 건장해 보이는 젊은이로, 누군가에게 얻어맞은 흔적 따위는 없었다. 다만 추위에 몸이 꽁꽁 얼어서 몸이 맘대로 움직이지 않는 듯했다.

그는 너무나 지쳤는지 벽에 기댄 채로 멍하니 있었는데, 눈도 제대로 뜨지 못하는 것 같았다. 하지만 세몬이 바싹 다가서자, 그제야 정신이 난 듯 고개를 들어 세몬을 바라보았다.

세몬은 그와 눈이 마주치는 순간, 그 남자에 대한 경계심이 풀리면서 가엾다는 생각이 들었다. 그래서 들고 있던 털장화를 땅에 내려놓고는, 허리띠를 풀어 털장화 위에 올려놓은 다음 입고 있던 외투를 급하게 벗었다.

"이러고 있다가 큰일 나요! 빨리 이것을 입어요!"

세몬은 양팔로 남자를 부축하여 일으켜 세웠다. 자리에서 일어난 남자는 훤칠한 키에다 손과 발이 무척 정갈했고, 부드럽고 귀여운 인상이었다. 세몬은 자신의 외투를 입혀 주려 했지만,

팔이 소매 속으로 잘 들어가질 않았다. 세몬은 청년의 두 팔을 겨우겨우 소매 속에 끼워 주고는, 옷자락을 이리저리 당겨 앞을 단단히 여민 다음 허리띠를 묶어 주었다.

세몬은 자기가 쓰고 있던 낡은 모자도 벗어서 젊은이에게 씌워 줄까 하고 벗어 들었지만, 갑자기 자신의 머리가 너무 차가워져서 '나는 이렇게 머리가 벗겨졌지만 이 젊은이는 머리숱이 많잖아.' 하고 생각하며 다시 모자를 썼다.

'모자보다는 이 젊은이에게 구두를 신겨 주는 게 좋겠다.'

세몬은 그 젊은이를 앉혀 놓고 털장화를 신겨 줬다.

"이제 됐다! 젊은이, 몸을 움직이면 조금씩 나아질 거야. 일단 언 몸을 녹여야 하니, 일어서게. 그런데 걸을 수는 있겠나?"

젊은이는 감동받은 듯한 표정으로 세몬을 보고 있었지만 여전히 말은 하지 않았다.

"왜 아무 말이 없나? 계속 이곳에 있을 텐가? 이제 집으로 돌아가야지. 힘이 없으면 나한테 기대도록 하게. 자, 걸어요!"

그러자 젊은이는 걷기 시작했으며, 생각보다 그리 뒤처지지 않고 잘 걸었다.

두 사람이 나란히 걷기 시작했을 때 세몬이 물었다.

"자네는 도대체 어디서 왔나?"

"저는 이 마을 사람이 아닙니다."

"이 마을 사람이 아니란 건 나도 알고 있네. 그러니까 왜 이곳에 왔느냐고? 더군다나 교회 모퉁이에……."

"그건 말씀드릴 수 없습니다."

"그렇다면 나쁜 놈들한테 당한 게 분명하군."

"아닙니다. 누구도 저에게 나쁜 짓을 하지 않았습니다. 저는 다만 하느님께 벌을 받고 있는 겁니다."

"물론 모든 일은 신의 뜻이지. 그렇더라도 어디 가서 좀 쉬어야 할 것 아닌가? 도대체 어디로 갈 작정인가?"

"갈 곳이 없습니다. 저는 어디든 마찬가지입니다."

세몬은 깜짝 놀랐다. 젊은이는 불량스러워 보이지도 않았고 말씨도 아주 공손한데, 자기 자신에 관해서는 조금도 말하려 들지 않았다.

'세상에는 말 못할 사정이 많지.'

세몬은 그렇게 생각하며 그 젊은이에게 말했다.

"그럼 일단 우리 집으로 같이 가세나. 몸을 좀 녹이면 좀 나아질 걸세."

세몬이 집을 향해 발걸음을 옮기자 젊은이도 뒤처지지 않고 잘 따라왔다. 찬바람이 세몬의 외투 속으로 스며들자, 점점 술이 깨면서 추위가 심하게 느껴졌다. 세몬은 코를 훌쩍거리며, 아내에게 빌려 입은 재킷자락을 여미면서 생각했다.

'양가죽을 사러 나왔다가, 입고 있던 옷마저 벗어주고 외투도 없이 가다니⋯⋯. 게다가 이런 벌거숭이 남자까지 데리고 가면, 마트료나가 난리를 칠 텐데.'

마트료나를 생각하니 세몬은 갑자기 가슴이 답답해졌다. 그러나 옆에서 말없이 걷고 있는 젊은이를 돌아보니, 처음 그를 발견했을 때 자신을 바라보던 그 눈빛이 떠오르면서 금방 마음이 풀리는 것만 같았다.

3

세몬의 아내는 일찌감치 집안일을 끝냈다. 그녀는 장작을 패고, 물도 길어오고, 아이들과 같이 저녁 식사를 마친 다음 생각에 잠겨 있었다.

'빵은 언제 구울까? 오늘 저녁, 아니면 내일 아침에?'

빵은 아직 큼지막한 걸로 한 덩이가 남아 있었다.

'세몬이 밖에서 뭔가를 먹고 온다면, 저녁은 많이 먹지 않겠지. 그러면 내일 아침은 이 빵으로도 충분할 텐데.'

그녀는 빵 조각을 몇 번이나 만지작거리며 생각했다.

'아무래도 빵은 내일 구워야겠어. 얼마 남지 않은 밀가루로 금요일까지 버텨야 하니까.'

마트료나는 빵 굽는 일을 그만두기로 하고, 남편의 셔츠를 깁기 시작했다. 그녀는 바느질을 하는 동안, 남편이 어떤 양가죽을 사올까를 생각했다.

'가죽 장사에게 속아 넘어가지는 않았겠지. 그이는 워낙 사람이 좋기만 해서, 꼬맹이들한테까지도 속아 넘어가니 좀처럼 마음을 놓을 수가 있어야지. 8루블이면 큰돈인데, 그 정도면 무척 좋은 모피 외투를 만들 수 있을 거야. 작년 겨울만 해도 모피 외투가 없어서 엄청 고생했는데……. 강에 물도 길러가지 못하고, 산에도 못 갔잖아. 오늘만 해도 입을 만한 옷을 다 입고 나가 버리니, 나는 걸칠 것도 없잖아. 그건 그렇고, 왜 이렇게 늦는 거야? 벌써 돌아올 시간이 지났는데, 설마 그 돈으로 어디서 술타령을 하고 있는 건 아니겠지?'

마트료나가 이런 생각을 하고 있을 때, 현관의 계단이 삐걱거리면서 누군가 들어오는 소리가 났다. 마트료나는 바늘을 옷감에 꽂아 놓고 문 쪽으로 나갔다. 그랬더니 사내 둘이 들어서고 있는 것이 아닌가. 더군다나 세몬 옆에 있는 낯선 청년은 모자도 쓰지 않은 채 털장화만 신고 서 있었다. 마트료나는 곧바로 남편이 술을 마셨다는 것을 알아차렸다.

'내 그럴 줄 알았지!'

그러면서 남편을 바라보니, 남편은 외투도 입지 않은데다 손에는 아무것도 들지 않고 빈손으로 서 있는 것이었다. 그 모습을 보는 순간, 마트료나는 화가 머리끝까지 치밀어 올랐다

'그 돈으로 전부 술을 마신 게 틀림없어. 분명 이 낯선 건달하고 퍼마시고, 그것도 모자라서 여기까지 끌고 온 거야.'

그녀는 두 사람을 방으로 들이밀다가, 그 낯선 젊은이가 입고 있는 외투가 바로 남편의 외투임을 알아챘다. 게다가 외투 속에는 내의도 입지 않은 것 같았는데, 방에 들어온 젊은이는 우뚝 선 채로 움직이지도 않고 고개도 들지 않았다. 마트료나는 생각했다.

'뭔가 나쁜 짓을 저지른 사람이 틀림없어. 저것 봐, 겁을 먹고 있는 표정이잖아.'

마트료나는 얼굴을 찌푸린 채로 벽난로 쪽으로 가서 두 사람이 하는 행동을 지켜보았다. 세몬은 모자를 벗고 나서야 아내가 화가 나 있음을 알아차렸지만, 아무렇지 않은 듯이 태연하게 의자에 걸터앉으며 말했다.

"여보, 왜 그러고 있어? 빨리 식사 준비를 해야지."

마트료나는 아무 대꾸도 하지 않은 채 벽난로 옆에 그대로 서 있었다. 그녀는 남편과 낯선 젊은이를 번갈아 보면서 연신 고개만 갸웃거릴 뿐이었다.

세몬은 아내가 일부러 심술을 부리고 있다는 것을 눈치챘지만, 일부러 모른 체하면서 젊은이의 손을 잡으며 말했다.

"자, 앉아요. 저녁 식사를 해야지."

그러자 젊은이가 의자에 앉았다.

"아직 저녁 준비가 안 된 거야?"

마트료나는 더욱 화가 치밀어 올랐다.

"안 되긴요? 이미 다 됐어요. 하지만 당신을 위해 준비한 것이 아니에요. 보아하니, 당신은 술만 퍼마시다 왔군요. 가죽을 사러 나가서는 낯선 사람에게 입고 간 외투마저 벗어주고, 그것도 모자라서 집에까지 끌고 와요? 우리 집엔 주정뱅이들에게 줄 음식 같은 건 없어요."

"마트료나, 그만해. 사정도 모르면서 함부로 말하면 안 되지. 그런 말을 하기 전에 어찌 된 일이냐고 물어봐야 되는 거 아냐?"

세몬은 주머니를 뒤져 지폐를 꺼내 아내에게 내밀었다.

"돈은 여기 그대로 있소. 그런데 도리포노프한테서는 못 받았어. 내일은 약속을 지키겠다고 하더군."

마트료나는 기가 막혀 하며 소리쳤다.

"사온다고 하던 양가죽은 사오지 않고, 하나밖에 없는 외투를 낯선 사람에게 입혀 가지고 집에까지 데리고 온 것이 잘했다는 거예요?"

그녀는 테이블 위에 있는 지폐를 챙겨 들면서도 계속해 투덜거렸다.

"저녁 같은 건 없어요. 누가 벌거숭이와 주정뱅이한테 저녁을 주겠어요?"

"이봐, 마트료나! 말조심해. 우선 우리 사정부터 들어 보라니까……."

"당신 같은 주정뱅이한테 무슨 말을 들어요? 처음부터 당신 같은 사람하고 결혼하는 게 아니었는데……. 어머니가 주신 것들도 모두 술값으로 없애고, 이번엔 양가죽 사러 간다고 하고선 그것마저도 다 마셔 버렸으니……."

세몬은 아내에게 술을 마신 건 20코페이카뿐이라는 것과 이 젊은이를 데리고 온 상황을 설명하려 했으나, 마트료나는 좀처럼 들으려 하지 않았다. 그녀가 쉴 새 없이 불평을 쏟아냈기 때문에 세몬은 말 한마디 하지 못하고 쩔쩔맸다.

마트료나는 10년도 더 된 이야기까지 끄집어내어 세몬에게 갖은 원망을 퍼부어대다가, 마침내는 그의 옷소매까지 잡아 흔들며 몰아붙였다.

"내 옷 돌려줘요. 딱 하나밖에 없는 옷인데, 그것마저 빼앗아 입다니 참 염치도 좋지. 어서 벗어요. 못난 인간 같으니라고. 이렇게 살 바엔 차라리 죽는 게 낫지!"

세몬은 옷을 벗기 시작했다. 그러나 그녀가 소매를 세게 당기는 바람에 옷소매가 뜯어지고 말았다. 그러나 마트료나는 아랑곳하지 않고 그걸 빼앗아 입고는 문 쪽으로 달려갔다.

그런데 그대로 나가려고 하던 마트료나가 문득 걸음을 멈춰섰다. 마트료나는 몹시 화가 났지만, 그래도 저 낯선 젊은이가 누구인지는 알아야겠다고 생각했던 것이다.

4

마트료나가 걸음을 멈추며 말했다.

"만약 온전한 사람이라면 저렇게 맨발로 벌거벗고 돌아다닐 리가 없잖아요. 저 사람은 속옷도 입지 않고 있어요. 게다가 당신도 마찬가지예요. 만약 나쁜 일을 하지 않았다면, 이 젊은이를 데리고 온 이유를 왜 똑바로 말하지 못하는 거예요?"

"아까부터 내가 말하려 했는데, 당신이 좀처럼 말할 틈을 주지 않았잖아. 내가 집으로 돌아오고 있는데, 이 사람이 교회 부근에서 벌거벗은 채로 쭈그리고 있더라고. 여름도 아닌데 다 벗은 채로 벌벌 떨고 있더란 말이야. 하느님께서 도우신 거지. 내가 마침 그 옆을 지나갔기에 망정이지, 그렇지 않았으면 이 사람은 벌써 얼어 죽었을 거야. 살다 보면 누구라도 언제 무슨 일을 당할지 알 수 없는 거 아니오? 마트료나, 그러니 마음을 좀 가라앉히고 이 사람 처지를 한번 생각해 보라고."

마트료나는 욕이라도 퍼부으려 했지만, 낯선 젊은이를 다시 쳐다보는 순간 그만 말문이 막히고 말았다. 젊은이는 꼼짝도 하지 않은 채 의자 끝에 앉아 있었다. 양손을 무릎 위에 올려놓고 고개를 가슴께까지 떨어뜨리고서 눈조차 뜨지 않았다. 더구나 마치 목을 졸리기라도 한 것처럼 얼굴을 잔뜩 일그러뜨리고 있는 것이었다.

마트료나가 말을 하지 못하고 잠자코 있자, 세몬이 다시 말을 이었다.

"마트료나, 당신 마음속에는 하느님이 없는 거야?"

마트료나는 그 말을 듣고는 다시 한번 젊은이를 바라보았다. 그 순간, 그녀의 분노가 이상할 만큼 조용히 사그라졌다.

마트료나는 몸을 돌려 난롯가로 가서 저녁 준비를 하기 시작했다. 그녀는 테이블 위에 컵을 놓은 다음 크바스(맥주의 일종)를 붓고, 남아 있던 빵을 잘라서 내놓으며 말했다.

"자, 식사들 하세요."

세몬은 젊은이를 식탁 앞으로 데려왔다.

"자, 좀 더 옆으로 당겨 앉게."

세몬은 빵을 잘라서 잘게 뜯은 후 먹기 시작했다. 마트료나는 테이블 끝 쪽에 앉아서 턱을 괸 채 낯선 젊은이를 쳐다보았다. 마트료나는 자기도 모르게 그 젊은이가 가엾다는 생각이 들면서, 그를 돌봐주고 싶은 마음이 생겼다.

그때 갑자기 젊은이의 표정이 밝게 변하더니, 찡그렸던 얼굴을 펴고 그녀 쪽으로 눈길을 돌리며 부드러운 웃음을 지었다.

두 사람이 식사를 끝내자, 마트료나가 그릇을 치우며 젊은이에게 묻기 시작했다.

"당신은 어디에서 왔어요?"

"저는 이 마을 사람이 아닙니다."

"그러면 왜 그 길에 있었어요?"

"그것은 말씀드릴 수가 없습니다. 아닙니다, 하느님께 벌을
받았습니다."

"그래서 벌거벗은 채로 쓰러져 있었던 거예요?"

"네. 벌거벗은 채로 쓰러져 얼어 죽을 뻔했지요. 세몬이 그
모습을 발견하고 가엾게 여긴 나머지, 자신이 입고 있던 옷을
벗어서 제게 입혀 주고 털장화를 신겨 여기까지 데리고 온 겁니
다. 그리고 여기에 오니 아주머님이 또 먹을 것과 마실 것을 주시
면서 가엾게 여겨 주셨습니다. 두 분께는 하느님의 은총이 늘
함께하실 겁니다!"

마트료나는 자리에서 일어나, 조금 전에 바느질을 하고 있던
세몬의 낡은 셔츠를 가져다가 낯선 젊은이에게 준 다음 바지까지
찾아서 건네주었다.

"자요, 보아하니 내의도 입지 않은 것 같군요. 이걸
입고 아무데나 마음 편한 곳에서 주무세요. 침대
위든, 난로 옆이든."

젊은이는 외투를 벗고 셔츠를 입
은 다음, 침대에 누웠다.

마트료나는 불을 끄고 외투를 집

어 남편 곁으로 갔다. 그리고는 외투자락으로 몸을 감고 누웠지만, 낯선 젊은이의 일이 머리 속에서 영 떠나질 않아 쉽게 잠이 오지 않았다.

그가 한 덩이밖에 없던 마지막 빵을 먹어 버렸기 때문에 당장 내일 아침에 먹을 빵이 없다는 것과, 셔츠와 바지까지 줘 버린 일들을 떠올리니 난감한 기분도 들었다. 하지만 젊은이가 부드럽게 웃던 모습을 생각하니 마음이 한결 밝아졌다.

마트료나는 한참 동안 잠을 이루지 못했다. 세몬도 쉽게 잠들지 못하는 듯, 연신 외투자락을 자기 쪽으로 끌어당기곤 했다.

"세몬! 조금 전에 남은 빵을 다 먹어 버렸는데, 내일 먹을 것을 구워 놓지 못했어요. 어떻게 해야 할지 모르겠어요. 마라냐네 가서라도 좀 꿔올까요?"

"그래도 되고……. 설마 굶기야 하겠어?"

마트료나는 가만히 누워 이런저런 생각에 잠겨 있었다.

"그런데 나쁜 사람 같지는 않은데, 저 사람은 왜 자신의 신분을 밝히지 않는 걸까요?"

"글쎄, 말 못할 무슨 사정이 있겠지."

"세몬!"

"응?"

"우리같이 어려운 처지에 있는 사람도 남에게 뭔가 도움을 주는데, 왜 우리를 도와주는 사람은 없는 걸까요?"

"그런 생각을 해서 뭘 하겠어."

세몬은 뭐라 말해야 좋을지 몰라서, 그렇게 말을 하고는 돌아누워서 잠을 청했다.

5

이튿날 아침, 세몬이 눈을 떴을 때 아이들은 아직도 자고 있었다. 마트료나는 옆집으로 빵을 꾸러 갔다. 젊은이는 이미 일어나 낡은 셔츠와 바지를 입은 채 의자에 앉아 천장만 바라보고 있었다. 그의 모습은 어제보다 한결 밝아 보였다.

"여보게, 젊은이! 비어 있는 배는 먹을 것을 원하고 벌거벗은 몸은 입을 것을 원하네. 그러니 일을 해서 벌어야 하지 않겠나. 그런데 자네는 무슨 일을 할 줄 아나?"

"저는 아무 일도 할 줄 모릅니다."

세몬은 깜짝 놀라며 이렇게 말했다.

"사람은 마음만 먹으면 무슨 일이라도 할 수 있네. 뭐든 배우려고 노력만 하면 말이야."

"네, 모두들 일을 하니까 저도 하겠습니다."

"자네, 이름은 뭔가?"

"미하일입니다."

"그럼, 미하일. 자네는 자신에 대한 이야기는 하기 싫은 모양인데, 그건 자네 사정이니 아무래도 좋네. 그러나 자기 먹을 것은 벌어야 하네. 내가 시키는 대로 일을 해 준다면, 우리 집에 머물러도 좋네. 어떤가?"

"고맙습니다. 열심히 배울 테니 무슨 일이든 가르쳐 주십시오."

세몬은 실을 손가락에 감더니 꼬기 시작했다.

"어렵지 않으니 잘 봐두게……."

미하일은 그것을 유심히 들여다보더니, 금방 따라서 했다. 이번에는 그에게 실을 찌는 법을 가르쳤는데, 그것 역시 금방 익혔다. 그 다음은 실 속에 단단한 것을 끼워 넣는 법과 가죽 깁는 법을 가르쳤다. 미하일은 그것도 어렵지 않게 금방 배웠다.

세몬이 어떤 일을 가르쳐도 미하일은 금방 배웠고, 사흘 되던 날부터는 줄곧 구두 일을 해온 사람처럼 훌륭하게 일을 해냈다. 그는 몸을 사리지 않고 일했으며, 그다지 많이 먹지도 않았다. 한가할 때는 잠자코 천장만 쳐다볼 뿐 농담을 하거나 웃지도 않았고, 밖에 나가는 일도 없었다.

그러니까 그가 지금까지 웃었던 일은, 첫 대면 때 마트료나가 그를 위해 저녁 식사 준비를 하던 그 순간뿐이었다.

6

날이 가고 달이 지나, 어느새 일 년이란 세월이 흘렀다. 미하일은 여전히 세몬의 집에 살면서 열심히 일을 했는데, 미하일의 솜씨가 좋다는 소문이 자자해졌다. 미하일만큼 튼튼하고 모양 좋은 구두를 만드는 사람은 없다는 얘기가 이웃 마을까지 퍼졌다. 여기저기서 주문이 밀려왔고, 그 덕분에 세몬의 수입도 점점 늘어갔다.

어느 겨울날이었다. 세몬이 미하일과 함께 일을 하고 있는데, 삼두마차가 방울소리를 내며 달려오는 소리가 요란하게 들려왔다. 두 사람이 창문으로 내다보니 그 마차가 세몬의 집 앞에서 멈추었고, 젊은 남자가 마부석에서 뛰어내려 마차 문을 열어 주었다.

그러자 마차 안에서 모피 외투를 걸친 점잖은 신사 한 분이 내렸다. 신사가 세몬의 집 계단으로 올라오자, 마트료나가 뛰어나가 문을 열어 주었다. 신사는 몸을 굽히고 세몬의 집으로 들어와 다시 허리를 폈는데, 머리가 거의 천장에 닿을 정도로 키가 컸고 몸집도 방을 가득 채울 정도로 건장했다.

세몬은 일어나서 인사를 했는데, 신사의 거대한 몸집을 보고는 놀라서 입을 다물지 못했다. 여태껏 그렇게 큰 사람을 본 적이 없었기 때문이다. 세몬은 키가 크고 호리호리한 체격이었고, 미하일은 마른 편이었다. 게다가 마트료나는 삐쩍 마른 나뭇가지와 다를 바 없었기에, 그 신사는 마치 다른 세계에서 온 사람처럼 느껴질 지경이었다.

신사의 얼굴은 불그스름하고 윤이 났으며, 목은 황소처럼 굵은 데다 몸 전체가 마치 무쇠로 만든 것처럼 단단해 보였다. 신사는 크게 한 번 숨을 내쉬더니 외투를 벗고 의자에 앉았다.

"누가 이 가게 주인인가?"

세몬이 앞으로 나서며 말했다.

"네, 제가 주인입니다. 손님."

그러자 신사는 자기 하인에게 큰 소리로 명령했다.

"이봐, 페치카. 그걸 이리 갖고 와!"

하인이 달려가서 무슨 꾸러미 하나를 갖고 왔다. 신사가 그것을 받아서 테이블 위에 놓으며 '풀어!'라고 말하자, 하인이 꾸러미를 풀었다. 그것은 가죽이었다.

신사는 그 가죽을 가리키며 세몬에게 말했다.

"이봐 주인, 이게 무슨 가죽인지 알고 있나?"

"네, 알다마다요."

"이봐! 정말 이게 무슨 가죽인지 안단 말인가?"

세몬이 가죽을 만져보며 말했다.

"네, 매우 훌륭한 가죽입니다요."

"매우 훌륭한 가죽입니다요? 이런 모자라긴! 당신 같은 사람이 이런 고급 가죽을 언제 구경이나 해 봤겠어? 이건 독일산인데, 자그마치 20루블이나 주고 샀다네."

세몬은 겁먹은 표정으로 대답했다.

"저 같은 놈이 감히 구경이나 했겠습니까?"

"그렇겠지. 그러면 이 가죽으로 내 발에 꼭 맞는 장화를 만들수 있겠나?"

"물론이죠! 만들 수 있습니다요."

신사는 갑자기 큰 소리로 호통 치듯 말했다.

"흥, 만들 수 있다고! 당신 말이야, 이것으로 누구의 장화를 만드는 건지, 어떤 가죽으로 만드는지를 명심해 두어야 해. 나는 일 년 정도 신어도 모양이 변하지 않고, 이음새도 터지지 않는 장화를 원해. 그러니까 자신 있으면 맡아서 가죽을 재단하게. 하지만 자신 없으면 일찌감치 포기하고 가죽에는 손도 대지 마. 미리 말해 두지만, 장화가 일 년도 되지 않아서 이음새가 터지거나 모양이 변하면 당신을 감옥에 처넣을지도 몰라. 대신 일 년이 지나도 터지지 않고 모양도 변치 않는다면, 당신에게 수공비로 10루블을 지불하지."

세몬은 덜컥 겁이 나서 뭐라 말도 못하고, 슬쩍 미하일을 쳐다봤다. 그리고는 팔꿈치로 그를 찌르며 작은 소리로 물었다.

"이봐! 미하일, 어떻게 하지?"

미하일은 일을 맡으라는 신호로 고개를 끄덕거렸다. 세몬은 미하일의 뜻에 따라 일 년을 신어도 모양이 변하지 않고 이음새도 터지지 않는 장화를 만들겠다고 주문을 받았다.

신사는 하인을 불러 왼쪽 발의 신발을 벗기라고 하더니 다리를 쑥 내밀었다.

"자, 치수를 재게!"

세몬은 50센티미터 정도 길이의 종이를 잘라 붙여 자리를 펴고, 신사의 양말이 더러워지지 않도록 앞치마에 손을 잘 닦은 다음 무릎을 꿇고 앉아 치수를 재기 시작했다. 세몬은 먼저 발바닥을 재고 발등을 잰 다음 종아리를 재려고 했으나, 그 종이로는 어림도 없었다. 신사의 종아리가 통나무만큼이나 굵었기 때문이었다.

"정신 차려! 종아리가 꽉 끼지 않게 하란 말이야."

세몬은 다른 종이를 이어 붙였다. 신사는 의젓하게 앉은 채로 양말 속의 발가락을 꼼지락거리며 주위를 둘러보았다. 그러다가 미하일을 보았다.

"저 사람은 누군가?"

"저희 집 직공인데, 솜씨가 아주 훌륭합니다. 손님의 장화도 저 사람이 만들 것입니다."

"그럼, 자네도 똑똑히 알아두라고! 일 년 동안 신어도 끄떡없는 장화를 만들어야 해!"

세몬도 미하일을 돌아보았다. 그런데 미하일은 신사는 쳐다보지도 않고 뒤쪽 구석을 뚫어지게 응시하고 있었다. 마치 그곳에 누군가가 있어 유심히 살피고 있는 것 같은 표정이었다. 미하일은 그런 모습으로 한참 동안 있더니만, 갑자기 싱긋하고 미소를 지으며 환한 표정을 지었다.

"이런 바보 같은 놈 보게. 도대체 뭘 보고 싱글거리는 거야? 정신 차려서 기한 내에 틀림없이 만들 생각은 하지 않고……."

그러자 미하일이 말했다.

"네, 기한 내에 틀림없이 만들어 놓겠습니다."

"암, 그래야지."

신사는 구두를 신고 모피 외투를 걸친 다음 문 쪽으로 걸음을 옮겼다. 그런데 몸을 구부려야 되는 걸 깜박 잊고는, 심하다 싶을 정도로 세게 이마를 부딪쳤다. 신사는 버럭 화를 내며 분통을 터트리더니, 이마를 문지르며 마차를 타고 가 버렸다.

신사가 탄 마차가 사라지자, 세몬이 말했다.

"정말 대단한 어른이야! 큰 망치로 맞아도 끄떡없을 것 같아. 조금 전에 그렇게 세게 부딪쳤는데도 별로 아프지 않는 것 같던데."

그러자 마트료나도 말했다.

"잘 먹고 잘 사는 사람들은 체격이 좋지 않을 수가 없죠. 저렇게 건장한 사람은 저승사자도 함부로 다가오지 못할걸요."

7

세몬이 미하일에게 말했다.

"일을 맡긴 했지만, 까딱 잘못하면 감옥행이니 걱정이야. 가죽은 비싸고 손님의 성질은 불같으니, 실수하면 안 될 텐데. 이봐, 미하일! 자네가 눈도 밝고 솜씨도 좋으니, 여기 이 치수대로 재단을 하게나. 그동안 나는 겉가죽을 꿰맬 테니."

미하일은 세몬이 시키는 대로 신사가 가져온 가죽을 펼쳐 놓고는 가위를 들어 재단을 시작했다.

미하일이 재단하는 모습을 옆에서 지켜보고 있던 마트료나는 그의 행동을 보고는 깜짝 놀랐다. 그녀도 그동안 구두 만드는 일을 많이 보아왔기 때문에 재단에 대해서는 어느 정도 알고 있는데, 미하일은 신사가 주문한 장화 모양과는 전혀 다르게 재단을 하고 있는 것이 아닌가. 마트료나는 뭐라고 한 마디 하려다가 속으로 생각했다.

'내가 그분의 장화를 어떻게 지을지에 대해 잘못 알아들었는지도 몰라. 아무래도 미하일이 나보다는 잘 알고 있을 테니 괜한 참견은 하지 않는 게 좋겠어.'

미하일은 재단을 끝내고는 실로 꿰매기 시작했다. 그러나 장화를 만들 때 쓰는 두 겹 실이 아니라 슬리퍼를 꿰맬 때 사용하는 한 겹 실을 사용하는 것이었다. 마트료나는 그것을 보고 다시한 번 놀랐지만, 역시 아무 말도 하지 않고 지켜보기만 했다. 미하일은 주변은 아랑곳하지 않고 열심히 가죽을 꿰매고 있었다.

그러는 동안 점심때가 되어 세몬이 자리에서 일어나며 보니, 그 신사의 가죽으로 만든 한 켤레의 슬리퍼가 미하일 곁에 놓여있는 것이 아닌가. 세몬은 너무나 놀란 나머지 소리를 지를 뻔했지만, 간신히 참아 눌렀다.

'아니, 이게 뭐야? 미하일은 일 년 동안 한 번도 실수를 한적이 없었는데, 하필이면 지금 이런 실수를 저지르다니. 손님은 굽이 있는 장화를 주문했는데, 굽 없는 슬리퍼를 만들어서 가죽을 몽땅 버렸으니 이제 어떡하지? 손님에게 뭐라고 변명을 한단 말인가? 이런 가죽은 구할 수도 없는데…….'

세몬은 화를 꾹꾹 참아가며 미하일에게 물어봤다.

"이보게, 미하일. 대체 어찌된 일인가? 나를 죽일 작정인가? 손님은 장화를 주문했는데, 자네는 대체 무엇을 만든 건가?"

세몬이 기가 막혀 미하일에게 한 소리를 하고 있을 때, 계단에서 누군가가 문을 두드렸다. 두 사람이 창문으로 내다보니, 말을 타고 온 사람이 말고삐를 매고 있었다. 잠시 후 문을 열고 들어온 사람은 바로 조금 전에 신사와 함께 왔던 젊은 하인이었다.

"안녕하세요?"

"어서 오세요. 그런데 무슨 일로?"

"실은 조금 전에 주문했던 장화 때문에 마님의 심부름을 왔습니다."

"장화 때문이라니요?"

"이제 장화가 필요 없게 되었습니다. 나리가 갑자기 돌아가셨거든요."

"아니, 뭐라고요?"

"집으로 돌아가시던 도중 마차 안에서 숨을 거두셨어요. 마차가 댁에 도착해서 내려드리려고 보았더니, 나리가 쓰러져 있었어요. 간신히 마차에서 끌어내렸지만 이미 숨을 거둔 후였어요. 그래서 마님은 저를 되돌려 보내면서 '방금 나리께서 주문하신 장화는 필요 없게 되었으니, 대신 죽은 사람에게 신기는 슬리퍼를 빨리 만들어 오라.'고 말씀하셨어요. 그리고 만드는 동안 기다렸다가 슬리퍼를 가지고 오라고 하셨어요."

미하일은 재단하고 남은 가죽을 집어 들어 챙겨 놓고는, 완성된 슬리퍼를 들어 툭툭 털더니 앞치마로 꼼꼼하게 닦은 다음 하인에게 내밀었다. 하인은 놀란 듯 슬리퍼를 받아들고 인사한 후 돌아갔다.

"안녕히 계십시오. 이렇게 빨리 만들어 주시다니, 정말 고맙습니다."

8

미하일이 세몬의 집으로 온 지 벌써 6년이 되었다. 그는 여전히 처음이나 다름없이 어디에도 나가지 않고 쓸데없는 말은 단 한마디도 하지 않았다. 그동안 그가 웃은 것은 딱 두 번이었다. 한 번은 이 집에 처음 오던 날 마트료나가 그를 위해 저녁을 준비할 때 서로 얼굴을 마주치는 순간이었고, 또 한 번은 장화를 주문하러 왔던 신사를 보았을 때였다.

세몬은 미하일이 너무나 기특하고 대견해서 견딜 수가 없었다. 그는 미하일에게 더 이상 어디서 왔는지 묻지 않았고, 오히려 미하일이 어느 날 훌쩍 떠나 버릴까 봐 내심 걱정할 정도였다.

어느 날 온 식구가 집에 모여 있을 때 마트료나는 난로에 냄비를 올려놓고 있었고, 아이들은 의자를 넘어 다니며 창밖을 내다보기도 했다. 세몬은 창가에서 열심히 구두를 꿰매고 있었고, 미하일은 다른 창가에서 굽을 박고 있었다.

그때 아들이 의자를 넘어 미하일 곁으로 와서는, 그의 어깨를 흔들면서 창밖을 가리키며 말했다.

"미하일 아저씨, 저것 좀 봐요. 어떤 아줌마가 여자애 둘을 데리고 우리 집 쪽으로 오고 있어요. 그런데 한 아이는 다리를 절어요."

아이들이 그렇게 말하자, 미하일은 하던 일을 멈추며 창문 쪽으로 고개를 돌려 밖을 내다보았다. 세몬은 깜짝 놀랐다. 여태까지 한 번도 밖을 내다보거나 한눈을 판 적이 없었던 미하일이 지금은 창문에 얼굴을 바짝 갖다 붙인 채 뭔가를 정신없이 보고 있었기 때문이었다.

그래서 세몬도 밖을 내다보니, 어떤 부인이 자기 집을 향해 오고 있었다. 그 부인은 모피 외투를 입고 털목도리를 두른 두 여자아이의 손을 잡고 있었는데, 여자아이들은 누가 누구인지 구별이 안 될 정도로 닮아 있었다. 단지 한 아이는 왼쪽 다리를 절룩거렸다.

부인은 계단을 올라와 문을 열었다. 그리고는 두 여자아이와 함께 안으로 들어왔다.

"안녕하세요?"

"어서 오세요, 어떻게 오셨나요?"

부인은 테이블 앞에 앉았다. 두 여자아이는 사람들이 낯선지, 그녀의 무릎에 앉아서 떨어지려고 하지 않았다.

"이 아이들이 봄에 신을 구두를 맞추려고요."

"아, 그러세요? 이렇게 작은 아이들의 구두는 아직 만들어본 적이 없지만, 자신 있습니다. 우리 미하일의 솜씨가 보통이 아니거든요."

세몬이 미하일을 돌아보니, 그는 하던 일을 멈추고 여자아이들을 물끄러미 바라보고 있었다. 세몬은 미하일의 그런 태도에 깜짝 놀랐다. 사실 두 여자아이들은 너무나 예쁘고 사랑스러웠다. 눈동자는 까맣고, 두 볼은 통통하고 불그스레했으며, 입고 있는 모피 외투와 목도리도 고급스러워 보였다.

세몬은 미하일이 무슨 까닭으로 그들에게서 눈을 떼지 못하는지 납득할 수 없었다. 마치 오래전부터 두 여자아이를 알고 있기라도 한 듯한 표정이었다.

세몬은 이상하게 생각하면서도, 부인과 흥정을 하기 시작했다. 값을 정한 다음, 아이들의 발치수를 잴 차례가 되었다. 그러자 부인은 다리가 불편한 아이를 무릎에 앉히며 말했다.

"미안하지만 이 아이의 발로 두 사람 분의 치수를 재주세요. 불편한 발을 먼저 재서 한 짝을 만들고, 다른 쪽 발에 맞춰서 세 짝을 만들어 주시면 됩니다. 둘 다 발 치수가 똑같거든요. 쌍둥이라서요."

세몬은 치수를 재고 나서, 다리가 불편한 아이를 보며 말했다.

"이렇게 예쁘고 귀여운데, 어쩌다가 이렇게 되었어요? 태어날 때부터 그런가요?"

"아니에요, 엄마의 실수로 그만……."

그때 마트료나가 끼어들었다. 그녀는 부인과 아이들에 대해 알고 싶었던 것이다.

"그럼, 부인은 이 아이들의 엄마가 아니신가요?"

"네. 남이긴 하지만 제가 맡아서 키우고 있어요."

"그런데 정말로 예쁘게 잘 키우셨네요."

"어떻게 그러지 않을 수가 있겠어요. 전 제 젖을 먹여서 이 두 아이를 키웠답니다. 제가 낳은 아이도 하나 있었지만, 하느님께서 데리고 가셨지요. 그렇지만 그 아이는 그다지 가엾다는 생각이 들지 않았는데, 이 아이들은 왜 이리도 애잔하고 가여운지……."

"그렇다면 이 아이들은 누구의 아이들인가요?"

9

부인은 다음과 같은 이야기를 들려주었다.

"벌써 6년 전의 일이네요. 이 아이들은 태어난 지 일주일 만에 부모를 다 잃고 말았어요. 아버지는 아이들이 태어나기 사흘 전에 세상을 떠났고, 어머니는 아이들을 낳은 후 하루도 못 넘기고 눈을 감았어요.

그때 저는 남편과 함께 농사를 지으며 살고 있었는데, 이 아이들의 부모와는 이웃에서 서로 가족처럼 지냈지요. 아이들 아버지는 숲속에서 일을 하다가 커다란 나무에 깔렸어요. 겨우 집에 옮겼을 때는 이미 하느님 곁으로 갔더군요. 그러고 나서 며칠 후에 쌍둥이를 낳은 거예요. 그렇지만 아이들 엄마는 가난한데다 돌봐주는 사람도 없이 혼자서 아이를 낳고는 외롭게 세상을 떠났어요.

다음 날 아침에 제가 아이들 집에 들러 보았더니만, 가엾게도 그 사람은 벌써 숨을 거두고 말았더군요. 그런데 숨을 거두는 순간 고통에 몸부림치다가 한 아이 위로 쓰러졌는데, 그때 보시는 것처럼 이 아이의 한쪽 다리가 눌리고 말았어요.

마을 사람들이 모여서 시체를 수습하여 장례를 치러 주었어요. 다들 착하고 성실한 사람들이었죠. 그런데 남은 갓난아이들이 문제였어요. 그때 그곳에 모인 여자들 중에서 젖을 먹일 사람은 저뿐이었어요. 저는 그때 태어난 지 8주가 된 사내아이가 있었거든요.

마을 사람들은 여러 가지를 생각한 끝에 저에게 부탁을 하더군요.

'마리아, 당분간만 이 아이들을 맡아 줄 수 없어? 그 다음에는 우리가 어떻게든 대책을 세우도록 할게.'

그래서 당분간만 보살필 생각으로, 두 아이를 데리고 왔지요.

그러나 처음에는 다리가 온전한 아이에게만 젖을 물리고, 다리가 불편한 아이에게는 젖을 물릴 생각도 하지 않았어요. 이 아이는 도저히 살 가망이 없다는 생각이 들었거든요.

그런데 어느 날 갑자기 이 천사 같은 영혼을 이대로 방치해선 안 된다는 생각이 들면서, 이 아이가 불쌍하게 여겨졌어요. 그래서 이 아이에게도 젖을 주기 시작했죠. 그러니까 내 아이와 쌍둥이, 모두 세 아이에게 제 젖을 먹여 키웠지요. 다행히도 제가 젊고 건강한데다 기운도 좋았기 때문에 가능했죠.

전 언제나 두 아이에게 한꺼번에 젖을 물리고, 한 아이는 기다리게 했죠. 둘이 먼저 젖을 먹다가 한 아이가 젖을 놓으면 기다리던 아이에게 젖을 먹이곤 했죠. 그렇게 해서 이 두 아이는 하느님의 뜻으로 건강하게 잘 자랐는데, 제 아이는 두 살이 되던 해에 그만 하느님이 거둬 가시고 말았어요. 그리고 그 후론 저에게 자식을 주시지 않으셨지요.

그 후 형편은 차츰 나아졌고, 남편은 이곳에서 부유한 상인의 방앗간을 맡아서 하고 있어요. 수입도 늘고 사는 것도 편해졌지만, 우리에게는 아이가 생기지 않는군요. 만일 이 두 아이들이 없었다면, 제가 무슨 낙으로 살아가겠어요. 그러니 제가 이 아이들을 사랑하는 것은 너무나 당연하지요. 이 아이들은 저의 삶을 밝혀 주는 촛불과 같은 존재인걸요."

부인은 한손으로 다리가 불편한 아이를 꼭 껴안으며, 한손으로는 흐르는 눈물을 닦았다.

마트료나도 한숨을 내쉬며 말했다.

"부모 없이는 살아갈 수 있지만 하느님 없이는 살아갈 수 없다는 말이 있는데, 정말 그런 것 같네요."

세 사람이 이런 이야기를 계속하고 있는데, 미하일이 앉아 있는 구석에서 섬광이 비치면서 온 방이 갑자기 환해졌다. 모두가 놀라 그쪽을 돌아보니, 미하일이 무릎 위에 손을 얹고 위를 바라보며 빙그레 웃고 있었다.

10

부인이 두 여자아이를 데리고 돌아가자, 세몬은 미하일의 곁으로 갔다.

미하일은 의자에서 일어나 하고 있던 일을 정리하여 탁자 위에 올려놓고는, 앞치마를 풀었다. 그리고는 공손히 인사를 하면서 말했다.

"어르신과 부인, 이젠 떠날 때가 되었습니다. 하느님께서 저를 용서해 주셨습니다. 두 분도 부디 절 용서해 주십시오!"

두 사람이 미하일을 바라보고 있는데, 갑자기 미하일의 몸에서 후광이 비쳤다. 그러자 세몬이 일어나 미하일에게 머리를 숙이며 말했다.

"미하일! 나도 자네가 평범한 사람이 아니라는 것과, 자네를 붙잡아서는 안 된다는 것을 잘 알고 있네. 그리고 자네에겐 물어서는 안 될 말이 있다는 것도 잘 안다네. 하지만 이것만은 꼭 알고 싶네. 내가 자네를 만나 처음 우리 집으로 왔을 때, 자네의 표정은 참으로 어두웠네. 그런데 아내가 저녁을 준비하기 시작하자 자네는 부드럽게 웃으며 밝은 표정을 지었네. 그 이후로는 밝은 얼굴을 볼 수 없었지.

그 후 한 손님이 장화를 주문했을 때, 그때도 자네는 웃으면서 밝은 표정을 지었네. 그리고 이번에 저 부인이 여자아이들을 데리고 오자, 마찬가지로 환하게 웃더군. 그리고 자네의 온몸에서 밝은 빛이 비쳤네. 미하일! 어째서 자네의 몸에서 밝은 빛이 나며, 왜 자네는 세 번을 빙긋 웃었는지 그 이유를 말해 주게나."

그러자 미하일이 말했다.

"네. 저는 그동안 하느님의 벌을 받고 있었습니다. 그런데 제 몸에서 밝은 빛이 나오는 것은, 제가 지은 죄를 하느님이 용서해 주셨기 때문입니다. 또 제가 세 번을 웃었던 것은, 제가 하느님이 말씀하신 세 가지 진리를 깨달았기 때문입니다.

한 말씀은, 아주머니께서 저를 가엾게 여기시고 저를 보살펴 줄 마음이 생겼을 때 깨달았습니다. 그래서 웃은 겁니다. 또 한 말씀은, 부유한 손님께서 장화를 주문하러 왔을 때 알았습니다.

그래서 두 번째로 웃었습니다. 그리고 지금, 저 두 아이들을 봤을 때 마지막 세 번째 말씀을 깨달았습니다. 그래서 세 번째로 웃었던 겁니다."

이 말을 듣고 세몬이 물었다.

"미하일, 그렇다면 자네는 무슨 일로 하느님께 벌을 받은 건가? 하느님의 말씀이라는 것이 도대체 무엇인지 가르쳐 주지 않겠나?"

그러자 미하일이 대답했다.

"하느님께서 제게 벌을 주신 것은, 제가 하느님의 말씀을 거역했기 때문입니다. 저는 천사였습니다. 하느님은 제게 한 여인의 영혼을 거두어오라는 분부를 내리셨습니다.

그래서 인간 세상으로 내려왔는데, 그 여인은 아파서 누워 있었습니다. 그리고 방금 봤던 쌍둥이 딸을 낳았던 것입니다. 두 아기가 엄마 곁에서 꼼지락거리고 있었는데, 엄마에게는 이미 젖을 줄 힘조차 남아 있지 않았습니다. 저를 본 그 여인은 하느님이 자신의 영혼을 불러들이기 위해 사자를 보낸 것을 알고 슬프게 흐느끼며 이렇게 애원했습니다.

'천사님! 제 남편이 숲속에서 혼자 일하다가 나무에 깔려 죽어 장례를 치른 지 얼마 되지도 않아요. 제겐 형제자매도 친척어른도 계시질 않아요. 그러니 제발 절 데려가지 마시고, 이 아이들을 키울 수 있게 해 주세요. 저 없이는 아이들이 살 수 없어요.'

그래서 저는 여인의 말을 듣고, 한 아기에게는 어머니 젖을 물려주고 다른 아기는 엄마 품에 안겨 준 다음 하늘나라로 돌아 갔습니다. 그리고 하느님께 이렇게 말씀드렸습니다.

'전, 방금 두 아이를 낳은 여인의 영혼을 거둬올 수 없었습니다. 아버지는 나무에 깔려 목숨을 잃었고, 엄마는 아이들을 방금 낳고 기진맥진한 채 제발 자기 영혼을 거두지 말아 달라고 애원했습니다. 이 아이들을 키울 수 있게 해 달라고 말입니다. 엄마 없이는 아이들이 살 수 없다고 했습니다. 그래서 저는 그 여인의 영혼을 거둬오지 못했습니다.'

그러자 하느님께서 이렇게 말씀하셨습니다.

'지금 곧 내려가, 그 여인의 영혼을 거두어라. 그러면 세 가지 말의 뜻을 알 수 있을 게다.

사람의 마음속에 무엇이 있는가? 사람에게 허락되지 않은 것은 무엇인가? 사람은 무엇으로 사는가?

이 세 가지 말의 뜻을 알 수 있을 것이다. 그리하여 그 세 가지를 깨달은 날에, 하늘로 돌아오너라.'

그래서 저는 다시 지상으로 내려와, 그 여인의 영혼을 거두어 갔습니다. 아이는 엄마의 품에서 떨어져 있었습니다. 그런데 여인의 영혼이 떠나는 순간, 시신이 침대 위로 쓰러지면서 한 아이를 덮쳐 한쪽 다리를 쓸 수 없게 만들었습니다.

저는 마을을 떠나, 그 여인의 영혼을 하느님께 바치러 올라가려 했습니다. 그런데 갑자기 거센 바람이 휘몰아치면서 제 두 날개를 부러뜨리고 말았습니다.

그래서 여인의 영혼만 하늘로 올라가고, 저는 지상에 떨어져 쓰러져 있었던 것입니다."

||

세몬과 마트료나는, 자신들과 그동안 함께 살아온 사람이 누구인지를 알게 되자 두려움과 기쁨으로 눈물을 흘렸다.

천사는 다시 말을 이었다.

"저는 벌거숭이가 된 채 홀로 버려졌습니다. 그때까지 전 인간 생활의 괴로움도 모르고, 추위와 배고픔도 몰랐습니다. 그때 문득 들판 가운데에 하느님을 섬기는 교회가 서 있는 것을 보고, 그곳으로 가 몸을 피하려고 했습니다. 그런데 교회 문이 잠겨 있어서 안으로 들어가지 못하고, 바람을 피해 교회 뒤쪽에 앉아 있었던 겁니다. 하지만 날이 점점 저물어 가면서 배고픔은 더욱 심해졌고, 몸이 얼어붙어 완전히 실신해 있었습니다.

그때 문득 사람의 발소리가 들려와서 바라보니, 한 남자가 손에 털장화를 든 채 뭔가 혼잣말을 하면서 걸어오고 있었습니다. 그때 저는 인간이 되어서, 언젠가는 죽어야 할 인간의 얼굴을 처음으로 본 것입니다. 순간, 무섭고 두려워서 얼굴을 돌리고 말았습니다.

그런데 가만 듣고 있자니, 그 남자는 이 추운 겨울을 어떻게 날 건지, 어떻게 처자식을 먹여 살릴 것인지 등을 걱정하고 있었습니다. 그때 저는 이런 생각을 했습니다.

'나는 허기와 추위로 죽을 것만 같다. 그런데 지금 자기와 아내가 입을 모피 외투와 가족들이 먹을 빵을 걱정하는 사람이 걸어오고 있다. 저 사람은 나를 도와줄 능력이 없을 것이다.'

그러자 그 사람은 저를 보고는 이마를 찡그리더니, 아까보다 더 무서운 얼굴을 하고는 제 옆을 그대로 지나쳤습니다. 전 무척 실망했습니다. 그런데 다시 발소리가 나더니, 그 사람이 되돌아오는 것이 아닙니까. 전 뒤돌아봤지만, 조금 전의 그 사람이 아닌 것 같았습니다. 조금 전의 그 사람은 죽을상을 하고 있었는데, 이 사람의 얼굴은 무척 밝았고 생기가 돌았기 때문입니다. 전 그 사람의 얼굴에서 자애로운 하느님의 모습을 보았습니다. 그 사람은 제 옆으로 와서 저에게 옷을 입혀 주고, 자기 집으로 데려갔습니다.

그의 집에 도착하니, 한 여인이 뭔가 잔뜩 화가 나서 투덜거리기 시작했습니다. 그 여인은 조금 전의 그 남자보다 더 무서운 얼굴을 하고 있었습니다. 여인의 입에서는 독기가 뿜어져 나와 죽음의 입김 때문에 숨을 쉴 수가 없었습니다. 그 여인은 저를 추운 밖으로 내쫓으려 했습니다. 만일 그대로 저를 내쫓았다면, 그 여인은 죽었을 겁니다. 나는 그것을 알고 있었습니다.

그때 갑자기 여인의 남편이 하느님에 대한 이야기를 꺼내자, 금세 여인의 태도가 바뀌었습니다. 그리고 저희들에게 저녁을

차려 주었는데, 그때 저를 쳐다보는 여인의 얼굴에는 이미 죽음
의 그림자가 사라지고 밝음만이 가득했습니다. 저는 여인의 얼굴
에서도 하느님의 모습을 보았습니다.

그때 저는 하느님이 '사람의 마음속에 무엇이 있는지를 알게
될 것이다.'라고 하신 말씀이 떠올랐습니다. 그리고 사람의 마음
속에 있는 것이 사랑이라는 것을 깨달았습니다. 저는, 하느님께
서 저에게 약속하신 일을 이렇게 보여 주시는구나 하고 얼마나
기뻤는지 모릅니다. 그래서 처음으로 웃었던 것입니다.

그러나 아직 하느님의 말씀을 전부 알 수는 없었습니다. '사람
에게 허락되지 않은 것은 무엇인가? 사람은 무엇으로 사는가?'
이 두 말씀을 알 수가 없었습니다.

제가 이 집에 온 지 일 년이 지났습니다. 그러던 어느 날, 어떤
신사가 와서 일 년 동안 모양도 변하지 않고 이음새도 터지지
않는 장화를 만들어 달라고 주문했습니다. 저는 그 사람을 보고
있는 동안, 그 사람의 뒤에 저의 동료였던 죽음의 천사가 있는
걸 발견했습니다. 저 말고는 누구도 그 천사를 볼 수 없지만,
저는 그를 알고 있었기에 그날 해가 지기 전에 그 신사의 영혼이
거두어지리라는 것을 알았습니다. 그래서 저는 생각했습니다.

'이 사람은 일 년을 신어도 변하지 않는 장화를 주문하고 있지
만, 자신이 오늘 저녁에 세상을 떠나는 것은 모르고 있다.'

그래서 하느님의 두 번째 말씀인 '사람에게 허락되지 않은 것
이 무엇인지를 알게 될 거다.'라고 하신 말씀을 떠올렸습니다.

사람의 마음속에 있는 것이 무엇인지는 이미 알았습니다. 그리고 인간에게 주어져 있지 않은 것이 무엇인지도 알게 된 것입니다. 인간에게는, 자신의 육체를 위해 없어서는 안 될 것이 무엇인가를 아는 지혜가 주어져 있지 않았던 것입니다. 그래서 저는 두 번째로 웃었습니다. 동료였던 천사를 만난 것도 반가웠지만, 하느님께서 두 번째 말씀을 계시하신 것이 기뻤기 때문입니다.

하지만 그래도 저는 전부를 깨닫지 못하고 있었습니다. 아직 '사람은 무엇으로 사는가?'를 깨닫지 못했습니다. 정말이지 저는 계속해서 여러분의 신세를 지면서, 하느님께서 주신 마지막 말씀의 의미를 깨닫게 해 주실 때를 기다렸습니다.

그리고 6년이 되었습니다. 그리고 오늘 쌍둥이인 두 여자아이가 한 부인과 함께 이곳에 온 것입니다. 저는 이 아이들이 죽지 않고 무사히 살아 있다는 것을 알게 되었습니다. 그 아이들을 보며 저는 생각했습니다.

그 아이들의 어머니가 살려 달라고 부탁했을 때, 저는 '부모 없이는 아이들이 살 수 없다.'고 생각했습니다. 하지만 다른 사람의 젖을 먹고도 이렇게 잘 자라지 않았는가. 그리고 그 아이들을 키워 준 부인이 아이들 때문에 감동의 눈물을 흘렸을 때

살아계신 하느님의 모습을 발견했고, 사람은 무엇으로 사는지를 깨달았습니다.

저는 하느님께서 마지막 깨달음을 주시고, 저를 용서하셨다는 것을 알았기에 세 번째로 웃었던 것입니다."

12

그러는 동안, 천사의 몸은 빛으로 둘러싸여 똑바로 쳐다볼 수조차 없었다. 천사는 점점 소리를 크게 내며 이야기했다. 그 소리는 그가 말하는 것이 아니라, 마치 하늘에서 울려 나오는 소리 같았다.

천사는 이렇게 말했다.

"나는 모든 인간들이 오로지 자신만을 생각하고 살펴야만 살 수 있는 것이 아니라, 사랑에 의해 살아간다는 것을 알게 되었다. 아이들을 낳고 죽어가던 그 어머니에게는 아이들이 살아가는 데 무엇이 필요한가를 아는 것이 허락되지 않았다. 또 그 부유한 손님은 자기 자신에게 무엇이 필요한가를 알지 못했다. 사실 어떤 사람일지라도 자신에게 필요한 것이 살아서 신을 장화인지, 아니면 죽어서 신을 슬리퍼인지, 그것을 아는 것은 허락되지 않는다.

내가 인간이 되고 나서도 살아갈 수 있었던 것은, 스스로가 내 일을 걱정하고 해결했기 때문이 아니다. 길을 가던 한 사람과 그의 아내의 마음에 사랑이 있었기에, 나를 불쌍하게 생각하고 보살펴 주는 마음이 있었기 때문이다. 또한 두 고아가 잘 자랄 수 있었던 것도, 한 여인의 진실한 사랑이 있어 그들을 가엾게 여기고 사랑해 주었기 때문이다. 모든 인간들이 살아가고 있는 것은, 그들이 자기 자신을 걱정하기 때문이 아니라 그들 마음속에 사랑이 있기 때문이다.

이전에도 나는, 하느님이 인간에게 생명을 부여하고 그들이 잘 살기를 바라고 계신다는 것을 알고 있었지만, 지금 또 다른 한 가지를 깨닫게 되었다. 하느님께서는 사람들이 뿔뿔이 흩어져 사는 것을 원하지 않기 때문에, 개개인의 인간에게 무엇이 필요한가를 보여 주지 않았다. 다만 인간들이 서로 모여 살아가기를 원하시고, 자기 자신과 모든 인간을 위해 무엇이 필요한가를 가르쳐 주신 것이다.

나는 이제야 깨달았다. 사람이 오직 자기 자신의 일을 생각하는 마음만으로 살아갈 수 있다고 하는 것은, 그저 인간들이 그렇게 생각하는 것일 뿐이다. 인간은 오직 사랑의 힘에 의해 살아가고 있다. 사랑의 마음으로 가득 차 있는 자는 하느님 안에서 살고 있는 것이고, 하느님은 그 사람 속에 계시는 것이다. 왜냐하면 하느님은 사랑이시므로……."

그렇게 말하고 나서, 천사는 하느님을 찬양하는 노래를 부르기 시작했다. 그러자 그 소리가 집 안 가득히 울려 퍼지는 것 같았다. 그리고 천장이 두 쪽으로 갈라지면서 땅에서 하늘까지 한 줄기 불기둥이 솟아올랐다.

세몬과 아내와 아이들은 일제히 바닥에 엎드렸다. 그러자 순식간에 미하일의 등에 날개가 활짝 펼쳐지더니 하늘로 날아 올라갔다.

잠시 후 세몬이 정신을 차렸을 때는 집은 예전과 다름없었고, 집안에는 가족들 외에는 아무도 없었다.

바보 이반

옛날 어느 나라 한 마을에 부유한 농부 한 사람이 살고 있었다. 이 농부에게는 세 아들과 딸 하나가 있었다. 무관인 세몬은 임금님을 따라 전쟁터에 나갔고, 배불뚝이 타라스는 장사치한테 장사 기술을 배우러 갔으며, 바보인 이반은 말을 하지 못하는 누이동생과 함께 집에 남아서 땀 흘려 농사일을 하고 있었다.

무관인 세몬은 높은 벼슬과 땅을 얻고, 어느 귀족의 딸한테 장가를 들었다. 세몬은 수입도 좋고 땅도 많았지만 언제나 적자를 면치 못했다. 귀족 행세를 하는 세몬의 아내가 세몬이 긁어모으는 돈을 물 쓰듯 써 버려 돈이 붙어 있을 날이 없었기 때문이다.

어느 날 세몬이 도조(남의 논밭을 부치고, 그 세로 매년 내는 곡식)를 거두려고 농장으로 가자, 마름이 이렇게 말했다.

"도조를 드릴 수가 없습니다. 도대체 돈이 나와야 말이죠. 저희들에게는 가축이고 말이고 소고 쟁기고 간에 그 어느 것 하나도 있는 게 없습니다. 먼저 이런 것들을 갖추어야만 비로소 돈이라는 것을 벌 수 있습니다."

그 말을 들은 세몬은 아버지에게로 가서 이렇게 말했다.

"아버지! 아버지는 부자면서도 저에게는 아무것도 주시지 않았습니다. 저에게 땅을 삼분의 일만 나눠 주십시오. 제 이름으로 바꾸고 싶습니다."

"너는 집에 보태 준 것이 조금이라도 있느냐. 뭣 때문에 내가 너에게 땅을 삼분의 일이나 준단 말이냐? 그렇게 되면 이반과 네 누이가 가만있지 않을 것이다."

그러자 세몬이 말했다.

"그렇지만 이반은 바보잖아요. 그리고 누이도 귀머거리에다 벙어리이고 말이에요. 그런 애들이 뭐가 문제가 되겠어요?"

아버지가 말했다.

"그렇다면 이반이 뭐라고 하는지, 어디 한번 그 애한테 물어보도록 하자."

형과 아버지의 말을 듣고 나서, 이반은 아무렇지 않은 듯 이렇게 말했다.

"뭘 그러세요. 드리세요."

세몬은 집에서 삼분의 일의 땅을 얻은 다음, 그 땅을 제 앞으로 이전하고 나서 임금님을 섬기러 다시 떠났다.

배불뚝이 타라스도 돈을 많이 모아 장사치의 딸한테 장가를 들었다. 그래도 그는 늘 불만이 많았다. 그러던 어느 날, 그도 아버지에게 찾아가 말했다.

"저에게도 제 몫을 주십시오."

하지만 아버지는 타라스에게도 땅을 떼어 주고 싶지 않았다.

"너는 우리들에게 도움을 준 것이 아무것도 없지 않느냐. 그리고 지금 집에 있는 것은 모두 이반이 번 것이란다. 나는 그 애하고 말라냐를 섭섭하게 할 수는 없다."

"저런 모자란 녀석에게 뭐가 필요하겠습니까. 저 녀석은 바보라서, 장가도 갈 수 없습니다. 누가 저런 녀석에게 시집을 오려고 하겠습니까. 벙어리인 누이도 마찬가지죠. 역시 그 애도 아무것도 필요치 않을 겁니다.

그렇지 않니, 이반? 나한테 곡식을 절반만 다오. 그리고 난 연장 따위 갖지 않을 테니까, 대신 저 수말 한 필을 다오. 저 수말은 밭을 가는 데 도움이 되는 것도 아니잖니."

이번에도 이반이 웃음을 터뜨리며 말했다.

"그러세요. 가져가세요. 난 또 가서 잡아오지요."

이렇게 해서 타라스도 제 몫을 받았다. 타라스는 곡식을 잔뜩 실은 다음, 수말을 데리고 떠났다.

그 후로도 이반은 늙어빠진 암말 한 마리로 농사를 지어, 예전
처럼 아버지와 어머니를 봉양했다.

2

왕초 도깨비는 이 형제들이 재산을 나눌 때 말다툼을 하지
않고 의좋게 헤어진 것이 화가 나서 참을 수가 없었다. 그래서
그는 부하 도깨비 셋을 큰 소리로 불렀다.

"자, 얘기 좀 들어 봐라. 저기 세 형제가 있는 것 봤지? 세몬이
란 무관과 타라스란 배불뚝이, 그리고 이반이란 바보 녀석 말이
다. 나는 저 녀석들이 싸움을 하도록 만들고 싶은데, 저 녀석들이
저렇게 의가 좋으니 이 일을 어쩐단 말이냐. 서로가 '너 먹어라.'
하면서 사이좋게 지내고 있거든. 특히 저 이반이란 바보 녀석이
내 일을 모조리 망쳐 놨지 뭐냐. 이제부터 너희 셋이서 저 녀석들
에게 들러붙어 이간질을 시켜 서로 싸우도록 만들어라. 어때,
그렇게 할 수 있지?"

"그럼요, 할 수 있고말고요."

"어떻게 할 작정인데?"

"먼저 저 녀석들을 홀랑 발가벗겨서 한곳에다 모아 놓은 다음
먹을 것을 주지 않는 거예요. 그러면 저 녀석들도 틀림없이 서로
아옹다옹하고 싸우게 될 겁니다."

왕초 도깨비가 말했다.

"그거 좋은 생각이구나. 해야 할 일을 너희들이 잘 알고 있으니, 잘해 보거라. 그리고 저 세 녀석들의 사이를 갈라놓기 전에는 나한테 돌아올 생각을 하지 말거라. 그렇지 않으면 너희 세 녀석의 가죽을 몽땅 벗겨 놓을 테니까. 알아들었나?"

부하 도깨비들은 숲속으로 들어가서 어떻게 일을 진행할 것인지를 의논하기 시작했다. 하지만 저마다 조금이라도 더 쉬운 일을 맡으려고 해서 결론이 나질 않았다. 오랫동안 궁리한 끝에, 누가 누구를 맡을 것인지를 제비뽑기를 해서 정하기로 했다. 그리고 조금이라도 일찍 일을 끝내면, 서로 도와줘야 한다고 약속했다.

부하 도깨비들은 다시 이 숲에 모일 날짜를 정한 다음, 그날 누구의 일이 끝났고 누구를 도우러 가야 할 것인지를 이야기하기로 했다. 부하 도깨비들은 저마다 맡은 일을 열심히 하자고 다짐하고 헤어졌다.

드디어 정한 날이 되자, 부하 도깨비들은 약속대로 숲에 모였다. 그리고 각기 자기의 일이 어떻게 되었는지를 설명하기 시작했다. 세몬을 맡은 첫 번째 도깨비가 입을 열었다.

"내 일은 잘 되어가고 있어. 내가 맡은 그 세몬은 틀림없이 내일 아버지한테 갈 거야."

동료 도깨비들이 물었다.

"어떻게 했는데?"

"먼저, 나는 세몬에게 잔뜩 용기를 불어넣어 주었지. 그랬더니 그 녀석은 제 임금님에게 온 세계를 정복해 보이겠다고 약속을 하더군. 그러자 임금님은 세몬을 대장으로 만들어서 대국의 임금을 치러 보내려고 많은 군사를 주었지.

나는 바로 그날 밤, 세몬의 군사들이 가지고 있는 화약을 모조리 적셔 놓았어. 그리고는 대국으로 가서 무수히 많은 군사들을 짚으로 만들어 놓았지. 그러자 세몬의 군사는 사방팔방에서 지푸라기 군사들이 마구 몰려오는 것을 보고는 잔뜩 긴장을 했고, 세몬은 '쏘아라!' 하고 명령을 내렸어. 하지만 대포고 총이고 간에 말을 들어야 말이지. 세몬의 군사들은 죽을상을 한 채 줄행랑을 놓을 수밖에 없게 되었어. 마치 양떼처럼 말이야.

그러자 대국의 임금이 그들을 단번에 쳐부쉈지. 세몬은 톡톡히 망신을 당하고 땅을 모조리 몰수당한 데다, 내일은 사형을 집행당할 위기에 처했어.

나는 이제 하루만 일하면 될 것 같아. 이제 세몬이 자신의 집으로 도망치도록 그 녀석을 옥에서 빼내는 일만 남아 있을 뿐이야. 내일이면 완전히 끝나니까, 내 도움이 필요하면 말해."

이번에는 타라스를 맡은 다른 부하 도깨비가 자기 일에 대해서 얘기하기 시작했다.

"도움 따윈 필요 없어. 내 일도 잘 되고 있으니까. 타라스란 녀석도 이제 일주일 이상을 넘기지 못할 거야. 나는 가장 먼저 그 녀석 배를 잔뜩 불려서 욕심쟁이가 되게 했지. 그랬더니 그 녀석은 남의 재산을 턱없이 탐내면서, 보지 않은 것까지도 모두 사고 싶어 하는 거야.

돈을 있는 대로 탈탈 털어서 끝없이 물건을 사들이고 있는데, 그래도 양에 차지 않는지 아직도 사들이고 있는 중이야. 요즘엔 빚까지 져가면서 사들이더라고. 이제는 너무 긁어모으다 보니까 어떻게 처치해야 할지 몰라 안절부절못하고 있어.

일주일 뒤에는 이것저것 사느라고 빌려 쓴 돈을 갚아야 할 날짜가 되는데, 그 안에 나는 그 녀석이 가진 물건들을 몽땅 거름으로 만들어 놓을 생각이야. 그러면 그 녀석은 틀림없이 빚을 갚지 못해서, 빚쟁이에게 쫓겨 바로 자기 아버지한테 달려갈 거야."

두 도깨비는 이반에게서 돌아온 셋째 도깨비에게 물었다.

"휴…… 내 일은 어쩐지 잘 되어가질 않아. 먼저 배탈을 나게 하려고, 크바스를 담는 그 녀석의 병 속에다 침을 잔뜩 뱉어 놓았지. 그러고 나서 그 녀석 밭으로 가서 땅바닥을 돌처럼 굳혀 놓았어. 그 녀석이 꼼짝 못하게 하려고 말이야. 그리고는 이쯤 되면 절대로 밭을 갈지 못하리라 생각하고 있었는데, 그 바보 녀석은 말없이 쟁기를 가지고 와서는 갈아 젖히는 거야. 배가 아파 끙끙 앓으면서도 계속해서 갈아 대는 걸 보니, 정말 바보라는 생각이 들었어.

그래서 나는 그 녀석의 쟁기를 부숴 놓았지. 그랬더니 그 녀석은 집으로 돌아가 딴 쟁기를 가져와서는 또다시 갈기 시작하지 뭐야. 그래서 나는 땅 밑으로 기어들어가 쟁기를 붙들어 보려고 했는데, 이게 도무지 붙잡아지질 않는 거야. 그 녀석이 쟁기를 누르고 있는데다 쟁깃날이 날카로워서, 도리어 내 손을 마구 베이고 말았어.

그 녀석은 밭을 그렇게 거의 다 갈아 버리고, 이제 겨우 한 두둑밖에 남지 않았어. 그러니까 나 좀 도와주게나. 그 녀석 하나를 때려잡지 못하면, 우리들의 일은 모두 허사가 되고 말 테니 말이야. 만약 그 바보가 계속 농사를 짓게 되면, 그 형제들은 별로 곤란을 당하지 않게 될 거거든. 그 녀석이 두 형을 먹여 살릴 테니 말이야."

무관인 세몬을 맡고 있는 도깨비가 내일 도우러 가겠다고 약속하고, 그들은 일단 헤어졌다.

3

이반은 묵혀 두었던 밭을 다 갈고, 이제는 남아 있는 것은 한 두둑뿐이었다. 그는 배가 아파 견딜 수 없었으나, 한 두둑을 마저 다 갈아 버리려고 말을 타고 왔다. 그래서 고삐의 줄을 툭 치면서 쟁기를 돌려 갈기 시작했다.

쟁기를 갈며 한 번 갔다가 되돌아와서 다시 되짚어가려고 하는데, 마치 나무뿌리에 걸리기라도 한 것처럼 쟁기가 나가지 않았다. 그것은 부하 도깨비가 두 발로 쟁기 줄에 매달려 꽉 누르고 있기 때문이었다. 이반은 별 이상한 일도 다 있다고 생각했다.

'아까만 해도 나무뿌리 같은 건 없었는데…….'

이반은 두둑 속에다 손을 집어넣었다. 그러자 무엇인가 부드러운 것이 뭉클하며 손에 닿았다. 그는 그것을 움켜잡아 밖으로 끄집어냈다.

나무뿌리처럼 새까맣게 생긴 것이었는데, 그 위에서 무언가가 꿈틀거렸다. 자세히 살펴보니, 살아 있는 도깨비가 아닌가.

"아니, 뭐 이런 빌어먹을 게 다 있어!"

이반은 부하 도깨비를 번쩍 치켜들어 쟁기부리에다 내리쳐서 박살을 내버리려고 했다. 그러자 부하 도깨비가 소리를 지르면서 말했다.

"제발 죽이지 말아 주십쇼. 그 대신 무엇이든 원하는 대로 해드리겠습니다."

"그래? 네가 무얼 할 수 있다는 거냐?"

"무얼 원하시는지 말씀만 해 주시면, 뭐든 다 하겠습니다."

이반은 머리를 긁적거리며 말했다.

"내가 지금 배가 아픈데 말이야, 낫게 할 수 있겠나?"

"물론, 할 수 있고말고요."

"그럼 어디 낫게 해 보렴."

부하 도깨비는 두둑 위에 몸을 구부리고 손톱으로 여기저기 뒤져가며 무엇인가를 찾았다. 그러더니 가지가 셋인 조그만 뿌리를 쑥 뽑아내며, 그것을 이반에게 건넸다.

"여기 있습니다. 이 뿌리를 한 뿌리만 삼키시면, 그 어떤 고통도 이내 사라집니다."

이반은 뿌리를 받아 찢어서는 한 가지를 삼켰다. 그러자 금방 씻은 듯이 배가 나았다.

부하 도깨비는 다시 사정하기 시작했다.

"자, 이제 놓아 주세요. 나는 땅 속으로 기어들어가 이제 다시는 나오지 않을 겁니다."

그러자 이반이 말했다.

"그래? 그럼 잘 가거라!"

이반이 말을 끝내기가 무섭게, 부하 도깨비는 물속에 던진 돌처럼 순식간에 땅 속으로 모습을 감추고 말았다. 그리고 그 자리엔 구멍 하나가 덩그러니 남아 있을 뿐이었다.

이반은 남아 있는 뿌리 두 가지를 모자 속에다 쑤셔 넣은 다음, 나머지 밭을 마저 갈기 시작했다. 그리고 마지막 두럭을 다 갈고 나자, 쟁기를 한쪽에 정리해 두고 집으로 돌아왔다.

이반이 말을 풀어 놓고 나서 오두막 안으로 들어가니, 맏형인 무관 세몬이 아내와 함께 앉아 저녁을 먹고 있었다. 세몬은 가지고 있던 논과 밭을 몰수당한 후, 가까스로 옥에서 도망쳐 나와 아버지한테 달려온 것이었다.

세몬은 이반을 보자 이렇게 말했다.

"너와 함께 살려고 왔다. 새 일자리를 구할 때까지, 나하고 집사람을 좀 있게 해다오."

"그래요? 염려 말고 여기서 지내세요."

이반은 그렇게 말한 다음 막 의자에 걸터앉았다. 그런데 세몬의 아내는 이반에게서 나는 흙냄새가 역겨웠는지, 참지 못하고 남편에게 말했다.

"여보, 난 정말 못 참겠어요. 역겨운 냄새가 나는 흙투성이와는 같이 식사를 못 하겠어요."

그러자 세몬이 말했다.

"네 형수가 너에게서 나는 냄새를 참지 못하겠다고 하니까, 너는 문간에서 식사를 하면 어떻겠냐?"

"그래요? 어이구, 죄송합니다. 그렇잖아도 난 바로 밤 순찰을 나갈 시간도 되고, 말에게도 먹이를 줘야 하니까 그렇게 하지요."

이반은 빵 한 덩이와 윗옷을 집어 들고 밤 순찰을 하러 나갔다.

4

세몬을 맡은 부하 도깨비는 자기 일을 다 마친 다음, 약속대로 그날 밤에 바보 이반을 괴롭히기로 한 부하 도깨비를 찾아왔다. 밭으로 와서 한참 동안 동료를 찾아 헤맸으나, 어디에서도 그의 모습이 보이지 않았다. 그저 뻥 뚫려 있는 구멍 하나가 눈에 띨 뿐이었다.

'아무래도 무슨 좋지 않은 일이 일어난 것 같은데. 그렇다면 나라도 대신해서 그 녀석을 괴롭힐 수밖에 없지. 밭은 이제 다 갈아 났을 테니까, 이번에는 풀밭에서 그 바보를 괴롭혀 줘야지.'

부하 도깨비는 목장으로 가서 이반의 풀밭에 큰물이 들게 만들었다. 그러자 풀밭이 온통 진흙바닥으로 변해 버렸다. 이반은 가축의 밤 순찰을 하러 나갔다가 새벽녘에 돌아왔으나, 풀을 베기 위해 바로 큰 낫을 들고 풀밭으로 나갔다.

이반은 풀밭이 진흙바닥으로 변한 것도 개의치 않은 채 풀을 베기 시작했다. 그러나 낫을 한두 번밖에 내두르지 않았는데도 날이 쉽게 무뎌져서 다른 것으로 바꿔 봤지만 별 소용이 없었다. 이반은 여러 방법을 써도 되지 않자, 혼잣말로 중얼거렸다.

"왜 이러지? 집에 가서 숫돌을 가져와야지 안 되겠다. 간 김에 빵도 가져와야지. 아무리 오래 걸리더라도, 풀을 다 베기 전에는 여기서 떠나지 않겠다."

부하 도깨비는 이 소리를 듣고 한참 동안 생각에 잠겼다.

'제기랄, 이 녀석은 정말 바보로군. 이 녀석에겐 딴 수를 써야지, 이런 방법은 먹히지 않겠는데.'

이반은 집에 갔다 와서 낫을 갈더니, 다시 풀을 베기 시작했다. 부하 도깨비는 풀 속에 몰래 기어들어가 낫 꽁무니를 붙잡고 그 날을 흙 속에다 처박기 시작했다. 이반은 몹시 힘이 들었으나, 포기하지 않고 계속 풀을 베었다. 이제 늪의 한쪽 모서리만 베면 되었다.

부하 도깨비는 늪 속으로 기어들어가 이렇게 생각했다.

'이번에는 손가락이 잘리는 한이 있더라도 절대로 베지 못하게 해야지.'

이반은 한쪽 늪으로 왔다. 보기에는 풀이 그렇게 질기거나 억세지도 않은데, 어쩐지 낫이 말을 잘 듣지 않았다. 이반은 바짝 약이 올라 더욱 힘껏 낫을 내둘렀다.

그러자 부하 도깨비가 뒤로 물러날 겨를이 없을 지경이 되어 버렸다. 일이 잘못되었다고 생각한 부하 도깨비는 덤불 속으로 조용히 몸을 숨겼다. 그런데 이반이 큰 낫을 마구 휘두르며 덤불을 치는 바람에 부하 도깨비의 꼬리가 절반가량 잘려 나가고 말았다.

풀을 다 벤 이반은, 누이에게 그것을 긁어모으라고 시켜 놓고 이번에는 호밀을 베러 갔다.

이반이 갈고리 같은 낫을 가지고 호밀밭으로 갔을 때는, 꼬리 잘린 부하 도깨비가 어느 틈에 그곳으로 와서 호밀을 마구 흩어 놓은 다음이었다. 그래서인지 갈고리 같은 낫으로도 잘 베어지질 않았다.

그러자 이반은 집으로 되돌아가, 다시 보통 낫을 가지고 와서 베기 시작했다. 시간이 얼마 지나지 않아 모두 다 베어 버렸다.

"이번에는 귀리를 베어야지."

이 말을 들은 꼬리 잘린 부하 도깨비는, 이번에야말로 저 녀석을 괴롭혀 주겠노라고 다짐했다.

'내일 아침만 되어 봐라.'

그러나 그 이튿날 아침에 부하 도깨비가 귀리 밭에 달려갔을 때는 귀리가 벌써 다 베어진 다음이었다. 밤사이에 귀리의 낟알이 떨어질까 봐, 이반이 그것을 말끔히 베어 놓았던 것이다.

부하 도깨비는 바싹 약이 올라 씩씩거리며 이렇게 중얼거렸다.

"그 바보 녀석은 내 꼬리를 잘라 놓은 것도 모자라서, 나를 계속 괴롭히고 있다. 전쟁에서도 이처럼 당한 일은 없는데……. 그 빌어먹을 바보 녀석은 밤에도 잠을 자지 않으니, 도무지 당해 낼 재간이 없군. 그러나 이번에는 호밀 가리 속으로 들어가 모조리 썩혀 버리고 말겠다."

부하 도깨비는 호밀 가리가 있는 데로 가서 다발 사이로 기어들어가 호밀을 썩히기 시작했다. 그런데 호밀을 썩히는 동안 공기가 따뜻해지자, 부하 도깨비는 자기도 모르는 새 잠이 들어 버렸다.

부하 도깨비가 이렇게 계책을 꾸미다 잠이 든 동안, 이반은 암말에게 수레를 끌게 한 후 누이와 함께 호밀 가리를 나르러 왔다.

이반은 호밀 가리를 짐수레에다 싣기 시작했다. 호밀 가리를 두어 단가량 들어내자, 등짝을 환히 드러낸 부하 도깨비가 잠들어 있는 것이 보였다. 이반이 갈퀴 끝으로 꼬리가 잘려진 부하 도깨비를 들어 올리니, 꼬리 잘린 도깨비가 바싹 움츠린 채 도망치려고 버둥거렸다.

이반이 그 모습을 보고 말했다.

"어라? 요놈 좀 보게. 뭐 이렇게 못된 놈이 다 있어! 너 또 나왔구나?"

그러자 부하 도깨비가 말했다.

"아니에요, 그건 내가 아니에요. 앞에는 내가 아니라 동료였어요. 나는 당신의 형님이신 세몬한테 갔어요."

"네가 무얼 했건, 똑같이 혼을 내야겠다."

이반이 부하 도깨비를 밭두둑에다 내리쳐 박살을 내려고 하자, 부하 도깨비가 사정하기 시작했다.

"한번만 놓아 주세요. 이제 다시는 나오지 않겠습니다. 놓아 주시기만 하면, 당신이 원하는 것은 뭐든 해 드리겠습니다."

"그래? 네 녀석이 뭣을 할 수 있다는 거냐?"

이반이 묻자 부하 도깨비가 말했다.

"당신이 원하신다면, 그 무엇으로라도 군사를 만들어 드릴 수 있어요."

"그렇지만 군사를 만들어서 어디에 쓰게?"

"쓸 수 있는 곳은 너무나 많죠. 그들은 내 생각대로 무슨 짓이든 할 수 있거든요."

"노래를 부를 수도 있단 말이지?"

"물론이에요."

"어디 한번 만들어 보려무나."

"이 호밀 가리를 한 단 들어 땅바닥에 반듯이 세운 다음, 그것을 흔들면서 '내 종이 이르는 말이노라. 다발이 아니라 보리 짚의 수만큼 군사라 되어라!'라고 말하면 돼요."

이반은 호밀 단을 들어 땅바닥에다 세운 다음, 그것을 흔들면서 부하 도깨비가 일러준 대로 했다. 그러자 호밀 단이 산산이 흩어지더니 많은 군사로 변했고, 북을 치는 고수와 나팔수가 맨 앞에서 풍악을 울리는 것이었다.

그 모습을 보고, 이반이 웃음을 터뜨리며 말했다.

"네놈의 솜씨가 대단하구나! 이걸 여자애들이 보면 정말 좋아하겠는걸."

"그럼 이제 놓아 주시는 거죠?"

"아직은 아니야. 낟알도 떨지 않은 호밀 가리로 군사를 만들면 낟알을 버리잖아. 그러니 어떻게 하면 다시 호밀 가리로 되돌아가는지를 가르쳐 주어야지. 그 낟알을 떨어야 하니까."

그러자 부하 도깨비가 말했다.

"이렇게 말하시면 됩니다. '군사의 수만큼 보릿짚이 되고, 또 다발이 되어라. 내 종이 이르는 말이노라.'"

이반이 그대로 말하자, 군사들이 다시 다발로 변했다.

부하 도깨비는 또다시 사정하기 시작했다.

"이제 놓아 주는 거죠?"

"그래? 그렇게 하지."

이반은 부하 도깨비를 밭두둑에다 걸쳐놓고, 한쪽 손으로 눌러 그를 갈퀴에서 빼 주며 말했다.

"어서 가거라."

그런데 그가 말을 끝내기가 무섭게 부하 도깨비는 물 속에 던진 돌처럼 금방 땅 속으로 뛰어 들어가 버렸다. 그러자 그곳에 구멍 하나가 뻥 뚫렸다.

이반이 일을 마치고 집으로 돌아오자, 이번에는 둘째 형인 타라스가 아내와 함께 저녁을 먹고 있었다. 배불뚝이 타라스는 빌린 돈을 갚지 못하고 빚 때문에 도망쳐 온 것이었다.

그가 이반을 보자 말했다.

"이반아, 내가 다시 장사를 시작할 때까지 집사람과 나를 여기서 지내게 좀 해 줘야겠다."

"그래요? 여기서 같이 지내도록 하세요."

이반이 이렇게 대답하며 윗옷을 벗고 식탁 앞에 앉았다. 그러자 장사치의 아내가 입을 열었다.

"나는 땀 냄새가 심하게 나는 바보 따위와 같이 식사를 할 수가 없어요!"

그러자 타라스가 이렇게 말했다.

"이반. 너에게서 좋지 않은 냄새가 나니, 너는 저쪽 문간에 가서 식사를 하면 어떻겠냐?"

"그래요? 그렇지 않아도 마침 밤 순찰을 나가려던 참이에요. 말에게도 먹이를 주어야 하고요."

그렇게 말한 다음, 이반은 제 몫의 빵을 들고 바깥으로 나갔다.

5

또 다른 부하 도깨비는 그날 밤 일이 끝나자, 약속대로 동료를 도와주러 왔다. 타라스한테서 일을 마치고 바보 이반을 괴롭히기 위해 온 것이었다.

밭으로 와서 동료들을 찾아 여기저기 헤맸으나 아무도 보이지 않고, 그저 뻥 뚫린 구멍만 눈에 띌 뿐이었다. 그래서 이번에는 풀밭으로 가 보았다. 그곳에도 동료들은 보이지 않고, 다만 잘린 꼬리만 늪 부근에 떨어져 있을 뿐이었다. 그리고 호밀을 베어 낸 밭에도 가 봤지만, 그곳에도 뻥 뚫린 구멍만 덩그러니 남아 있을 뿐이었다.

'아무래도 동료들한테 좋지 않은 일이 일어난 것이 틀림없어. 내가 그들을 대신해서라도 그 바보 녀석을 혼내 줘야겠다.'

부하 도깨비는 이런 생각을 하며, 이반을 찾으러 타작마당으로 갔다. 그런데 이반은 벌써 들일을 마치고 숲속에서 나무를 베어 내고 있었다.

모두 함께 살다 보니, 두 형들은 집이 너무 좁다고 불평이 대단했다. 그러면서 나무를 베어다, 자기네가 살 새 집을 지어 달라고 바보 이반에게 졸라 댄 것이었다.

　부하 도깨비는 숲으로 달려가서 나뭇가지로 기어올라, 이반이 나무를 베는 것을 방해하기 시작했다. 이반은 쓰러뜨리기 좋게 나무 밑동을 미리 쳐놓은 다음 방해를 받지 않을 데로 나무를 쓰러뜨리려고 했으나, 나무가 이상하게 구부러지면서 엉뚱한 곳으로 쓰러져 그곳에 있는 다른 나뭇가지에 걸려 버렸다. 이반은 지렛대를 하나 만들어, 이쪽저쪽으로 방향을 틀어 가면서 간신히 나무를 쓰러뜨렸다.

　이반은 다른 나무를 베기 시작했다. 그런데 이번에도 역시 마찬가지였다. 이반은 갖은 애를 써서 가까스로 나무를 쓰러뜨린 다음 세 번째 나무에 달려들었다. 그렇지만 이번에도 마찬가지였다. 이반은 쉰 그루쯤 베어 눕힐 생각이었는데, 열 그루도 베어 눕히지 못했는데 벌써 해가 뉘엿뉘엿 지기 시작했다.

　이반은 이미 지칠 대로 지쳐 버렸다. 땀에 젖은 그의 몸뚱이에서 김이 무럭무럭 나자, 마치 숲속에 안개가 낀 것처럼 보였다. 그런데도 그는 일손을 멈추지 않고, 또 한 그루를 베어 눕혔다.

　그런데 급기야 등짝이 지끈지끈 쑤시기 시작하면서 맥이 탁 풀려 더 이상 버틸 수가 없었다. 그래서 조금 쉴 생각으로 도끼를 나무에다 처박아 놓고 그대로 주저앉았다.

　부하 도깨비는 이반이 주저앉은 것을 알고 기뻐하며 생각했다.

'녹초가 되어 뻗어 버렸군. 어디 그럼 나도 이제 좀 쉬어 볼까.'

부하 도깨비는 나뭇가지 위에 올라타고 앉아 속으로 고소해 했다.

그런데 이반이 다시 벌떡 일어나더니, 도끼를 쳐들어 반대쪽에서 냅다 내리치는 것이 아닌가. 그러자 나무가 별안간 뿌지직하고 빠개지면서 쓰러졌다. 워낙 갑작스런 일이라, 부하 도깨비는 미처 피할 겨를이 없었다. 우지끈하고 가지가 꺾이는 바람에, 나뭇가지 틈에 부하 도깨비의 손이 끼고 말았다.

이반은 그걸 보고 깜짝 놀라 소리쳤다.

"아니, 요 망할 놈! 이 녀석이 또 나왔네?"

그러자 부하 도깨비가 말했다.

"아까는 내가 아니에요. 나는 당신의 형님이신 타라스한테 갔다 왔어요."

"네가 어딜 갔다 왔는지 내가 알게 뭐냐?"

이반이 도끼를 번쩍 치켜들어 도끼 등으로 내리쳐 죽이려고 하자, 부하 도깨비는 싹싹 빌어대며 이렇게 애원했다.

"제발 한 번만 살려 주세요. 원하시는 것이 있으면 무엇이거나 해 드릴게요."

"그래? 네가 나한테 무엇을 해 줄 수 있는데?"

"당신이 원하는 만큼의 돈을 만들어 드릴 수 있어요."

"그래? 그렇다면 어디 한번 만들어 보려무나."

그러자 부하 도깨비는 이반에게 이렇게 가르쳐 주었다.

"이 떡갈나무 잎을 들고 두 손으로 비벼 보세요. 그러면 금화가 땅바닥에 떨어질 테니."

이반은 부하 도깨비의 말대로 떡갈나무 잎을 들고 비벼 보았다. 그랬더니 아니나 다를까, 누런 금화가 우수수 쏟아지는 것이 아닌가.

"어린애들에게 주면 잘 가지고 놀겠는걸."

"그럼 저를 놔 주시는 거죠?"

부하 도깨비가 말했다.

"그래? 알았다. 이만 가거라."

이반이 지렛대를 들어 부하 도깨비를 빼내 주기가 무섭게 부하 도깨비는 금방 땅 속으로 기어들어가 버렸다. 그러자 그 자리에 뻥 뚫린 구멍 하나가 남아 있을 뿐이었다.

6

형제들이 따로따로 집을 지어 살기 시작하자, 이반은 술을 담가 잔치를 벌이기로 했다. 그래서 동네 사람들과 두 형을 초대했는데, 형들은 이반의 잔치에 오지 않았다.

"농부들만 모이는 잔치에 우리는 어울리지 않지."

이반은 동네 사람들에게 음식과 술을 나누어 주고, 자기도 맘껏 마셨다. 그리고 취기가 오르자 춤판이 벌어진 한길로 나갔다.

이반은 춤판 한가운데로 다가가 동네 아낙네들에게 자기를 칭찬해 달라고 하면서, 이렇게 말했다.

"그러면 나는 여러분들이 아직 한번도 구경해 보지 못한 것을 줄게요."

이반의 말에 아낙네들은 웃음을 터뜨리며 그를 칭찬하고 나서 손을 내밀었다.

"이만하면 됐죠? 그러면 이제 한번도 구경해 보지 못한 것을 주셔야죠?"

"잠깐 있어요. 금방 가져올게요."

이반은 이렇게 말하고 나서 씨앗 상자를 안고 숲속으로 뛰어 갔다.

"어머, 저 바보 좀 봐! 어딜 가는 거야?"

아낙네들은 이반을 가리키며 마구 비웃었다. 그리고 그들은 그가 말한 것에 대해서는 잊어버리고 춤을 추기 시작했다.

그런데 잠시 후에 이반이 되돌아 달려오는데, 가만 보니 무엇인가를 가득 채워 넣은 씨앗 상자를 들고 있는 것이 아닌가.

"이건데, 나눠 줄까요?"

"그게 뭔데요? 한번 줘 봐요."

이반은 금화를 한 움큼 쥐어 아낙네들을 향해 던졌다. 그러자 갑자기 난리가 났다. 아낙네들이 그것을 주우려고 우르르 몰려들었기 때문이다.

술을 마시며 춤을 추고 있던 농부들도 달려왔다. 서로 금화를

잡아채려다가, 하마터면 한 노파가
사람들에게 치여서 죽을 뻔했다.
그 모습을 보고 있던 이반이
껄껄대면서 말했다.

"그렇게 밀치면서 다투지
말아요. 여기 더 있어요."

이렇게 말한 다음 이반이 금화를
흩뿌리기 시작하자, 많은 사람들이 잇따
라 떼 지어 몰려왔다. 이반은 상자에 있는 금화를 전부 뿌려 버렸
다. 그런데도 모인 사람들은 더 달라고 계속 아우성이었다. 그러
자 이반이 이렇게 말했다.

"이젠 상자를 다 털어 버렸어. 이 다음에 또 줄게요. 자, 이젠
춤을 추어 볼까? 신 나는 노래를 불러요."

이반의 말이 끝나기가 무섭게 아낙네들은 노래를 부르기 시작
했다.

"에이, 노래가 재미없네요."

이반이 말했다.

"그럼 어떤 노래를 좋아해요?"

아낙네들이 물었다.

"어떤 노래가 재미있는지, 내가 당신들에게 보여 줄게요."

그리고는 헛간으로 가 보릿단을 한 움큼 뽑아내어 낟알을 떨
어냈다. 그런 다음 그것을 반듯하게 세워 놓고 툭 치면서 말했다.

"자, 내 종이 이르는 말이노라. 다발로 있을 게 아니라 보릿짚의 수만큼 군사가 되어라!"

그러자 보릿단이 여기저기 흩어져 군사가 되더니, 북과 나팔을 동원하여 풍악을 울리기 시작했다. 이반은 군사들에게 노래를 부르라고 이른 다음, 그들과 함께 한길로 나갔다. 마을 사람들은 그 모습을 보고 깜짝 놀랐다. 군사들은 잠시 동안 노래를 부르며 분위기를 즐겁게 만들었다.

얼마 후, 이반은 아무도 뒤따라와서는 안 된다고 일러 놓고, 그들을 도로 헛간으로 데리고 갔다. 그리고는 다시 본래대로 다발로 묶어 마른 풀 더미 위에 내던졌다.

그리고 집으로 돌아와 잠을 잤다.

7

이튿날 아침, 맏형인 무관 세몬이 찾아왔다. 그리고는 어제 있었던 일을 들었다면서 이렇게 말했다.

"어떻게 된 일인지 자초지종을 말해라. 도대체 너는 그 군사를 어디서 데리고 왔다가 어디로 데려간 거냐?"

"그걸 알아서 뭘 하게요?"

"뭘 하느냐고? 군사만 있으면 뭐든 다 할 수 있단 말이다. 나라를 얻을 수도 있어."

이반은 그 말을 듣고 깜짝 놀랐다.

"정말이에요? 진작 말씀해 주셨으면 원하시는 대로 얼마든지 만들어 드렸을 텐데……."

이반은 형을 헛간으로 데리고 가서 이렇게 말했다.

"군사를 만들어 드릴 테니, 반드시 데리고 가셔야 해요. 그렇지 않고 만일 여기서 먹여 살려야 하는 날엔, 그야말로 온 동네를 몽땅 털어 먹여도 식량이 부족할 테니까요."

무관인 세몬이 군사를 데리고 가겠다고 약속하자, 이반은 군사를 만들어 내기 시작했다. 그가 보릿단으로 타작마당을 내리치자, 그와 동시에 1개 중대의 군사가 만들어졌다. 그가 한 번씩 내리칠 때마다 1개 중대의 군사가 만들어지다 보니, 잠시 후에는 온 들판을 가득 메울 정도로 군사가 많아졌다.

"어때요? 이만하면 된 건가요?"

"그래, 이제 됐어. 고맙다, 이반."

세몬은 크게 기뻐하며 이렇게 말했다.

"뭘요. 만일 더 필요하시거든 언제든지 오세요. 얼마든지 만들어 드릴게요. 요즘은 보릿짚이 많으니까요."

세몬은 군대를 지휘하여 바르게 줄을 맞춘 후 바로 싸움을 하러 나갔다.

세몬이 떠나자, 이번에는 배불뚝이 타라스가 헐레벌떡 찾아왔다. 그도 어제의 일을 들었는지, 이반에게 이렇게 간청하기 시작했다.

"어떻게 된 일인지 말해 보렴. 너는 그 많은 금화를 어디서 얻었지? 만일 나한테 그렇게 마음대로 할 수 있는 돈이 있다면, 나는 그 돈을 밑천으로 온 세상의 돈을 모두 긁어모을 수 있을 텐데 말이야."

이 말을 듣고 이반은 깜짝 놀라 말했다.

"그래요? 그렇다면 진작 말씀하실 일이지. 형님께서 원하시는 대로 금화를 만들어 드릴게요."

타라스는 크게 기뻐했다.

"그럼 씨앗 상자로 세 상자만 부탁한다."

"알았어요. 숲으로 가야 해요. 그런데 날라 오기가 힘들 테니까 말을 챙겨 가지고 가는 것이 좋을 거예요."

두 사람은 말을 타고 숲속으로 갔다. 이반이 떡갈나무에서 잎을 훑어내어 비비기 시작하자, 금화가 쏟아져 나와 산더미처럼 쌓였다.

"어때요? 더 필요해요?"

정신을 잃을 정도로 흥분한 타라스가 말했다.

"됐어. 당장은 이것만으로도 충분하다. 이반, 정말 고맙다."

"뭘요, 더 필요하시면 언제든지 말씀하세요. 얼마든지 만들어 드릴 테니까. 잎사귀는 얼마든지 있으니 말이에요."

배불뚝이 타라스는 마차에다 금화를 가득 싣고 장사를 하러 떠났다.

이렇게 두 형은 군사와 금화를 가지고 제각각 떠났다. 무관인 세몬은 전쟁을 시작하여 두 나라를 정복하고, 배불뚝이 타라스는 장사를 시작하여 큰돈을 벌었다.

어느 날 세몬과 타라스가 한자리에서 만나, 그간 있었던 일에 대해 허심탄회하게 얘기를 나누었다. 세몬은 군대를 얻은 경위에 대해서, 그리고 타라스는 돈을 모으게 된 경위에 대해서 털어 놓았다.

무관인 세몬이 아우에게 말했다.

"나는 나라를 정복해서 잘 지내고 있기는 한데, 돈이 넉넉하지 못해서 걱정이야. 군대를 먹여 살려야 할 돈이 턱없이 부족하거든."

그러자 타라스가 형에게 말했다.

"나는 돈은 어지간히 모았는데, 그것을 지켜 줄 사람이 한 명도 없어서 불안해요."

그러자 세몬이 다시 말했다.

"우리 이반에게 찾아가 보자. 나는 그 녀석에게 군대를 더 만들게 하여 네 돈을 지키게 할 테니까, 너는 그 군대를 먹여 살릴 만큼의 돈을 만들어 달라고 말하란 말이야."

이리하여 두 사람은 이반한테 찾아가기로 했다.

이반의 집에 오자, 세몬이 먼저 말문을 열었다.

"이반, 아무래도 군사가 좀 모자라. 군사를 좀 더 만들어 줄 수 있지? 비록 한두 짚가리만이라도 좋으니 말이야."

그러자 이반이 고개를 살래살래 내저으며 말했다.

"안 돼요. 이제 더 이상 군사를 만들어 드리지 않겠습니다."

"아니, 왜? 이반, 그 전에 너는 언제든지 군사를 만들어 주겠다고 약속했었잖아?"

"그야 그랬죠. 그러나 더 이상 만들지 않겠습니다."

"왜 만들지 않겠다는 거야? 이 바보 녀석아!"

"왜냐하면 형님의 군사가 사람을 죽였기 때문이에요. 얼마 전에 내가 밭을 갈다가 본 것인데 말이에요, 한 아낙네가 길가에서 통곡하고 있더라구요. 그래서 '누가 돌아가셨어요?' 하고 물어봤더니, '세몬의 군사가 전쟁에서 내 남편을 죽였어요.'라고 하더군요. 나는 군대란 건 노래를 부르는 것으로만 알고 있었는데, 사람을 죽였다고 하잖아요. 그래서 나는 이제 더 이상 군사를 만들지 않기로 했어요."

이렇게 말하면서, 이반은 더 이상 군사를 만들어 내려고 하지 않았다.

배불뚝이 타라스도 이반에게 금화를 더 만들어 달라고 사정했지만, 이반은 이번에도 역시 고개를 살래살래 내저으며 말했다.

"안 돼요. 이제 더 이상 금화를 만들지 않겠습니다."

"이건 왜? 너는 언제든지 만들어 주겠다고 약속했었잖아?"

"그야 그랬었죠. 하지만 이제 더 이상 만들지 않겠어요."

"왜 만들지 않겠다는 거야? 이 바보 녀석아!"

"그것은 형님의 금화가 미하일로프네 암소를 빼앗아 갔기 때문이에요."

"어떻게 빼앗겼다고 하든?"

"몰라서 묻는 거예요? 미하일로프한테 암소가 한 마리 있어서, 어린애들은 그 암소에서 짜낸 우유를 마시곤 했어요. 그런데 얼마 전에 그 어린애들이 나한테 찾아와서 우유를 달라고 졸라대는 거예요. 그래서 나는 '너희 집 암소는 어디 있지?' 하고 물어봤어요. 그랬더니 끌려가 버렸다는 거예요.

'어떤 놈이 끌고 갔는데?' 하고 물었더니 '배불뚝이 타라스네 마름이 찾아와, 엄마에게 금화를 세 닢 주니까 엄마가 그 사람에게 암소를 주어 버렸어요. 우리는 아무것도 마실 것이 없어요.' 하고 말하더군요. 나는 형님이 금화를 노리개로 삼는 줄로만 알고 있었는데, 어린애들한테서 암소를 빼앗아 가 버렸어요. 나는 이제 형님에게는 더 이상 금화 따윈 만들어 드리지 않겠습니다."

바보 이반은 고집을 부리며, 군사와 금화를 더 이상 만들어 주지 않았다. 두 형들은 할 수 없이 빈손으로 떠나야만 했다. 그들은 돌아가는 도중에, 어떻게 서로 도와나갈 것인지에 대해서 의논했다.

무관 세몬이 말했다.

"그럼 이렇게 하면 어떨까? 네가 나에게 군대를 먹여 살릴 돈을 주면, 내가 너에게 네 돈을 지킬 수 있도록 군대의 절반을 줄게. 어때?"

그러자 배불뚝이 타라스가 그의 말에 동의했다.

형제는 가지고 있는 것을 서로 나누어 가짐으로써, 둘 다 임금이 되고 둘 다 부자가 되었다.

8

그러나 이반은 계속 고향에서 살고 있었고, 부모를 모시면서 말을 못하는 누이와 함께 들에 나가 일을 하는 생활에 변함이 없었다.

한 번은 이반네 집의 늙은 개가 병이 나서 죽게 되었다. 그것을 가엾게 여긴 이반은, 누이에게 빵을 달라고 하여 모자 속에 담아 개에게로 가지고 가서 던져 주었다.

그런데 모자에 구멍이 뚫려 있어서, 첫 번째 부하 도깨비가 빵과 함께 준 조그만 뿌리가 한 가지 굴러 떨어졌다. 그런데 늙은 개가 빵과 함께 그것을 주워 먹어 버렸다.

그런데 그 뿌리를 먹자마자 개는 갑자기 뛰어오르기도 하고, 장난을 치는가 하면 짖기도 하고, 꼬리를 흔들기도 하는 것이 아닌가. 골골하던 개의 병이 말끔히 나은 것을 보고 부모들이 깜짝 놀랐다.

"도대체 어떻게 개를 낫게 한 거야?"

그러자 이반이 이렇게 말했다.

"나는 어떤 병이든 낫게 하는 풀뿌리를 가지고 있었는데, 그 하나를 이 개가 먹은 거예요."

마침 이 무렵, 임금의 딸인 공주가 병을 앓고 죽어 가고 있었다. 임금은 방방곡곡에 방을 써 붙이게 하여, 공주의 병을 낫게 해 준 자는 누구든지 크게 포상을 할 것이며 만일 그가 독신이라면 부마로 삼겠다고 했다.

이 방문(枋文)은 이반네 마을에도 나붙었다.

아버지와 어머니는 이반을 불러 놓고 이렇게 말했다.

"너도 임금님의 방문이 어떤 것이라는 걸 들어서 알고 있지? 네가 만병통치의 풀뿌리를 가지고 있다면, 한번 가서 공주님의 병을 낫게 해 보면 어떻겠냐? 만약 공주님의 병만 낫는다면, 너는 한평생 복을 누리면서 살 테니 말이다."

"그래요? 그럼 그렇게 하지요."

이반은 대수롭지 않게 대답한 다음, 곧 떠날 준비를 했다. 부모님은 이반에게 깨끗한 나들이옷을 챙겨 입혀 주었다.

이반이 길을 떠나기 위해 문간으로 나가자, 손이 굽은 여자 거지가 서 있다가 그에게 말했다.

"당신은 무슨 병이든 다 낫게 한다면서요? 그렇다면 내 손도 좀 낫게 해 주세요. 이런 손으로는 신발조차 신을 수 없어요."

"그래? 그렇게 해 주지."

이반은 풀뿌리를 꺼내어 여자 거지에게 주면서, 그것을 삼키라고 일렀다. 여자 거지가 그것을 삼키자 병이 거짓말처럼 나아 그 자리에서 바로 손을 움직이게 되었다.

아버지와 어머니는 이반을 임금에게 데리고 가려고 나왔다가, 이반이 풀뿌리를 여자 거지에게 주어 버린 것을 알고는 욕을 퍼부어 댔다.

"이놈아, 그래 거지 따위는 가엾게 여기면서 공주는 가엾지 않다는 말이냐!"

이반은 그 말을 듣자 공주도 가엾다는 생각이 들었다. 그는 말에게 수레를 끌게 하고는, 부랴부랴 짚을 쌓은 다음 그 위에 앉더니 어디론가 떠나려고 했다.

"지금 어딜 가려는 거냐? 이 바보 녀석아!"

"공주님을 낫게 해드리려고요."

"하지만 너는 이제 풀뿌리도 갖고 있지 않잖아."

"걱정 말아요. 풀뿌리는 또 있으니까요."

이렇게 말하고 그는 말을 몰았다.

이반이 막 궁전 앞에 내려서자마자, 어느 틈에 공주의 병이 씻은 듯이 나아 버렸다.

임금은 크게 기뻐하면서 이반을 불러들이라고 신하에게 일렀다. 임금은 이반에게 훌륭한 옷을 차려 입힌 다음 말했다.

"그대는 이제부터 짐의 부마로다!"

"황공하옵니다!"

그리하여 그는 공주와 결혼을 했고, 임금은 오래지 않아 세상을 떠났다.

그래서 이반이 새 임금 자리에 올랐다. 이리하여 세 형제가 모두 임금이 되었다.

9

세 형제는 저마다의 방식으로 나라를 다스렸다.

맏형인 무관 세몬은 짚으로 만든 군사를 바탕으로 진짜 군사를 모집했다. 그는 온 나라에다 열 집마다 한 명씩 군사를 두되, 그 군사는 키가 크고 살갗이 희며 얼굴이 깨끗해야 한다고 명령을 내렸다.

그는 이런 군사를 수시로 모집하여 모두 철저하게 훈련시켜 놓았다. 그리고 자신에게 거스르는 자가 있으면, 이내 군사를 풀어 그의 뜻대로 처단하곤 했다. 그리하여 모든 사람이 그를 두려워하게 되었다.

그의 생활은 더 이상 바랄 것이 없을 만큼 만족한 것이었다. 그의 머리에 떠오른 것, 그의 눈에 띄는 것은 모두 그의 것이 되었다. 군대만 풀어 놓으면, 그 군대가 그가 원하는 것은 무엇이든 빼앗아서 가져왔기 때문이었다.

배불뚝이 타라스도 이루 말할 수 없을 정도로 호화롭게 살았다. 그는 이반에게서 얻은 돈을 낭비하지 않고, 그것을 밑천 삼아 아주 큰돈을 모았다.

그리고는 자신의 나라에 맞는 그럴듯한 제도를 만들었다. 그는 자기 돈은 돈궤 속에 감추어 놓고 백성들에게 갖은 명목으로 돈을 갈취했다. 그는 인두세·통행세·거마세·짚신세·옷끈세 등으로 돈을 받아냈다.

그리하여 그에게는 입으로 말할 수 있는 것은 없는 것이 없었다. 가난한 백성들은 누구나가 돈이 필요했기 때문에 무엇이나 그에게 날라 왔고, 가져올 것이 없는 사람들은 일을 하게 해 달라고 몰려들었다.

바보 이반도 자기 식으로 잘 지냈다. 장인어른인 임금의 장례를 치르기가 바쁘게, 그는 임금의 옷을 다 벗어 던지고는 그것을 옷장에 집어넣게 했다. 그리고 자기는 다시 삼베옷에 잠방이를 걸치고는, 짚신을 신고 예전처럼 일을 하기 시작했다.

"일을 하지 않으니, 도무지 답답해서 못 견디겠어. 배만 자꾸 나오니, 먹을 수도 잠을 잘 수도 없고 말이야."

그리하여 그는 부모와 누이를 불러와, 또다시 농사를 짓고 풀을 베고 나무를 하기 시작했다. 그런 그를 보고 사람들은 이렇게 말했다.

"이 나라의 임금님이신데, 이러시면 안 됩니다."

"그래? 그렇지만 임금도 먹어야 하니까, 일을 해야지."

신하가 들어와서 이렇게 말했다.

"녹봉을 줄 국고가 없사옵니다. 창고도 텅텅 비었사옵니다."

"그래? 괜찮아. 돈이 없으면 주지 않으면 되잖아."

"그러면 그들은 더 이상 근무를 하지 않게 될 것이옵니다."

"그래? 그럼 하지 말라고 내버려 둬. 근무를 하지 않으면 오히려 자유롭게 일들을 하게 될 테니까. 모두들 거름이나 내라고 해. 그들은 거름을 많이 만들어 놓았을 거 아닌가?"

이번에는 백성들이 이반에게 재판을 받으려고 왔다. 한 사람이 머리를 숙인 채 말했다.

"저 자가 소인의 돈을 훔쳤사옵니다."

그러자 이반이 말했다.

"그래? 그러니까 저 자는 돈이 필요했단 말이지?"

이 광경을 본 모든 사람은 이반이 바보라는 것을 알아차렸다.

그러자 왕비가 그에게 말했다.

"사람들 모두가 임금님을 바보라고 말하면서 수군거린다고 하옵니다."

"그래? 하지만 괜찮아요. 걱정하지 말아요."

이반의 아내인 왕비는 생각하고 또 생각했다. 그러나 그녀 역시 바보였다.

"제가 어떻게 감히 남편의 뜻을 거스를 수 있겠습니까? 실은 바늘이 가는 대로 따라가야 하는 법이거늘."

이렇게 말하고, 그녀도 왕비의 옷을 벗어 옷장 속에 집어넣고 말을 하지 못하는 이반의 누이동생에게 농사일을 배우러 갔다. 그리하여 제법 일을 익히고 난 후, 남편을 거들기 시작했다.

똑똑한 사람은 모두 이반의 나라를 떠나 버리고, 남은 것은 그저 바보들뿐이었다. 돈이라는 것은 어느 누구에게도 없었지만, 그들은 참으로 평온했다.

모두들 열심히 일을 하여 스스로 살아가는 것은 물론이고, 이웃 사람들이 어려우면 서로 도와주면서 살아나갔다.

10

왕초 도깨비는 부하 도깨비들이 세 형제를 어떻게 파멸시켰는지가 너무나 궁금했다. 하지만 소식이 오기를 목이 빠지게 기다려도, 아무런 소식이 없었다.

그래서 사정을 직접 살펴보기 위해서 여기저기 찾아 돌아다녔지만, 찾아낸 것이라곤 그저 뻥 뚫린 구멍 세 개뿐이었다.

'아무래도 당한 모양이야. 그렇다면 내가 직접 손을 쓸 수밖에 다른 방법이 없지.'

그는 이반의 형제들을 찾으러 갔으나, 그들은 이미 살던 곳에서 떠나고 없었다. 그는 형제들을 각각 다른 나라에서 찾아냈다. 셋 다 건재할 뿐 아니라, 나름대로 자기 나라를 다스리는 임금이 되어 있었다.

이것을 본 왕초 도깨비는 혼잣말을 했다.

"이제는 정말로 내가 직접 나서지 않으면 안 되겠다."

그는 먼저 무관인 세몬의 나라로 갔다. 그리고 도깨비인 제 모습을 감추고 장수로 둔갑하여 세몬 왕을 찾아갔다.

"세몬 임금님, 임금님께서는 위대한 무관이시옵니다. 그러나 신도 무예에 대해서는 익힌 것이 많으니, 전하를 섬기도록 허락해 주십시오."

세몬 왕은 그에게 여러 가지를 물어보고 나서, 그가 현명한

사람이라고 생각되어 그를 부하로 삼았다.

새로 임금님을 모시게 된 장수는 강력한 군대를 모으는 방법에 대해 세몬 왕에게 진언했다.

"무엇보다도 우선적으로 더 많은 군사를 모아야 하옵니다. 그렇지 않으면 이 나라에는 집안일만 하고 있는 백성만 가득 차게 되옵니다. 그러니 젊은 사람들은 이것저것 따지지 말고 모조리 징집하여 군사로 만들어야 하옵니다.

둘째로 새로운 소총과 대포를 만들지 않으면 안 되옵니다. 단번에 백 발의 총알이 나가는 소총을 만들어, 마치 콩이라도 흩뿌리는 듯한 위력을 보이겠사옵니다. 또한 어떤 것이든 불태워 버릴 수 있을 정도로 대단한 성능을 가진 대포를 만들어 올리겠사옵니다. 그러면 그것으로 사람이고 말이고 성벽이고 할 것 없이 모든 것을 태워 없애 버릴 수 있습니다."

세몬 왕은 새로 부하로 삼은 장수의 진언을 받아들였다.

그리하여 젊은이들에게 모조리 군대에 징집할 것을 명령하고 또 새로운 공장을 지어 신식 소총과 대포를 만들어 냈다. 그리고는 이내 이웃 나라에 싸움을 걸었다. 싸움이 벌어지자, 세몬 왕은 자기의 군사들에게 적군에게 총포를 마구 퍼부으라고 명령했다. 그 결과, 적을 단숨에 쳐부수고 그 절반을 불태워 버렸다.

이웃 나라의 임금은 기겁을 하여 이내 항복을 했고, 자기 나라를 바쳤다. 세몬 왕은 크게 기뻐하며 신하들에게 말했다.

"이번에는 저 멀리 대국도 정복하고 말아야지."

그런데 대국의 왕은 세몬 왕의 소문을 듣고, 그의 전략을 완전히 가로챈 것뿐만 아니라 자신의 생각까지 덧붙여서 강한 군대를 만들었다.

대국의 왕은 젊은이들뿐만 아니라 독신의 여자들에게까지도 징집 명령을 내려 모조리 군사로 만들었다. 그리하여 그의 군대는 세몬의 군사보다 훨씬 더 많아졌다. 또 그는 소총과 대포 만드는 법을 세몬 왕에게서 배운데다, 공중에서 포탄을 던지는 것까지 생각해 냈다.

세몬 왕은 대국에 싸움을 걸었다. 그의 생각으론 지난번과 마찬가지로 한 방에 날려 버릴 수 있을 것 같았다. 하지만 날카로운 낫이라고 하여 언제나 잘 드는 것은 아니었다.

대국의 왕은 세몬의 군대를 사정거리까지 들어오게 하지 않고, 여자 군사들을 탈것에 태워 적군의 머리 위에다 포탄을 던지기로 했다. 여자 군사들은 진딧물 위에다 약을 뿌리듯이, 공중에서 세몬의 군대에 포탄을 퍼붓기 시작했다. 세몬의 군대는 혼비백산하여 여기저기로 흩어지거나 달아났고, 궁전에는 세몬 왕 혼자만이 남았을 뿐이었다.

대국의 왕은 세몬의 나라를 몰수하고, 무관인 세몬은 정처 없이 도망쳐 다니는 신세가 되고 말았다.

왕초 도깨비는 이 맏형을 완전히 망쳐 놓고, 이번에는 둘째인 타라스 왕에게로 갔다. 그는 장사꾼으로 둔갑하여 타라스의 나라에 자리를 잡고, 돈을 마구 쏟아 부으면서 선심을 베풀었다. 이 장사꾼이 모든 물건을 비싼 값으로 사 주었으므로, 백성들은 돈을 벌기 위해 모두 이 장사꾼에게 몰려들었다. 그리하여 호주머니가 아주 두둑해진 백성들은 그간 밀렸던 외상값이나 빌린 돈 등을 말끔히 갚았을 뿐 아니라, 어떤 세금이건 기한 안에 맞춰서 낼 수 있게 되었다.

타라스 왕은 크게 기뻐하면서 '참으로 고마운 장사꾼이로군.' 하고 생각했다. 날이 갈수록 그에게는 더 많은 돈이 생겼고, 생활이 더욱 풍족해졌다.

그리하여 타라스 왕은 새로운 계획을 세운 다음, 새 궁전을 짓기 시작했다. 그는 '재목이나 돌을 날라라, 일을 하러 나오라.'고 백성들에게 명령한 뒤 모든 일에 비싼 품삯을 쳐 주겠다고 약속했다. 타라스 왕은 예전처럼, 백성들이 돈을 노리고 일을 하려고 자기에게 몰려올 거라고 생각했다. 그런데 재목이며 돌은 모두 그 장사꾼에게로 실려 가고 있었으며, 일꾼마저도 모두 그리로 몰려가고 있었다.

타라스 왕은 품삯을 더욱 많이 올렸다. 그러나 장사꾼은 더 많은 돈을 뿌렸다. 타라스 왕도 많은 돈을 가지고 있었지만, 장사꾼은 더 많았다. 장사꾼은 임금보다 품삯을 더 높게 매겼다. 궁전은 착공은 했지만 좀처럼 공사가 진척되지 않았다.

타라스 왕은 정원을 만들려는 계획을 세웠다. 가을이 되자, 타라스 왕은 정원을 만들러 오라고 백성들에게 명령했다. 그러나 왕의 정원을 만들러 오는 사람은 아무도 없고, 모두가 장사꾼의 못을 파러 가 버렸다.

겨울이 닥쳤다. 타라스는 신하에게 새 털외투를 짓기 위해 검정 담비 가죽을 사오라고 했다. 그랬더니 얼마 후에 신하가 돌아와 이렇게 말했다.

"그 장사꾼이 모조리 사들였기 때문에 검정 담비가 없사옵니다. 그 자는 값을 무척 비싸게 쳐 주었고, 그렇게 사들인 가죽으로 방석까지 만들었다고 하옵니다."

타라스 왕은 종마를 사들여야 했다. 그래서 그것을 사러 내보냈더니, 모두가 돌아와서 전하는 말이 똑같았다. 좋은 종마는 모두 그 장사꾼이 사들였고, 장사꾼의 못을 채울 물을 나르고 있다는 것이었다.

백성들은 임금의 일은 아무것도 해 주지 않으면서, 장사꾼을 위해서는 무슨 일이든지 가리지 않고 했다. 그리고는 장사꾼에게서 번 돈 중 일부를 임금에게 가지고 와서 세금이라고 내밀 뿐이었다.

이리하여 타라스 왕은 돈이 너무 많이 남아돌아 그것을 어디다 쌓아 두어야 할지 모를 정도였지만, 생활은 날로 궁핍해져

갔다.

타라스 왕은 정원을 만들려고 했던 계획을 포기하고, 어떻게
든 살아갈 방도를 찾지 않으면 안 되었다. 그러나 마침내는
그것마저도 위태로울 지경이 되어 버렸다. 그의 주위에 있던 여
자들이나 사제들도 하나둘씩 장사꾼 쪽으로 빠져나가기 시작했
기 때문이다.

당장 먹을 식료품까지 모자라게 된 지 이미 오래였다. 시장으
로 물건을 사러 가 봐도 아무것도 없었다. 모든 물건을 장사꾼이
몰아서 사들여 버린 것이었다. 그는 다만 쓸 데도 없는 돈을 세금
으로 받아들이고 있을 따름이었다.

타라스 왕은 몹시 화가 나서 장사꾼을 국외로 내쫓았다. 하지
만 장사꾼은 국경에 진을 치고 앉아 역시 똑같은 짓을 되풀이했
다. 그리고 백성들은 여전히 장사꾼의 돈을 보고 그에게로 몰려
갔다.

타라스 왕은 최악의 상황을 맞이하고 있었다. 며칠씩 꼬박 굶
는 적이 있는가 하면, 장사꾼이 임금에게서 왕비까지도 사려 한
다는 소문까지 떠돌아다녔다. 따라서 왕은 이제 지칠 대로 지쳐,
어떻게 해야 할지도 모른 채 비참한 나날을 보내고 있었다.

어느 날 무관 세몬이 그에게로 찾아와 이렇게 말했다.

"나 좀 도와줘. 나는 대국의 왕에게 완전히 당했어."

그러나 배불뚝이 타라스는 지금 뱃가죽이 등뼈까지 붙어 있는
지경이라, 형의 말을 들어 줄 처지가 아니었다.

"형, 나도 이틀 동안 아무것도 먹지 못하고 쫄쫄 굶고 있단 말이에요."

||

왕초 도깨비는 두 형제를 완전히 망하게 해놓고 이번에는 이 반에게 갔다.

왕초 도깨비는 장수로 둔갑한 후, 이반에게로 찾아가 군대를 만들 것을 제안했다.

"임금님께서 군대도 없이 지내신다는 것은 어울리지 않는 일 이옵니다. 명령을 내리시기만 하면, 신은 임금의 백성 가운데서 군사를 모아 훌륭한 군대를 만들어 올리겠사옵니다."

이반은 그의 말을 듣고 나서 이렇게 말했다.

"그래? 그럼 어디 한번 만들어 보시오. 그리고 그들이 노래를 잘 부르도록 가르치시오. 나는 노래를 좋아하니까."

왕초 도깨비는 이반의 나라를 돌아다니면서 지원병을 모집하 기 시작했다. 군사를 지원하는 자에게는 누구나 술 한 병과 빨간 모자를 주겠다고 말했다. 바보들은 코웃음만 칠 뿐, 아무도 관심 을 갖지 않았다.

"술 따윈 우리들에겐 얼마든지 있단 말이야. 우리는 직접 손으 로 빚고 있으니까 말이야. 그리고 모자도 아낙네들이 만들어 준

단 말이야. 알록달록한 것이나 술이 너울너울 달린 것까지도 말이야."

이렇게 말하며, 어느 누구 한 사람 군대에 지원하려는 자가 없었다.

왕초 도깨비가 이반에게 찾아와서 말했다.

"이 나라의 바보들은 자진해서 군사가 되려고 하지 않습니다. 따라서 권력을 앞세워서 모아들여야 할 것 같습니다."

"그래? 그것도 좋겠는걸. 그럼 권력을 앞세워서 사람들을 모아들여 보시오."

왕초 도깨비는 임금의 허락을 받아 다음과 같은 내용의 포고문을 곳곳에 붙였다.

'백성들은 누구나 군사가 되어야 하며, 만일 거역하는 자가 있으면 이반 왕께서 참형을 내릴 것이다.'

바보들은 장수에게 찾아와서 이렇게 말했다.

"당신은 우리들이 만일 군사가 되지 않으면 임금님께서 참형을 내리신다고 말씀하시는데, 반대로 군사가 되면 어떻게 된다는 건 왜 말씀하시지 않는 겁니까? 군대에 나가면 목숨을 잃는다고 하던데."

"물론 그런 일이 있을 수도 있지."

그 말을 듣고 바보들은 요지부동이었다.

"그런데 우리들이 왜 나갑니까? 어차피 죽어야 하는 거라면, 차라리 집에서 죽는 게 더 나을 테니 말입니다."

96

"너희들은 정말 바보구나! 이 바보들아, 군사가 됐다고 해서 반드시 죽는 것은 아니야. 그렇지만 군사가 되지 않으면, 이반 왕에게 처형당하는 것을 피할 수가 없단 말이다."

바보들은 곰곰 생각하다가, 임금인 바보 이반에게 물어보러 몰려갔다.

"장수께서 나오셔서 모두 군사가 되라고 명령하고 있습니다. 군대에 나가 죽음을 당하는지 당하지 않을는지 모르지만, 나가지 않으면 저희들에게 반드시 참형을 내리실 것이라고 하는데 정말입니까?"

이 말을 듣고, 이반이 껄껄 웃으며 말했다.

"그래? 그런데 어떻게 내가 혼자서 그대들을 모두 참형할 수 있겠는가? 내가 그대들에게 잘 알아듣도록 설명하면 좋겠지만, 나도 뭐가 뭔지 통 모른단 말이오."

"그러면 저희들은 군대에 나가지 않겠습니다."

"그래? 그럼 그렇게들 하시오. 나가지 않아도 괜찮아."

바보들은 장수에게 가서 군사가 되지 않겠다고 말했다.

왕초 도깨비는 이 일이 잘 되어 나가지 않음을 보고, 이웃 나라의 타라칸 왕에게 가서 온갖 아부를 다하며 싸움을 부추겼다.

"이반 왕의 나라를 치십시오. 비록 그 나라에 돈은 없지만, 곡식이며 가축이며 그 밖의 온갖 것이 풍족하니까요."

타라칸 왕은 싸움을 하기로 결정한 후, 먼저 대군을 모았다. 그리고는 총이며 대포를 갖춘 다음, 국경으로 나가 이반의 나라로 쳐들어갔다.

사람들이 이반에게로 달려와서 아뢰었다.

"타라칸 왕이 쳐들어왔습니다."

"그래? 싸움을 하고 싶으면 그렇게 하라고 하지."

타라칸 왕은 국경을 넘은 다음, 이반 군대의 동정을 살피게 하려고 첩자를 보냈다. 첩자는 여기저기 찾아다녔지만 군대 같은 것은 어디에도 보이지 않았다. 그러나 어디선가 나타날는지 모른다고 생각하고 오래오래 기다렸지만, 군대에 대해서는 뜬소문조차도 들리지 않았다.

누구와 싸움을 하려 해도 싸울 상대가 없었다. 그래서 타라칸 왕은 마음을 턱 놓고 마을을 점령하라고 군사들에게 명령을 내렸으며, 군사들은 의기양양해 하며 한 마을로 들이닥쳤다. 그러자 남녀 바보들이 뛰어나와 군사들을 구경하듯이 바라보더니, 무슨 일인가 하며 의아해 하는 눈치였다.

군사들은 바보들에게서 곡식이며 가축을 닥치는 대로 약탈했다. 바보들은 무엇이건 선선히 내주었고, 자기 것을 지키려고 안간힘을 쓰는 사람도 없었다. 도리어 그곳에 와서 같이 살자고 권하기까지 하는 것이었다.

군사들은 다른 마을로 가 보았으나, 그곳도 역시 마찬가지였다. 군사들은 그날도 그 이튿날도 여기저기 돌아다녔지만, 어디나 마찬가지였다. 있는 대로 다 털다시피 했지만, 그들은 전혀 저항하지 않고 무엇이든 고분고분 내주었다.

그들은 군사들을 보며 이렇게 말했다.

"이것 보세요. 당신네 나라에서 살기가 어렵거든, 모두 우리나라로 오세요."

군사들은 사방팔방으로 헤매고 돌아다녀 보았으나, 군대 같은 건 그 어디에도 없었다. 뿐만 아니라, 백성들은 누구나 다 일을 하면서 자기 스스로 살아갔다. 그러면서 부족한 것을 서로 도와주고 있었으며, 제 한 몸만을 지키려고 욕심 부리는 사람도 전혀 없었다. 이웃 나라의 군사를 보고도, 겁을 먹거나 경계하는 것이 아니라 오히려 그곳에 와서 살라고 권유까지 하는 것이었다.

싸울 의욕을 잃은 군사들은 타라칸 왕에게 돌아가서 말했다.

"저희들은 전쟁을 할 수가 없습니다. 저희들을 다른 나라로 보내 주십시오. 전쟁이 있으면 열심히 싸우겠지만, 이게 뭡니까? 아무 잘못도 없는 착한 사람을 괴롭히는 것 같아, 이 나라에서는 더 이상 더 싸울 수 없습니다."

타라칸 왕은 머리끝까지 화가 치밀었다. 그리하여 온 나라를 돌아다니면서 마을을 어질러 놓고, 집과 곡식을 불사르고 가축을 죽여 버리라고 군사들에게 명령했다.

"만일 명령에 따르지 않는 자가 있으면 누구나 모두 가차 없이 처벌할 것이다."

군사들은 마음속으로 내키지 않았지만 어쩔 수 없이 임금의 명령대로 행동에 옮기기 시작했다. 그들은 집이며 곡식을 불태우고, 가축을 죽이기 시작했다. 그런데도 바보들은 그것을 지키려고 하지 않고, 그저 울기만 할 뿐이었다.

"어쩌자고 너희들은 우리들을 괴롭히는 거냐. 너희들은 어째서 우리 재산을 망쳐 놓는 거냐. 필요한 것이 있으면, 모두 가져가면 될 것 아니냐."

군사들은 마음이 착잡해져서, 돌아다니는 것을 그만두었다. 싸울 의사가 전혀 없는 무고한 사람들을 괴롭히는 것이 너무 힘들었기 때문이다.

그리하여 마침내 군사들은 뿔뿔이 흩어지고 말았다.

12

이리하여 왕초 도깨비는 뜻을 이루지 못하고 떠나 버렸다. 군대의 힘으로는 도무지 이반을 괴롭힐 수 없었기 때문이다.

왕초 도깨비는 다시 말끔한 신사로 모습을 바꿔, 이반의 나라로 왔다. 배불뚝이 타라스에게 했던 것처럼 돈으로 이반을 괴롭히려고 작정한 것이다.

"나는 당신네들에게 좋은 일을 하고 싶습니다. 먼저 당신네 나라에서 집을 지은 다음 장사를 시작하고 싶습니다."

"그거 좋은 일이군요. 그러시다면 여기서 사시죠."

한 벼슬아치가 신사로 모습을 바꾼 왕초 도깨비에게 숙소를 내주자 잠을 잔 다음, 아침이 되자 금화가 들어 있는 커다란 자루와 종이묶음을 들고 광장으로 나갔다.

"당신들은 마치 돼지처럼 살고 있습니다. 그래서 나는 당신들에게 어떻게 살아야 하는지를 가르쳐 주려고 합니다. 먼저 이 도면에 있는 대로 집을 지어 주시오. 당신들은 일을 하고, 지시는 내가 하도록 하겠습니다. 그 대신 일을 하는 품삯으로 여기 있는 금화를 드리겠습니다."

그가 그들에게 금화를 보여 주자, 바보들은 어리둥절해했다. 그들은 돈이라는 것을 처음 보았을 뿐 아니라, 그것이 무엇에 쓰는 물건인지도 몰랐다. 그들은 필요한 것이 있으면 서로 바꿔 썼고, 도울 일이 있으면 서로 품앗이를 하면서 살아왔기 때문이었다.

하지만 그들은 반짝반짝 빛나는 금화를 신기해하면서, 한마디씩 했다.

"저걸 가지고 놀면 재미있겠는데……."

왕초 도깨비는 타라스의 나라에서 했던 것처럼, 노란 금화를 마구 뿌려 댔다. 그러자 사람들은 물건을 가져와서 금화와 바꾸는가 하면, 일을 해서 금화를 받겠다고 그를 찾아오기 시작했다. 왕초 도깨비는 속으로 흡족해 하면서 이렇게 생각했다.

'그러면 그렇지? 이 정도면 일이 순조롭게 되어 간다고 볼 수 있겠지. 이번에야말로 그 바보 녀석이 일어나지 못하게 해 주어야지.'

그런데 바보들은 손에 넣은 금화로 목걸이를 만들어서 아낙네들의 목에 걸어 주는가 하면, 처자들의 댕기에 주렁주렁 달아 주는 것이었다. 뿐만 아니라 어린애들까지 금화를 가지고 놀 정도로 금화가 흔해졌다. 사람들은 많은 금화가 생기자, 이제는 더 이상 관심도 갖지 않고 얻으려고도 하지 않았다. 그러다 보니 금화를 얻기 위해 일하려고 하는 사람들도 거의 없었다.

신사로 모습을 바꾼 왕초 도깨비의 대궐 같은 집은 아직 절반도 지어지지 않았으며, 곡식이나 가축도 거의 비축되지 않은 상태였다. 할 수 없이 신사로 변한 왕초 도깨비는 마을로 나가 이렇게 소리쳤다.

"일을 하러 오시오! 곡식이나 가축을 가지고 오시오! 어떤 일이 됐건 어떤 물건이 됐건, 그 값으로 많은 금화를 주겠소."

그러나 어느 누구도 일하러 가지 않았고, 무엇 하나도 들고 가는 사람이 없었다. 간혹 가다 어린 아이들이 달걀을 가지고 와서 금화를 바꾸거나 혹은 물건을 날라다 주고 금화를 받는 일이 고작이었다.

점점 먹을 것이 줄어들자, 말쑥한 신사로 모습을 바꾼 왕초 도깨비는 그날그날 끼니 걱정을 해야만 했다.

그러던 어느 날 너무나 허기가 져서, 뭐든 먹을 것을 사 보려고 마을로 나가 이곳저곳을 기웃거렸다. 그러다가 어느 한 집에 불쑥 들어가 금화를 내밀며 암탉을 사겠다고 했다. 그러나 그 집 주인은 그걸 받으려고도 하지 않으며, 이렇게 말했다.

"그런 건 우리 집 여기저기에 그냥 굴러다녀요."

이번에는 어느 날품팔이꾼 집에 들러 금화를 내밀면서 비옷을 달라고 했다. 그러자 이런 대답이 날아왔다.

"우린 그런 거 필요 없어요, 어린애들이 없어서 가지고 놀 사람이 없거든요."

신사로 모습을 바꾼 왕초 도깨비가 이번에는 빵이라도 좀 사려고 어느 농사꾼 집에 들렀다. 그러나 이 농사꾼도 돈을 받지 않으면서 이렇게 말했다.

"차라리 그냥 주는 거라면 몰라도, 우리 집에선 그런 거 필요 없어요. 잠깐만 기다리시구려. 마누라보고 금방 빵을 썰어 주라고 할 테니까요."

농사꾼의 말이 끝나기가 무섭게 신사로 모습을 바꾼 왕초 도깨비는 침을 뱉은 다음, 농사꾼 집에서 냅다 줄행랑을 쳤다. 빵을 얻어먹는 것보다도 이런 말을 듣는 것이 더 무서웠기 때문이다.

이래서 왕초 도깨비는 빵도 얻지 못하고 돌아서야 했다. 사람들은 금화를 충분히 갖고 있었고, 더 이상 필요로 하지도 않았다.

　아무리 돈을 준다고 해도, 그 무엇인가를 주려고 하는 사람이 어디에도 없었다. 다만 모두들 이렇게 말하는 것이었다.

　"무엇인가 딴 것을 가지고 오거나 일을 하세요. 그렇지 않으면 동냥을 하든지요."

　그러나 왕초 도깨비는 돈밖에는 가지고 있는 것이 없었다. 그렇다고 일을 하는 것도 싫었고, 동냥을 하는 것은 더더욱 참을 수 없었다.

　왕초 도깨비는 잔뜩 화가 나서 씨근덕거렸다.

　"당신들, 바보야? 왜 금화가 필요하지 않다는 거야? 돈만 있으면 무엇이든지 살 수 있고, 누구한테든 일을 시킬 수 있을 텐데 말이야."

　그러나 바보들은 그 말이 무슨 말인지 이해하지 못하는 것 같았다.

"우린 그런 건 필요 없어요. 여기선 돈으로 할 수 있는 것이 하나도 없으니까요. 그러니 금화 따위는 쓸 데가 없죠."

왕초 도깨비는 할 수 없이 저녁도 먹지 못한 채 잠자리에 들어야 했다.

그동안 있었던 이러한 얘기를 이반도 전해 들었다. 백성들이 그에게로 찾아와서 이렇게 물었기 때문이었다.

"이 일을 어찌해야 합니까? 어느 날, 저희 고을에 말끔한 신사가 나타났습니다. 그는 맛있는 음식과 좋은 술만 좋아하고, 좋은 옷만 입은 채 일은 전혀 하려고 하지 않습니다. 그렇다고 동냥도 하려고 하지 않고, 그저 노랗게 생긴 금화라는 것만 내밀 뿐입니다. 금화라는 것을 처음 보았을 때는 사람들 모두가 신기해하면서 그 신사에게 무엇이나 다 주었지만, 이제는 그 어떤 것도 주는 사람이 없습니다. 이 신사를 어떻게 해야 할까요? 그렇다고 굶어 죽게 그냥 둘 수도 없지 않습니까?"

이반은 백성들의 말을 다 듣고 나서 이렇게 말했다.

"그래? 그래도 그를 죽게 둘 수는 없느니라. 떠돌이 양치기처럼 이 집 저 집 돌아다니게 하라."

할 수 없이 왕초 도깨비는 이 집 저 집 돌아다니면서 얻어먹게 되었다. 그렇게 하는 동안, 마침내 임금인 이반의 차례가 되었다.

왕초 도깨비가 점심을 먹으러 이반의 궁궐로 가자, 마침 이반의 여동생이 점심을 차리고 있었다.

여동생은 그동안 게으름뱅이들에게 속은 적이 여러 번 있었다.

게으름뱅이들은 일은 하지도 않으면서, 식사 시간이 되면 가장 먼저 나타나서 준비해 놓은 음식을 싹싹 먹어치우곤 했다.

그랬기 때문에 이 처녀는 사람의 손만 보고도 게으름뱅이인지 아닌지를 분간할 수 있게 되었다.

그녀는 손에 굳은살이 있는 사람은 식탁에 앉아 밥을 먹게 했지만, 굳은살이 없는 사람에게는 그가 누구든지 간에 먹다 남은 찌꺼기만 주곤 했다.

왕초 도깨비가 식탁 머리에 앉자, 이반의 여동생은 얼른 그 손을 살짝 들여다보았다. 매끈하고 굳은살 하나도 없이 깨끗한 데다 손톱이 길게 자라나 있었다.

여동생은 갑자기 무엇이라고 알아들을 수도 없는 소리로 외쳐 대더니, 신사로 모습을 바꾼 왕초 도깨비를 식탁에서 끌어내리려고 했다.

그러자 이반의 아내가 왕초 도깨비에게 말했다.

"너무 속상해 하지 말고 한쪽에서 잠깐만 기다리세요. 우리 아가씨는 손에 굳은살이 박이지 않은 사람은 밥을 주지 않으니까요. 다른 사람들이 식사를 하고 나면, 그때 드세요."

'나에게 돼지에게나 먹이는 찌꺼기를 먹이려 하는구나.'라는 생각이 들자, 왕초 도깨비는 은근히 화가 났다. 그리하여 식탁에 서 식사를 하고 있는 이반에게 말했다.

"임금님의 나라는 모든 사람이 손으로 일을 하도록 정해져 있나 봅니다. 그러나 그것은 여러분이 어리석기 때문에 하는 생

각에 불과합니다. 영리한 사람은 손 대신에 무엇으로 일을 하는
지 아십니까?"

"그런 걸 우리가 어떻게 알겠는가. 하지만 우리들은 아무 불편
없이 오래전부터 손과 등으로 일을 하고 있다네."

"그것은 여러분들이 바보이기 때문입니다. 손과 등으로 일하
는 것보다 머리로 일을 하는 것이 훨씬 편한데, 여러분은 그것을
모르고 있습니다. 머리로 일을 하는 방법을 제가 가르쳐 드리겠
습니다."

그 말을 들은 이반이 깜짝 놀라며 물었다.

"그래? 그러니까 그것이 바로 우리가 바보라고 불리는 이유란
말이지?"

그러자 신사로 모습을 바꾼 왕초 도깨비가 대답했다.

"그러나 머리로 일을 하는 것도 쉬운 일은 아닙니다. 여러분은
제 손에 굳은살이 없다고 해서 저에게 먹을 것을 주지 않았는데,
그것은 머리로 일을 하는 것이 얼마나 어렵고 힘든지를 모르고
있기 때문입니다. 머리로 일을 하다가, 잘못하면 머리가 빠개질
수도 있는데 말입니다."

이반은 잘 이해가 되지 않는 듯한 표정으로 잠시 침묵을 지키
다가 입을 열었다.

"머리가 빠개질 수도 있다니, 과연 쉬운 일은 아니군! 그렇다
면 그대는 무엇 하러 머리로 일을 하며 그렇게 제 자신을 괴롭히
는 거지? 그보다는 차라리 손과 등을 써서 일을 하면 더 쉽지

않은가?"

그러자 신사로 모습을 바꾼 왕초 도깨비가 말했다.

"제가 제 자신을 괴롭히는 것은 여러분들을 불쌍히 여기기 때문입니다. 만일 제가 제 자신을 괴롭히지 않는다면, 여러분들은 영원히 바보가 될지도 모릅니다. 손이 지치면 어떻게 할 겁니까? 때문에 머리로 일을 해야 하는 겁니다. 그리고 머리로 일을 하면 손으로 하는 것보다 훨씬 많은 일을 할 수 있습니다. 그러니 이제부터 머리로 일을 하는 방법을 여러분들께 가르쳐 드리겠습니다."

"그래? 어디 한번 가르쳐줘 보게. 머리로 일을 하는 방법이 무엇인지……."

왕초 도깨비가 그것을 가르쳐 주겠다고 약속하자, 이반은 온 나라에 방을 써 붙였다.

'훌륭한 신사가 나타나 여러분들에게 머리로 일하는 법을 가르쳐 준다고 한다. 머리로는 손보다도 훨씬 더 많은 일을 할 수 있다고 하니, 모두들 나와서 배우도록 하라!'

이반의 나라에서는 사람들이 힘을 합해 높은 망대를 세우고 거기에 반듯한 사닥다리를 걸친 다음, 그 위에 단을 마련했다. 그러고 나서 신사의 모습이 잘 보이도록 그곳으로 안내했다.

모여든 바보 백성들은 어떻게 하면 손을 쓰지 않고 머리로 일을 할 수 있는지를 신사가 실제로 보여 줄 거라고 생각하고, 호기심 어린 눈빛으로 단 위에 있는 신사를 바라보았다.

그러나 왕초 도깨비는 어떤 것도 보여 주지 않고, 어떻게 하면 일을 하지 않고도 살아갈 수 있는지를 단지 말로만 지껄일 뿐이었다. 바보들은 그게 무슨 소리인지 도무지 알아들을 수가 없었다. 그래서 잠시 멍하니 바라보고 있다가, 하던 일을 하러 가겠다면서 저마다 뿔뿔이 흩어져 버렸다.

왕초 도깨비는 하루 종일 망대 위에 서 있었다. 다음 날도 마찬가지로 그렇게 서서 쉬지 않고 떠들어 댔다.

그는 떠들다보니 너무 지치기도 했지만, 무엇보다도 배가 고팠다. 그래서 무엇이라도 좀 먹었으면 했지만, 아무도 그에게 먹을 것을 갖다 주지 않았다.

손보다 머리로 훨씬 더 일을 잘하는 사람이라면, 자기가 먹을 빵쯤은 머리로 실컷 만들 거라고 사람들은 생각했다. 때문에 망대 위의 그에게 빵을 가져다주어야겠다는 생각 따위는 할 이유가 없었다.

왕초 도깨비는 그 이튿날도 단 위에 올라서서 줄곧 떠들어 댔다. 그러나 사람들은 가까이 다가와서 잠시 바라보다가, 이내 또 이리저리 흩어져 갈 뿐이었다.

이반은 이따금 사람들에게 물었다.

"그래 어떤가? 그 신사는 머리로 일을 하기 시작했나?"

"아닙니다. 일은 전혀 하지 않고, 아직도 여전히 떠들어 대기만 할 뿐입니다."

왕초 도깨비는 며칠 동안 굶은 채 단 위에 서서 떠들다 보니, 더 이상 서 있을 수 없을 정도로 기력이 떨어졌다. 마침내 머리가 빙빙 돌면서 어지러워지기 시작하더니, 어느 순간 비틀거리다가 그만 기둥에 머리를 부딪치고 말았다.

마침 지나가던 바보가 이 광경을 보고 궁궐로 달려가 이반의 아내에게 알렸다. 그러자 이반의 아내는 들에 나가 있는 남편에게로 달려가서 말했다.

"자, 빨리 구경하러 가요. 신사가 드디어 머리로 일을 하기 시작한 모양이에요."

"그래? 그럼 가 봐야지."

이반은 말을 타고 사람들과 함께 신사가 떠들어 대고 있는 망대로 갔다.

망대에 가까이 다가가서 보니, 굶주리다 못해 이제는 너무나 쇠약해진 왕초 도깨비가 비틀거리는가 싶더니 기둥에 머리를 박는 것이었다. 그러다가 이반이 도착한 그 순간에 그 자리에서 거꾸러져, 요란스런 소리를 내면서 사다리 아래로 굴러 떨어지고 말았다.

그 모습을 보고 있던 이반이 머리를 끄덕이며 말했다.

"아하! 머리가 빠개질 수도 있다고 말하더니, 정말이네. 정말 손에 못이 박히는 건, 아무것도 아닌걸. 저렇게 일을 하면, 어떻게 머리가 남아나겠어?"

왕초 도깨비는 한 층 한 층 계단 수를 세듯이 구르며 사닥다리 밑으로 떨어지더니, 급기야는 땅 속에 대가리를 처박고 말았다.

이반이 신사의 모습을 한 왕초 도깨비가 얼마나 많은 일을 했는지를 보기 위해 가까이 다가가려고 하는데, 별안간 땅바닥이 쫙 갈라졌다. 그러더니 왕초 도깨비가 땅 사이로 떨어져 들어갔고, 그 자리에 뻥 뚫린 구멍이 하나 남아 있을 뿐이었다.

이반은 그 구멍을 보면서 머리를 긁적였다.

"그래? 또 그 빌어먹을 놈들의 짓이었군! 분명 그놈들의 애비일 것이다. 정말 끈질기군!"

이반은 오늘날까지 살아 있고, 인근의 모든 백성이 그의 나라로 몰려오고 있다.

빈털터리가 된 두 형들도 다시 찾아왔고, 이반은 그들을 먹여 살리고 있다.

누구든 찾아와서 '우리 좀 살려 주세요.' 하고 말하면, 그는 아무렇지도 않게 이렇게 말하곤 한다.

"그래? 그러면 여기 와서 살게나. 여기엔 없는 것 없이 뭐든 다 있으니까."

그러나 이 나라에는 전해 내려오는 꼭 하나의 관습이 있다.

손에 굳은살이 있는 사람은 식탁에 앉아서 밥을 먹을 수 있지
만, 굳은살이 없는 사람은 다른 사람들이 먹다 남은 찌꺼기를
먹어야 한다는 것이다.

사랑이 있는 곳에 신도 있다

어떤 거리에 마르틴 아브제이치라는 구두장이가 살고 있었다. 그가 거처하는 곳은 창문이 하나밖에 없는 지하실이었다. 그 창 너머로는 사람들이 바쁘게 오고가는 것이 보였다. 그렇지만 보이는 것은 오직 발뿐이었다.

마르틴은 그 거리에 오래 살았기 때문에 친구가 많았다. 이 근처에서 구두 때문에 한두 번이라도 마르틴의 도움을 받지 않은 사람이 거의 없을 정도였다. 구두창을 갈아 댄 것도 있고, 해진 곳을 기운 것도 있고, 둘레를 다시 꿰맨 것도 있으며, 완전히 가죽을 새로 갈은 것도 있었다. 그래서 창 너머로 사람들이 오가는 것을 보고 있으면, 자기가 고치거나 수선한 구두들이 간혹 눈에 띄곤 했다.

일감은 많은 편이었다. 왜냐하면 마르틴은 좋은 재료를 쓸 뿐 아니라 정성스럽게 구두를 수선했고, 수공비를 싸게 받는데다 약속까지 정확하게 잘 지켰기 때문이다. 손님이 원하는 날짜 안에 반드시 일을 끝마친다는 것을 모두가 알고 있었기 때문에, 그에게는 일감이 늘 끊이지 않았다.

마르틴 아브제이치는 원래 순박하고 착한 사람이었지만, 나이가 들어가면서부터는 더욱 신의 뜻에 맞게 살려고 노력하며 자신의 영성 생활에 정성을 쏟았다.

마르틴은 예전의 주인 밑에서 일하고 있을 때 아내를 저 세상으로 보내고, 지금은 세 살짜리 아들과 살고 있었다. 그들 부부는 일찍이 아들 둘을 보았었는데, 두 아들이 모두 태어난 지 얼마 되지 않아 알 수 없는 이유로 세상을 떠났다.

세 살짜리 아들과 혼자 남은 마르틴은 처음에는 그 아들을 시골 누님 댁에 맡길까도 생각했었다. 하지만 어머니도 없는데 아버지마저 떨어져 있어야 한다고 생각하니, 측은한 마음이 들어 생각을 고쳐먹었다.

'우리 아기 카피토슈카를 남의 집에 맡긴다면, 그 애가 너무 가엾어서 안 돼. 차라리 내가 데리고서 같이 고생하는 것이 나을 거야.'

마르틴은 주인 밑을 떠나, 방을 얻어서 아이와 둘이 살았다. 하지만 세월이 흘러 어렸던 카피토슈카가 아버지의 심부름을 할 정도로 자랐고, 이젠 한결 안정을 찾고 재미도 느끼며 살게 되었다. 그런데 건강하던 아이가 갑자기 병으로 앓아눕더니 일주일가량 고열에 시달리다가 끝내 죽고 말았다.

아들 장례식을 마치고 나자, 마르틴은 완전히 실의에 빠져 더 이상 살 의미를 찾지 못했다. 마르틴은 슬픔을 견디지 못하고, 제발 자기를 죽게 해 달라고 하느님께 울면서 애원한 적이 한두 번 아니었다. 그리고 늙은 자기 대신 어린 아들을 데려간 하느님을 원망하면서, 그때부터 교회에도 나가지 않았다.

어느 날, 고향에서 한 노인이 마르틴을 찾아왔다. 이 노인은 벌써 8년째 성지를 순례하고 있는 중이었다. 마르틴은 이 노인과 세상사는 이야기를 하다가, 자기가 그동안 겪은 일을 얘기하며 신세 한탄을 했다.

"영감님, 난 이제 더 이상 살 기력을 잃었어요. 그저 죽고 싶은 마음뿐이라고요. 그래서 난 이제 아무 소망이 없기 때문에, 하루라도 빨리 데려가 달라고 하느님께 애원하고 있어요."

그러자 노인이 말했다.

"마르틴, 그건 옳지 않은 생각이야. 하느님께서 하시는 일을 우리 생각대로 말할 수가 없네. 무슨 일이건 우리의 생각대로가 아니라, 하느님의 뜻대로 결정되는 것이니까. 자네 아들은 죽었지만, 자네는 살아야 하는 것이 하느님의 뜻이라네. 그것 때문에 하느님을 원망하거나 삶을 포기하는 것은 자네가 자신의 입장만을 생각하기 때문이야."

"그렇지만 제가 무엇을 위해 살 수 있다는 건가요?"

"하느님을 위해 살아야 하네. 하느님께서 허락해 주신 생명이니까, 하느님을 위해 사는 것이 도리가 아니겠나. 하느님을 위해서 살면 아무런 근심이 없고, 모든 것을 편안하게 받아들일 수 있다네."

마르틴은 잠자코 있다가 한참 후에 입을 열었다.

"그런데 하느님을 위해 사는 것이란 도대체 어떻게 사는 것을 말하나요?"

"어떻게 하면 하느님을 위해 살 수 있느냐 하는 것은 그리스도께서 모두 가르쳐 주셨네. 자네, 글 읽을 줄 알지? 성경을 읽어 보게나. 그러면 하느님을 위해 산다는 것이 어떤 것인지 알게 될 거야. 거기엔 우리의 삶과 죽음에 대한 모든 것이 다 쓰여 있으니까."

이 말이 마음을 사로잡았는지, 마르틴은 그날로 당장 커다란 활자로 된 성경을 구해 읽기 시작했다. 처음에 마르틴은 일요일이나 성인의 축일에만 읽을 생각이었지만, 한번 읽기 시작하자 날마다 읽지 않으면 안 될 정도로 빠져들었다. 어떤 때는 램프의 석유가 다 닳은 것도 모르고 열중해서 읽은 적도 있었으며, 읽으면 읽을수록 하느님께서 무얼 말씀하시는지를 알 것 같았다.

하느님을 위해 산다는 것이 어떤 것인지를 조금씩 알게 되자, 마르틴은 더할 수 없이 마음이 가벼워졌다.

예전에는 잠자리에 누워서도 꺼질듯이 한숨만 쉬며 카피토슈카를 떠올렸으나, 요즘은 오로지 하느님께 감사와 찬미의 기도를 드리면서 하루 일을 마무리하곤 했다.

"하느님 아버지, 감사합니다. 모든 일을 당신 뜻에 온전히 맡기오니, 제 뜻대로 마옵시고 아버지 뜻대로 하옵소서!"

그 뒤, 마르틴의 생활은 놀랍게 달라졌다. 전에는 축일 날도 빈둥거리며 돌아다니고, 음식점에 들어가 보드카를 마시는 것도 사양치 않았었다. 한잔 마시고 나면 별로 취하지 않았는데도 아는 사람에게 공연히 쓸데없는 잔소리를 늘어놓거나 시비를 걸기도 했었다. 그런데 이제는 그런 일 없이 하루하루를 조용하고 만족스럽게 보내고 있었다.

아침부터 일을 시작하여 정한 시간만큼 일을 하고 나면, 램프를 걸쇠에서 벗겨 테이블 위에 올려놓았다. 그런 다음 벽장에서 성경을 꺼내어 읽던 페이지를 펼쳐 놓고 읽기 시작했다. 읽으면 읽을수록 그 뜻을 알게 되었고, 그럴 때마다 기쁨으로 마음이 뜨거워지곤 했다.

마르틴은 그날 밤도 여느 날과 마찬가지로 늦은 시간까지 책을 읽고 있었다. 마침 '루카 복음 6장'을 읽고 있었는데, 특히 다음과 같은 구절이 눈에 띄었다.

'네 뺨을 때리는 자에게 다른 뺨을 내밀고, 네 겉옷을 가져가는 자는 속옷도 가져가게 내버려 두어라. 달라고 하면 누구에게나 주고, 네 것을 가져가는 이에게서 되찾으려고 하지 마라. 남이 너희에게 해 주기를 바라는 그대로 너희도 남에게 해 주어라.' (루카 복음 6, 29-31)

다시 다음 구절들을 계속 읽었다. 몇 구절 뒤에 이런 말씀이 적혀 있었다.

'너희는 어찌하여 나를 '주님, 주님!' 하고 부르면서, 내가 말하는 것은 실행하지 않느냐? 나에게 와서 내 말을 듣고 그것을 실행하는 이가 어떤 사람과 같은지 너희에게 보여 주겠다. 그는 땅을 깊이 파서 반석 위에 기초를 놓고 집을 짓는 사람과 같다. 홍수가 나서 강물이 집에 들이닥쳐도, 그 집은 잘 지어졌기 때문에 전혀 흔들리지 않는다. 그러나 내 말을 듣고도 실행하지 않는 자는, 기초도 없이 맨땅에 집을 지은 사람과 같다. 강물이 들이닥치자 그 집은 곧 무너져 버렸다. 그 집은 완전히 허물어져 버렸다.' (루카 복음 6, 46-49)

마르틴은 이 말씀을 읽고 나자, 더욱 큰 기쁨을 느꼈다. 안경을 벗어 책 위에 놓고, 팔꿈치를 괴고 앉아 한참 동안 생각에 잠겼다. 그리고 자기가 이제까지 해온 일들을 이 말씀에 비춰 보면서 많은 생각을 했다.

'내 집은 어떤가. 반석 위에 서 있는가, 모래 위에 서 있는가. 반석 위에 서 있으면 얼마나 좋을까. 아무 부족함 없는 마음으로 이렇게 혼자 앉아 있으면 얼마나 좋을까. 이럴 때는 모든 일을 하느님의 뜻대로 할 것 같은 생각이 들지만, 어쩌다 보면 그만 죄를 짓고 마니……. 아니, 그래도 더욱 열심히 해야지. 오늘은 참으로 기쁘다. 하느님 아버지, 부디 제게 힘을 주시옵소서!'

마르틴은 이런 생각을 하다 그만 잠자리에 들려고 했지만, 왠지 쉽게 책을 놓을 수가 없었다. 그래서 계속해서 7장을 읽었다. 백인대장의 이야기를 읽고, 과부 아들의 이야기를 읽고, 세례자 요한이 제자에게 말하는 부분을 읽었다. 그리고 부자 바리사이 사람들이 예수님을 그들
집에 초대한 이야기
를 읽었고, 다시
죄 많은 여자가
예수님의 발에 향유
를 부어드리고 그 위
에 눈물을 뿌리니 예수
께서 그 죄를 용서했다는 부분도
읽었다. 이렇게 읽는 동안 44절에 이르렀다.

'그리고 그 여자를 돌아보시며 시몬에게 이르셨다. "이 여자를 보아라. 내가 네 집에 들어왔을 때 너는 나에게 발 씻을 물도 주지 않았다. 그러나 이 여자는 눈물로 내 발을 적시고 자기의 머리카락으로 닦아 주었다. 너는 나에게 입을 맞추지 않았지만, 이 여자는 내가 들어왔을 때부터 줄곧 내 발에 입을 맞추었다. 너는 내 머리에 기름을 부어 발라 주지 않았다. 그러나 이 여자는 내 발에 향유를 부어 발라 주었다.' (루카 복음 7, 44-46)

여기까지 읽은 마르틴은 잠시 멈추었다.

'발 씻을 물을 주지 않고, 입 맞추지도 않고, 머리에 기름을 부어 발라 주지 않고……'

마르틴은 다시 안경을 벗어 책 위에 놓은 다음, 다시 생각에 잠겼다.

'내가 그 바리사이파 사람들과 같았던 게 분명해. 오로지 나

자신만 생각해 왔어. 차를 마시고 싶다든지 따뜻하고 깨끗한 옷을 걸치고 싶다는 생각만 했을 뿐, 손님을 위한 생각 따위는 거의 하지 않았어. 오직 내 입장만 생각할 뿐, 손님의 형편은 아무래도 상관없었지. 손님이 누군가? 만약 하느님께서 나를 찾아오신다면, 손님의 모습으로 올 수 있지 않은가? 그렇다면 나는 도대체 어떻게 맞이해야 한단 말인가?'

마르틴은 턱을 괸 채 생각에 잠겼다가, 어느 사이에 스르르 잠이 들어 버렸다.

"마르틴!"

문득 누군가가 등 뒤에서 부르는 소리가 들려왔다. 마르틴은 놀라서 벌떡 일어났다. 그러나 고개를 돌려 문 쪽을 보았지만, 아무도 없었다. 도로 몸을 눕히며 잠에 들려고 하는 순간, 갑자기 누군가의 소리가 또렷하게 들려왔다.

"마르틴, 마르틴아! 내일 창 너머 길을 내다보아라. 내가 그곳에 갈 터이니."

마르틴은 자리에서 일어나 눈을 비벼댔다. 꿈속에서 그 말소리를 들었는지, 깨어서 들었는지 도무지 알 수가 없었다. 마르틴은 참으로 이상하다는 생각을 하면서, 등불을 끄고 다시 잠자리에 들었다.

이튿날 아침, 마르틴은 아직 날이 밝기도 전에 일어났다. 가장 먼저 하느님께 기도를 드린 다음, 난로에 불을 지펴 보리죽을 끓이고, 사모바르(구리나 은으로 만든 러시아 고유의 주전자)를 준비한 후 앞치마를 두르고 창가에 앉아 일을 시작했다.

마르틴은 일을 하는 중에도 어젯밤 일을 생각하고 있었다. 그냥 그런 마음이 들었을 뿐이라고 여기기도 했지만, 한편으로는 실제로 그런 목소리를 들었다고 생각했다.

'가끔 이런 일도 있을 수 있지.'

마르틴은 일을 하기보다는 창 너머로 길을 내다보고 있는 시간이 훨씬 더 많았다. 낯선 구두를 신고 지나가는 사람이 있으면, 몸을 구부려서 밖을 내다보며 구두뿐 아니라 얼굴까지 보려고 기를 썼다.

새로 지은 장화를 신은 정원 관리인이 지나가는가 하면 지게를 진 일꾼도 지나갔다. 그 뒤로 여기저기를 땜질한 낡은 장화를 신은 니콜라이 1세 시대의 늙은 병사가 손에 삽을 들고 창 앞으로 다가왔다.

이 늙은 병사는 스테파니치라고 불렸는데, 옆집 상인이 그 사람의 사정을 딱하게 여겨 데리고 있었다. 그 병사는 정원 관리인의 일을 도와주면서 지냈다. 한참 동안 그의 모습을 보고 있다가, 마르틴은 다시 일을 하기 시작했다.

'내가 아무래도 망령이 난 모양이야.'

마르틴은 이런 생각을 하며 혼자 실없이 웃었다.

'스테파니치가 눈을 치우고 있는데, 나는 예수님이 내게 오신 게 아닌가 하고 생각하니 말이야. 내 정신이 어떻게 된 모양이야.'

그러나 몇 바늘을 채 꿰매지도 않았는데, 마르틴은 어느새 창

밖을 바라보고 있었다. 창 너머로 바라보니, 스테파니치는 삽을 벽에 기대 놓고서 쪼그리고 앉아 있었다. 볕을 쬐는 것 같기도 하고 쉬는 것 같기도 했는데, 이제는 늙어서 눈을 치우는 일도 힘이 드는 모양이었다.

마르틴은 '마침 사모바르의 물도 끓고 있는데, 저 사람에게 차라도 한잔 대접할까?' 하고 생각하며, 바늘을 일감에다 찔러 놓고 일어났다.

사모바르를 테이블 위에 올려놓고 차를 준비한 다음, 창문 유리를 똑똑 두드렸다.

스테파니치가 돌아보더니, 창가로 가까이 왔다. 마르틴이 문을 열고 말했다.

"들어와서 몸 좀 녹이지 그래요. 몸이 꽤 얼었겠네요."

"고맙네. 그렇잖아도 온몸이 다 쑤시는구면."

옷에 묻은 눈을 털면서 들어온 스테파니치는 마룻바닥에 자국이 나지 않도록 장화에 묻은 눈까지 말끔하게 닦아 냈다. 그러는 동안에도 그는 계속 몸을 떨고 있었다.

"닦지 않아도 괜찮아요. 이리 줘요, 내가 털 테니까. 자, 어서 이쪽으로 와서 차 좀 드세요."

마르틴은 두 개의 컵에 차를 따라서 하나를 그에게 준 다음, 자기도 찻잔을 들어 후후 불며 마시기 시작했다.

스테파니치는 차를 다 마신 다음 컵을 엎어 놓더니, 그 위에다 먹던 설탕을 올려놓으며 고맙다고 말했다. 그런데 조금 아쉬운 듯한 표정이었다.

"한잔 더 하시겠어요?"

마르틴은 그의 컵에다 차를 가득 따른 다음, 자기 컵에도 조금 더 따랐다. 하지만 차를 마시면서도 자꾸만 창밖으로 눈을 돌리곤 했다.

그러자 스테파니치가 물었다.

"자네, 누구 기다리는 사람이라도 있나?"

"누굴 기다리느냐고요? 글쎄요……. 기다리는 것도 아니고, 그렇다고 기다리지 않는 것도 아니에요. 다만 언뜻 들은 한 마디 말이 기억에 남아서 그렇습니다. 꿈인지 생시인지도 잘 모르지만 요……. 어젯밤에 나는 성경을 읽었어요. 예수께서 이 세상 여러 곳을 다니며 겪은 이야기였지요. 아저씨도 읽었거나 들어 본 적이 있는 이야기일 거예요."

"듣기는 들었을 거야. 나야 글을 배우질 못해서 읽을 줄 모르지 않나."

"그런데 내가 읽은 이야기가 어떤 건지 알아요? 예수께서 바리새이파 사람들에게 오셨는데, 그들이 변변히 대접도 하지 않은 이야기를 읽었거든요. 그런데 오늘 하루 종일 어젯밤에 읽은 그 구절이 자꾸 떠오르는 거예요. 예수님이 오셨는데, 대접을 하지 않는다는 것이 말이 됩니까? 그렇지만 혹시 만에 하나라도 내게 또는 다른 누군가에게 오셨는데 알아보지 못했다면 어떻게 하나 하는 생각이 들었어요. 이런 일을 생각하면서 나도 모르게 꾸벅 꾸벅 졸기 시작했는데 어디선가 나를 부르는 소리가 들리는 것 같았어요. 잠에서 깨어나 주변을 살펴보았지만 아무도 없었어요. 하지만 분명 누군가가 조그만 목소리로 말하는 소리가 들렸어요. '내일 창 너머 길을 내다보아라. 내가 그곳에 갈 터이니.' 하고 말이에요. 그것도 두 번이나 되풀이해서 말했어요. 그 말이 자꾸 생각나서, 아무리 태연한 척하려고 해도 이상하게 자꾸 기다려지네요."

스테파니치는 그 말을 듣고 고개를 갸우뚱거릴 뿐 아무 말도 하지 않은 채, 컵에 남은 차를 마시고 잔을 내려놓았다. 마르틴은 다시 빈 컵에 차를 가득 따랐다.

"자, 한잔 더 마시고 힘을 내세요. 예수님께서 이 세상을 두루 돌아다녔을 때는 오히려 신분이 낮고 힘없는 사람들을 보살펴 주셨을 거라고 생각해요. 언제나 가난한 사람들과 함께 지내시고 제자도 우리처럼 죄 많은 기술자 가운데서 고르셨잖아요. '마음이 교만한 자는 지옥으로 떨어지고, 마음이 가난해야만 하늘나라에 간다.'고 말씀하셨어요. '또한 너희들은 나를 '주님이시여' 하고 부르지만 나는 너희들의 발을 씻어 주겠다. 그리고 우두머리가 되고 싶은 자는 모든 사람의 하인이 되라.'고도 말씀하셨지요. 또한 마음이 가난하고 겸손하며 인정이 있는 자는 행복할 거라고도 말씀하셨고요."

스테파니치는 차 마시는 것도 잊은 채 가만히 앉아 듣고 있었는데, 어느새 그의 볼에서 눈물이 흘러내리고 있었다.

"한잔 더 드세요."

마르틴이 다시 차를 권했으나, 스테파니치는 가슴에 성호를 긋고 인사를 한 다음 컵을 밀어 놓으며 일어섰다.

"고맙네, 마르틴. 정말 잘 마셨네. 덕분에 몸도 훈훈해졌고, 마음도 따뜻해졌네."

"종종 들르세요. 나는 손님이 찾아오는 것이 기쁘니까요."

스테파니치가 구둣방에서 나가자, 마르틴은 찻잔을 치운 다음 창가 일터로 가서 구두 뒤꿈치를 꿰매기 시작했다. 구두 수선을 하면서도 연신 창밖을 바라보며 예수님의 방문을 기다렸다. 그러면서 예수님의 일에 대해서만 생각했다. 머리 속에는 예수께서 말씀하신 여러 가지 일들로 꽉 차서 좀처럼 사라지지 않았다.

창밖으로 두 병사가 지나가고 있었다. 한 사람은 군화를, 다른 한 사람은 신사화를 신고 있었다. 그 뒤로 이웃집에 살고 있는 주인이 반짝반짝 윤이 나는 방한용 장화를 신고 지나가고, 또 바구니를 옆에 낀 빵집 아저씨가 지나갔다. 모두가 지나가 버렸을 때, 털실로 짠 긴 양말에 낡은 신발을 신은 여자가 창 앞으로 다가왔다. 그리고는 발을 멈추며 창 옆 벽에 기대섰다.

마르틴이 창 너머로 내다보니, 초라한 차림새에 아기까지 안고 있는 여자는 다른 마을에 사는 사람처럼 보였다. 그녀는 아기가 바람을 맞지 않도록 자신의 몸으로 감싸고 있었는데, 감싸줄

덮개 하나도 갖고 있지 않은 듯했다. 게다가 여자가 입고 있는 옷은 얇은 여름옷이었다.

마르틴은 일어나서 밖으로 나가, 돌층계 위에 서서 큰 소리로 그녀를 불렀다.

"아주머니, 아주머니!"

그가 부르는 소리를 듣고, 여자가 뒤를 돌아보았다.

"이런 추운 날씨에 왜 아기를 안고 거기 서 있어요? 어서 방으로 들어오세요. 따뜻한 방에 들어와서 아이를 좀 녹여 주어야 할 것 같은데, 어서 이리로 들어오세요."

여자는 안경을 쓴 중년남자가 안으로 들어오라고 자기에게 손짓하는 것을 보고 깜짝 놀랐다.

여자는 마르틴을 따라서 층계를 내려가 방에 들어섰다. 마르틴은 여자를 난로 쪽으로 안내했다.

"아주머니, 여기에 앉아요. 난로 가까운 쪽으로 와서 몸을 녹이고 아기에게 젖을 주도록 하세요."

"젖이 나지 않아요. 아침부터 아무것도 먹지 못했거든요."

여자는 이렇게 말하면서도 아기에게 젖을 물렸다. 마르틴은 딱한 듯 혀를 차며 테이블로 가서 빵을 준비했다. 보리죽이 아직 덜 물러 있어서, 수프만 따라 식탁 위에 놓았다. 그리고는 못에 걸린 수건을 벗겨 식탁 위에 놓았다.

"아주머니, 여기 앉아서 드세요. 아기는 내가 안고 있을 테니까. 나도 예전에는 아기가 있었기 때문에 좀 볼 줄 안답니다."

여자는 식탁에 앉더니, 가슴에 성호를 그은 다음 음식을 먹기 시작했다.

마르틴이 아기를 안자 아기가 자꾸만 울어댔다. 그러자 마르틴은 입가에 손가락을 갖다 대며 이리저리 흔들면서 얼러 댔다. 하지만 입 속에 손가락을 넣지는 않았다. 아교 같은 게 묻어 손이 까맣게 되어 있었기 때문이다.

아기는 흔들어 대는 마르틴의 손가락을 바라보다가 울음을 그치고는 방긋방긋 웃기 시작했다. 그 모습을 보고 마르틴도 같이 웃으며, 아기를 침상에 눕혔다.

여자는 식사를 하면서, 자신의 처지에 대해 이야기를 하기 시작했다.

"저의 남편은 병사였는데, 여덟 달 전에 어디론가 멀리 전속되어 갔어요. 그런데 그 뒤로 통 소식이 없습니다. 저는 남의 집 하녀로 들어갔는데, 얼마 안 되서 아기를 낳았어요. 하지만 아기 때문에 일을 제대로 하지 못한다고, 그만두라고 하더군요. 벌써 석 달째 일을 하지 못하고 있습니다. 입던 옷까지도 다 팔아서, 이젠 아무것도 남은 게 없어요. 그래서 유모로라도 들어갔으면 싶은데, 그런 자리도 없군요. 몸이 워낙 야위어서 젖이 잘 나지 않을 거라는 거예요. 지금은 장사를 하고 있는 한 아주머니네 집에 갔다 오는 길이에요. 제가 아는 여자가 그 집에서 일하고 있는데, 저를 써 주겠다고 약속했거든요. 그래서 저는 오늘부터 일할 수 있을 걸로 알고 갔는데, 다음 주에 다시 오라는 거예요.

그런데 그 집이 어찌나 멀던지, 저도 지쳐서 쓰러질 지경이지만 어린 것이 여간 혼이 나지 않았어요. 고맙고 다행스럽게도 지금 살고 있는 집의 주인아주머니가 하느님을 믿는 분이라 우리 모자를 불쌍하게 여겨 주시기에 망정이지, 그렇지 않았다면 벌써 어떻게 되고 말았을 거예요."

이야기를 들은 마르틴이 긴 한숨을 내쉬면서 말했다.

"따뜻한 옷은 없나요?"

"이제 따뜻한 옷을 입어야 할 때가 되었지만, 바로 어제도 하나밖에 없는 목도리를 20코페이카에 저당 잡혔어요."

여자가 침상에 누워 있는 아기를 안았다. 마르틴은 일어나 한쪽 구석으로 가더니, 한참 동안 무엇인가를 부스럭거리며 찾았다. 잠시 후, 그는 소매 없는 낡은 외투 하나를 들고 왔다.

"다 낡았지만, 이걸로 아기를 감쌀 수 있지 않겠소?"

여자는 소매 없는 낡은 외투와 마르틴을 번갈아 쳐다보다가 급기야 울음을 터뜨렸다.

마르틴은 얼굴을 돌린 다음, 침상 밑에 있는 옷궤를 끌어내서 그 속을 뒤졌다.

여자가 말했다.

"정말 고맙습니다. 저는 갚을 길이 막연하지만, 하느님께서 은총을 내려 주실 겁니다. 아무리 생각해 봐도, 주님께서 저를 이곳으로 인도하신 것 같습니다. 하마터면 이 아이를 얼려 죽일 뻔했으니까요. 집을 나섰을 때는 따뜻했는데, 갑자기 추워지더라고요. 이것은 분명 주님께서 아저씨를 창가에 앉게 하셔서, 우리 모자의 모습을 보게 하신 걸 거예요."

마르틴이 빙그레 웃으며 말했다.

"듣고 보니 그렇군요. 예수님께서 그렇게 하도록 만드신 거예요. 사실, 내가 창밖을 내다보고 있었던 것이 우연은 아니었을 테니까요."

마르틴은 병사의 아내에게도 어젯밤의 이야기를 들려주면서, 오늘 자기에게 오시겠다고 약속한 것이 분명하다고 말했다.

"그것이야말로 우리를 살려 주시겠다는 하느님의 은총이 아닐는지요."

여자는 이렇게 말하며, 소매 없는 외투를 걸친 다음 그 속에 아기를 감싸 안았다. 그리고는 마르틴에게 허리를 굽혀 공손하게 인사했다.

"자, 예수님의 이름으로 이것을 받으세요."

마르틴은 여자에게 20코페이카를 주었다.

"이것으로 목도리를 찾아 다시 두르도록 하세요."

여자가 성호를 긋자, 마르틴도 함께 성호를 그으며 여자를 배웅했다.

여자가 가 버린 후, 마르틴은 스튜를 먹고 뒷정리를 한 다음 다시 일을 시작했다. 일을 하는 동안에도 창밖 바라보는 것을 잊지 않았다. 창문에 그림자가 지는 듯하면 얼른 고개를 들어, 누가 지나가나 하고 유심히 바라보곤 했다. 아는 사람도 지나가고 모르는 사람도 지나갔으나, 딱히 이렇다 할 만한 일은 일어나지 않았다.

그러다가 한참 후에 문득 바라보니, 창문 바로 앞에 한 할머니가 멈춰 서 있었다. 그 할머니는 사과가 담긴 바구니를 들고 있었다. 거의 다 팔고, 나머지는 얼마 되지 않았다. 그 대신 나무 부스러기가 든 자루를 어깨에 메고 있었는데, 아마도 어딘가의 공사장에서 주워 집으로 가지고 돌아가는 모양이었다. 할머니는 어깨가 몹시 아픈지 다른 쪽 어깨에다 바꿔 메려고 사과 바구니를 말뚝에 걸어 놓았다. 그런 다음 자루 속의 나무 부스러기를 추스르기 시작했다.

그런데 그 순간, 어디서 나타났는지 찢어진 모자를 쓴 사내아이가 불쑥 튀어나와 바구니에서 사과 한 개를 훔쳐가지고 그대로 도망치려고 했다. 하지만 할머니는 재빨리 눈치를 채고 바로 돌아서서 사내아이의 옷소매를 움켜잡았다. 사내아이는 마구 소리를 지르며 욕을 해 댔다.

마르틴은 미처 바늘도 제대로 챙겨놓지 못하고 마룻바닥에 내동이친 채 문 밖으로 뛰어나갔다. 얼마나 급히 나갔으면, 계단에 발이 걸려 안경을 떨어뜨렸을 정도였다.

마르틴이 길로 뛰어나갔을 때, 할머니는 사내아이의 머리카락을 움켜쥐고 욕을 하면서 경찰서에 가자고 하고 있었다. 사내아이는 있는 힘을 다해 발버둥치면서 소리쳤다.

"이거 봐요! 왜 때려요? 난 훔치지 않았어요."

마르틴이 사내아이의 손을 잡으며 말렸다.

"할머님, 놓아 주세요. 예수님의 이름으로 용서해 주세요!"

"놓아 주긴 하겠지만, 앞으로 다시는 이런 못된 짓을 하지 못하게 경찰서에 끌고 가서 단단히 혼을 내 줘야 하겠어요."

그러자 마르틴이 할머니를 달랬다.

"그만 놓아 주세요. 다시는 그러지 않을 거예요. 예수님의 이름으로 놓아 주세요!"

할머니는 사내아이를 잡고 있었던 손을 놓았다. 사내아이가 도망치려 하자, 마르틴이 얼른 붙잡아 세우며 말했다.

"할머니께 잘못했다고 빌어라. 네가 사과 꺼내는 걸, 나도 보았으니까. 다시는 이런 나쁜 짓을 하지 않겠다고 말해라."

사내아이는 훌쩍거리면서 할머니께 용서를 빌었다.

"그래, 이제 됐다. 자, 이 사과는 네가 갖고 가거라."

마르틴은 바구니에서 사과 하나를 꺼내 사내아이에게 주었다.

"할머니, 사과 값은 제가 드릴게요."

"괜한 짓을 해서 아이들의 버릇만 나쁘게 들이지 마세요. 저런 애들은 한 일주일쯤 경찰서에서 혼이 나야 해요."

"아니에요, 할머니. 그것은 우리들의 생각일 뿐이지, 주님의 생각은 그렇지 않을 거예요. 사과 한 개 때문에 이 아이를 혼내 줘야 한다면, 저처럼 죄 많은 죄인은 도대체 어떤 벌을 받아야 할까요?"

할머니는 대답을 하지 않은 채 잠자코 있었다. 그러자 마르틴은 할머니에게 이야기 하나를 해 주었다. 주인은 마름이 진 빚을 용서했는데, 그 마름은 자기에게 빚을 진 사나이를 용서하기는커녕 몹시 괴롭혔다는 이야기를……

할머니가 아무 말 없이 가만히 이야기를 듣고 있자, 아까 그 사내아이도 옆에 서서 같이 이야기를 들었다.

"주님께서는 죄를 용서하라고 말씀하셨지요. 그렇지 않으면 우리도 죄를 용서받을 수 없지 않겠습니까? 주님의 말씀을 따르려면 어떤 사람이라도 용서해 주어야 할 텐데, 하물며 철없는 어린아이는 더 말해서 무엇 하겠습니까."

마르틴이 열심히 말하자, 할머니가 고개를 끄덕이며 긴 한숨을 내쉬었다.

"그야 그렇지요, 하지만 요즘 아이들은 너무나 버릇이 없어요. 정신을 차릴 수 있도록 크게 혼을 내야 해요. 그렇지 않고서는……"

"그러니까 우리 어른들이 가르쳐야지요."

"그래요, 나도 아이들을 일곱이나 낳았지만, 지금은 딸 하나밖에 남지 않았어요."

그리고는 어느 마을에서 그 딸과 같이 살고 있다는 것과, 외손자가 몇인지 등을 이야기하기 시작했다.

"나도 이제 늙어서 내 몸 하나도 건사하기 힘들지만, 그래도 일을 하지요. 어린 손자들이 가엾어서 말이에요. 그것들이 얼마나 착한지, 내가 집으로 돌아가면 모두가 나와서 마중해 주곤 해요. 글쎄, 아크슈트 그 녀석은 좀처럼 내 곁을 떠나지 않으려고 하면서 졸졸 따라다니지 뭡니까. '할머니, 나는 이 세상에서 우리 할머니가 제일 좋아요.'라고 말하는 모습이 얼마나 귀여운지 몰라요."

이제 할머니의 마음이 완전히 풀어진 듯했다.

"물론, 너도 철이 없어서 그런 짓을 했겠지."

할머니가 사내아이에게 한마디 한 다음 자루를 들어 올리려고 하자, 사내아이가 말했다.

"할머니, 제가 들어다 드릴게요. 가는 길이니까요."

할머니는 뭐라고 중얼거리면서 자루를 사내아이의 어깨에 올려 주었다.

할머니는 기분이 좋아 졌는지, 마르틴에게 사과 값 받는 것도 잊어버린 채 소년과 어깨를 나란히 하고 걷기 시작했다.

두 사람이 연신 무엇인

가를 이야기하는 것에 귀를 기울이며, 마르틴은 우두커니 서서 두 사람의 뒷모습을 바라보았다.

두 사람이 가고 난 후, 마르틴은 집 안으로 되돌아오다가 계단에 떨어져 있는 안경을 주웠다. 그런데 한 군데도 긁히거나 깨진 데가 없었다. 그는 다시 창가에 앉아 바늘을 찾아 들고 다시 수선 작업을 시작했다.

일을 하는 동안, 어느덧 날이 저물어 바늘구멍이 잘 보이지 않게 되었다. 벌써 점등부가 가스 등을 켜느라고 돌아다니고 있었다. 마르틴은 램프에 불을 댕겨 고리에 걸고, 다시 일을 시작했다. 한쪽 장화의 수선을 끝내고 나서 이리저리 살펴보니 마음에 들게 잘 꿰매졌다.

도구를 정리하고 가죽 부스러기를 쓸어낸 다음 실이랑 바늘을 제자리에 잘 챙겨 놓았다. 그리고 램프를 떼어 테이블 위에 놓고는 벽장에서 성경을 꺼냈다.

어제 저녁에 가죽 조각을 끼워 놓은 데를 펼치려고 했는데, 다른 페이지가 펼쳐졌다. 성경을 펼치자 어제 저녁의 꿈이 생각났다. 꿈이 되살아나는 동시에 무엇인가가 부스럭거리는 소리가 들려왔다. 마르틴이 뒤를 돌아다보니, 어두컴컴한 구석에 사람이 서 있는 것이 아닌가.

사람인 것은 확실한데, 누군지는 알 수 없었다. 그는 다만 마르틴의 귀밑에서 이렇게 소곤대는 것이었다.

"마르틴, 마르틴. 너는 나를 알아보지 못했지?"

"누구를요?"

마르틴이 되물었다. 그러자 어두움 속에서 스테파니치가 앞으로 나오는가 싶더니, 빙그레 웃어 보이고 나서 형체나 그림자도 없이 사라졌다.

"그것도 나였어."

또다시 조금 전의 그 목소리가 말했다. 그러자 어두움 속에서 아기를 안은 여자가 나타났다. 여자가 미소를 짓고 아기가 빙그레 웃는가 싶더니, 그 모습도 이내 사라졌다.

"그것도 나였어."

역시 조금 전의 그 목소리가 다시 말했다. 그러자 할머니와 사과를 가진 사내아이가 나오더니, 둘이 똑같이 빙그레 웃어 보이고는 사라져 버렸다.

마르틴은 몹시 기쁘고 행복한 마음이 되었다. 그는 성호를 긋고 나서 안경을 낀 다음 성경의 펼쳐진 페이지를 읽기 시작했다.

페이지의 첫머리에 이렇게 쓰여 있었다.

'너희는 내가 굶주렸을 때에 먹을 것을 주었고, 내가 목말랐을 때에 마실 것을 주었으며, 내가 나그네였을 때에 따뜻이 맞아들였다. 또 내가 헐벗었을 때에 입을 것을 주었고, 내가 병들었을 때에 돌보아 주었으며, 내가 감옥에 있을 때에 찾아 주었다.' (마태오 복음 25, 35-36)

또한 같은 페이지 아래쪽에는 이렇게 쓰여 있었다.

'그러면 임금이 대답할 것이다. "내가 진실로 너희에게 말한다.

너희가 내 형제들인 이 가장 작은 이들 가운데 한 사람에게 해 준 것이 바로 나에게 해 준 것이다.'"(마태오 복음 25, 40)

마르틴은 그제야 분명히 깨달았다. 자신이 들은 것이 꿈이 아니었음을…….

이날 예수께서는 어김없이 마르틴에게 왔고, 자신이 만난 사람들이 바로 그였음을…….

사람에겐 땅이 얼마만큼 필요한가?

|

　도시에 사는 언니가 시골 사는 동생네 집에 놀러왔다. 언니는 장사하는 사람에게 시집을 가서 도시에 살고 있었고, 동생은 농사짓는 사람에게 시집을 가서 시골에 살고 있었다.

　언니와 동생은 차를 마시면서 그동안 있었던 이야기를 나누었다. 언니는 동생에게 얼마나 보고 싶었는가를 얘기하다가 차츰 자랑을 하기 시작했다. 자기가 도시에서 얼마나 넓고 깨끗한 집에 살고 있고, 아이들은 얼마나 멋진 옷과 음식을 먹고 마시는지, 마차를 타고 놀러 다니는 것은 물론이고, 극장 구경을 자주 한다는 등의 이야기를 장황하게 늘어놓으며 으스댔다.

　동생은 그 얘기를 듣고 있다가 은근히 화가 나서, 장사꾼들은 대개가 염치없고 몰인정하다고 깎아내리면서 농촌 생활이 얼마나 좋은지를 자랑하기 시작했다.

　"아무리 도시가 좋다고 해도, 나는 우리 생활을 언니네 생활과 바꾸고 싶지 않아요. 우리는 수수하게 살아가지만, 그 대신 두

다리 쭉 뻗고 살 만큼 마음이 편해요. 하지만 언니네 생활은 겉으로 보기에는 화려하지만, 어느 한 순간에 쫄딱 망할 수도 있기 때문에 늘 마음 졸이면서 살아야 하잖아요? 농사일은 안전하고 정직해요. 열심히 일한 만큼 거둬들이니까 비록 큰 부자는 못 되더라도 굶는 일 없이 배부르게 살 수 있거든요."

그러자 언니가 말했다.

"배만 부르면 뭘 해? 개돼지와 다를 바 없이 살면서! 게다가 좋은 옷도 입지 못하고 근사한 파티에도 갈 수 없잖아? 몸이 으스러질 만큼 죽도록 일하면 뭘 해? 어차피 돼지우리 같은 곳에서 살다가 죽어갈 텐데. 그리고 그렇게 사는 건, 너희 아이들도 마찬가지잖아?"

"그게 어때서요? 그게 우리가 사는 방식인걸요. 그 대신 우리는 누구에게 머리 숙일 필요도 없고, 누구를 두려워하는 일도 없어요. 하지만 도시에 사는 사람들은 어때요? 모두들 유혹 속에서 허우적거리잖아요. 비록 오늘은 좋다고 해도, 내일 무슨 일이 일어날지 모르기 때문에 늘 불안해하면서 말이에요. 이런 말을 해서 좀 그렇지만, 형부도 언제 노름에 미칠지 술독에 빠질지 모를 일이잖아요. 만약 그러기라도 하는 날에는 모든 게 끝장 아니에요? 내 말이 틀려요?"

난롯가에서 여자들이 하는 이야기를 동생의 남편인 바홈이 듣고 있다가 한마디 했다.

"그건 옳은 말이야. 우리는 어릴 때부터 땅을 파먹고 살아왔기 때문에 어리석은 생각 따위는 하지 않지. 다만 유감스러운 것은 땅이 부족하다는 거야. 땅만 많다면 악마도 무섭지 않을 만큼 세상에 겁나는 것이 없을 텐데 말이야."

여자들은 차를 다 마시고 나서도 아름다운 옷과 맛있는 음식에 대한 이야기를 한참 동안 나누었다. 그리고 나서 찻잔을 치운 다음 잠자리에 들었다.

그런데 악마란 놈이 난로 뒤에 숨어서 이 모든 말을 다 듣고 있었다.

악마는 농부가 아내의 말에 끼어들어 우쭐해하면서 큰소리치는 꼴이 보기 싫어서 혼내 주고 싶었다.

그런데……뭐, 땅만 많다면 악마도 무섭지 않다고?

악마는 그 말에 대해 곰곰 생각했다.

'좋아, 어디 한번 겨뤄 보자고! 내가 너에게 원하는 만큼 땅을 주어, 그것으로 너를 사로잡고 말 테니까.'

2

이 마을에는 한 여자 지주가 얼마의 땅과 머슴들을 데리고 살고 있었다. 가지고 있는 땅은 120데샤티나(1데샤티나는 약 1헥타르)였다. 이 여자 지주는 지금까지 농민들과 사이좋게 질 지냈으며, 그들을 억울하게 만드는 일도 없었다.

그런데 얼마 전에 군에서 제대한 사나이가 관리인으로 들어왔는데, 그는 걸핏하면 벌금을 물리는 등으로 농민들을 괴롭혔다.

바홈은 아무리 조심을 해도 그의 계략을 피할 수가 없었다. 말이 지주의 귀리 밭에 뛰어들고, 암소가 마당에 들어가고, 송아지가 풀밭에 들어가 농작물을 망쳤다는 이유로, 그때마다 벌금을 물리곤 했다.

바홈은 벌금을 낼 때마다 화가 나서 소나 말을 때리기도 했다. 이 관리인 때문에 바홈은 여름 동안에 많은 죄를 지었다. 그래서 가축을 우리 속에 가둬 놓는 계절이 되자, 오히려 마음이 놓였다. 사료는 아까웠지만 걱정거리가 없어졌기 때문이다.

그런데 그해 겨울에 이런 소문이 떠돌았다. 여자 지주가 땅을 팔기 위해 내놓았는데, 그 땅을 큰길에 있는 여관집 주인이 사려 한다는 것이었다. 그 소문을 듣고 농부들은 한숨을 내쉬었다.

'만일 여관집 주인의 손에 땅이 들어가면, 그놈은 여자 지주네 관리인보다도 훨씬 많은 벌금을 매겨 우리를 괴롭힐 것이다. 그렇다고 우리가 이 땅을 떠날 수도 없는 노릇이고!'

농부들은 떼를 지어 여자 지주를 찾아가, 땅을 여관 주인에게 팔지 말고 자기들에게 넘겨 달라고 사정했다. 값도 여관 주인보다 더 많이 주겠다고 약속하자, 결국 여자 지주는 승낙했다.

농부들은 공동으로 땅을 사들이려고 모여서 회의를 했으나, 의견의 일치를 보지 못했다. 악마가 훼방을 놓았기 때문에 의견을 모을 수가 없었던 것이다.

그래서 농부들은 여자 지주의 승낙을 얻어 각자의 형편대로 땅을 사기로 했다. 바흠의 옆집에 사는 농부는 20데샤티나의 땅을 샀다. 그런데 돈을 절반만 주고 나머지 절반은 일 년 후에 주기로 했다는 말을 듣고, 바흠은 그것이 몹시 부러웠다.

'사람들이 땅을 다 사 버리면, 나는 어떡하지?'

그래서 그는 아내와 상의를 했다.

"모두들 땅을 사는데 우리도 10데샤티나 정도는 사야 하지 않겠소 안 그러면 우린 살아갈 수 없어. 관리인이라는 자가 벌금으로 다 가져가 버릴 테니까."

두 사람은 어떻게 하면 땅을 살 수 있을까를 궁리했다.

그들에게는 저금한 돈 100루블이 있었다. 그래서 망아지 한 마리와 벌꿀을 팔고, 아들을 머슴으로 보내고, 도시에 사는 언니네한테 빚을 얻어 땅값의 절반을 마련했다.

돈이 모이자 바흠은 작은 숲이 있는 15데샤티나의 땅을 골라 놓고 지주의 집을 찾아갔다. 땅값을 흥정하고 읍에 나가 매매 계약을 한 다음, 땅값의 절반을 현찰로 치르고 나머지 절반은 2년 안에 갚기로 했다.

이래서 바흠은 땅을 소유하게 되었다. 바흠은 씨앗을 빌려 새로 산 땅에 뿌렸다. 다행스럽게도 그 해 농사가 대풍이어서, 일 년 만에 지주와 동서에게 진 빚을 모두 갚을 수 있었다.

진짜 땅주인이 된 바흠은 자기의 땅을 갈아 씨앗을 뿌리고, 자기 땅에서 풀을 베고, 자기 숲에서 땔감을 베고, 자기 땅에서 가축을 기르게 된 것이다. 바흠은 영원히 자기 것이 된 땅을 갈러 나가거나, 씨앗이 얼마나 나왔나 보러 가거나, 풀밭을 돌아보러 나갈 때마다 기뻐서 어쩔 줄 몰라 했다.

땅은 그대로 있었지만, 그 땅에 있는 풀이나 꽃도 다른 집 것들과는 완전히 다른 것같이 느껴졌다. 전에 수없이 지나다녔던 땅이지만, 지금은 너무나 특별한 땅처럼 생각되었다.

3

바흠은 이렇게 즐거운 나날을 보내고 있었다.

만약 다른 사람들이 바흠의 곡식과 풀밭을 짓밟지만 않았다면, 모든 일은 더할 나위 없이 만족스러웠을 것이다.

점잖게 부탁을 해 보았으나 아무 소용이 없었다. 사람들이 풀밭에 소를 풀어 놓기도 하고, 야경꾼의 말이 곡식밭에 들어가기도 했다. 그러나 바흠은 내쫓기만 하고 용서해 주었으며, 한 번도 이것을 법으로 문제 삼는 등의 일은 하지 않았다.

그래도 그런 일이 계속되자 더 이상 참을 수가 없어서 재판소에 고소를 하고 말았다. 사람들이 그런 짓을 하는 것은 땅이 좁기 때문이지 마음이 나빠서 그러는 것이 아니라는 것을 알고 있었으나, 바흠은 이렇게 생각하지 않을 수 없었다.

'이대로 내버려 둘 순 없다. 그러다간 사람들이 우리 것을 다

망쳐 버릴 거야. 혼을 좀 내줘야 해.'

그리하여 바홈은 한 번, 두 번 재판을 걸어 따끔한 맛을 보여주고 두 사람에게 벌금을 물게 했다. 그러자 이웃 사람들은 바홈을 원망하기 시작했고, 이번에는 일부러 땅을 망쳐 놓는 일까지 생기기 시작했다. 어떤 사람은 밤중에 숲속으로 숨어 들어가 열 그루 정도의 보리수나무 껍질을 벗겨 버리기도 했다.

숲을 지나던 바홈이 무언가 희끗희끗한 것이 눈에 띄어 가까이 가 보니, 껍질이 벗겨진 보리수나무가 여기저기 흩어져 있었으며 밑동이 잘린 그루터기가 여기저기 남아 있었다. 가장자리의 것을 베든가 한 그루라도 남겨 두었으면 좋으련만, 모조리 베어 버렸던 것이다.

바홈은 울화가 치밀어서 견딜 수가 없었다.

'내 이놈을 찾아내어 결코 그냥 두지 않을 테다.'

그는 누구의 짓일까를 곰곰이 생각해 보았다.

'이건 쇼무카의 짓이 틀림없어.'

이렇게 생각하고 바홈은 쇼무카의 집으로 가서 증거를 찾으려 했으나, 아무 단서도 찾지 못한 채 한참 동안 말다툼만 하다가 돌아왔다.

바홈은 생각할수록 쇼무카의 짓이라는 확신이 생겨, 마침내 그는 고소를 했다. 두 사람은 법정에 출두하여 몇 차례 재판을 받았으나, 쇼무카는 무죄로 풀려 나왔다. 증거가 없었기 때문이다. 바홈은 화를 참지 못하고 재판장과 마을 어른에게 행패까지

부려 댔다.

"당신들이 어떻게 도둑의 편을 들 수 있어요? 만약 당신들이 정직하게 생활을 해 왔다면, 도둑을 무죄로 풀어 주진 않았을 겁니다."

바홈이 이웃과 재판관을 상대로 싸우자, 마을 사람들은 바홈의 집에 불을 지르겠다고 위협했다. 바홈은 넓은 땅을 가지고 있었으나, 인심을 잃어 외롭게 살지 않으면 안 되었다.

그때 이런 소문이 들려왔다. 마을 농부들이 새로운 고장으로 이주하려고 한다는 소문이었다. 바홈은 생각했다.

'나는 내 땅을 떠나야 할 이유가 없지. 우리 마을에서 누군가가 떠난다면, 이곳은 더 넓어지겠지. 그러면 그들의 땅을 사들여 이 일대를 내 것으로 만들어야지. 그렇게 되면 생활도 좀 더 나아질 거야. 지금은 너무 좁거든.'

어느 날 바홈이 집에 있는데, 길 가던 나그네 한 사람이 찾아왔다. 바홈은 나그네를 집에 재우고 식사도 대접했다.

서로 이야기를 나누다가, 바홈은 나그네에게 어디서 왔느냐고 물었다. 나그네는 저 아래 볼가 강 건너편에서 왔으며, 지금까지 여기저기 돌아다니며 노동을 했다고 말했다.

나그네는 띄엄띄엄 말을 이어, 많은 사람들이 자기가 일하던 곳으로 이주해 온다고 했다. 사람들이 그곳으로 이주하여 마을 조합에 들게 되면, 한 사람 앞에 10데샤티나의 땅을 나누어 준다는 말도 했다.

"그 땅이 얼마나 기름진지 호밀을 심으면 소나 말의 잔등이 보이지 않을 만큼 많이 자라나고, 다섯 줌으로 한 다발이 될 만큼 밀알이 많이 열리지요. 어떤 농부는 하도 가난하여 맨주먹으로 그 땅에 왔는데, 지금은 말 여섯 마리와 암소 두 마리를 가지게 되었답니다."

바홈은 그 말을 듣자 가슴이 마구 뛰었다.

'그렇게 살기 좋은 땅이 있다면, 이렇게 좁은 데서 구차하게 살 필요가 없지. 이곳의 집과 땅을 팔아 가지고 그 돈으로 거기 가서 집을 짓고 잘살아 보자. 여기처럼 비좁은 곳에 살다가는, 인심만 사나워지고 평생 죄만 짓고 말 거야. 아무튼 내 눈으로 직접 보고 와야지.'

여름이 되자 바홈은 채비를 하고 길을 떠났다. 사마라까지는 볼가 강을 따라 기선을 타고 내려가고, 그 다음의 400베르스타 정도는 걸어서 갔다.

마침내 목적지에 이르렀다. 모든 것이 듣던 대로였다. 농부들은 한 사람 앞에 10데샤티나의 땅을 받아 가지고 여유롭게 살고 있었다. 그리고 아무나 조합에서 받아 주었다. 돈을 가진 사람은 나누어 주는 땅 외에도 3루블만 주면 제일 좋은 땅을 얼마든지 살 수 있었다.

여러 가지 사정을 다 알아 보고 집으로 돌아온 바홈은 가을철이 되자 가지고 있는 재산을 이것저것 팔기 시작했다. 땅은 이익을 보고 팔았다. 집과 가축도 다 팔았다.

그런 다음, 봄이 되자 마을 조합에서 탈퇴한 후 가족과 함께 새로운 땅으로 떠났다.

4

가족을 데리고 새로운 고장으로 온 바홈은 어떤 마을의 조합에 가입했다. 마을 노인들을 초대하여 술을 대접하고 필요한 서류를 모두 갖추었다. 얼마 후 바홈은 조합원이 되었고, 다섯 명의 가족에 대한 땅을 나누어 받았다. 그것은 여러 군데 흩어져 있기는 했으나, 풀밭을 빼고도 50데샤티나가 되었다. 바홈은 거기다 집을 짓고 가축을 사들였다. 그가 소유한 땅은 이전의 세 배가 되었고, 땅도 매우 비옥했다. 생활은 이전보다 열 배나 좋아졌다. 농사를 지을 땅도 충분했지만, 가축에게 먹일 풀밭도 얼마든지 얻을 수 있었다. 그래서 가축도 키우고 싶은 만큼 키울 수 있었다.

처음에 집을 짓고 가축을 사들이는 동안만 해도 바홈은 모든 것이 만족스러웠다. 그러나 자리가 잡히고 살림이 불어나자, 이 땅도 좁다는 생각이 들었다. 첫해에 바홈은 자기 밭에 밀을 심었다. 농사는 대풍이었다. 밀을 더 심고 싶었으나 땅이 부족했다.

남은 땅은 밀농사에 적합하지 않았다. 이 고장에서는 밀을 억새밭이나 쉬는 땅에 심는데, 일이 년 심고 나면 풀이 다시 자랄 때까지 묵혀 두어야 했다. 그런데 그런 땅은 갖고 싶어 하는 사람들이 많기 때문에 모자라기 일쑤였다. 그 때문에 여기서도 땅을 놓고 싸움을 벌였다. 돈이 많은 사람들은 땅을 사들여 자기들이 직접 농사를 지으려고 했고, 가난한 사람들은 장사꾼으로부터 땅을 빌려 농사를 짓는 상황이었다.

바홈은 더 많은 농사를 짓고 싶었다. 그래서 다음 해에 바홈은 어느 장사꾼을 찾아가서 일 년 동안 땅을 빌렸다. 그래서 더 많은 밀을 심었는데 농사가 아주 잘되었다. 그러나 그 땅은 마을에서 멀어, 농작물을 운반하기가 무척 힘들었다. 그렇지만 그곳에서는 장사도 하면서 농사를 짓는 사람들이 농장을 운영하며 부자로 잘살고 있었다.

'저 사람들처럼 내 돈으로 땅을 사들일 수 있다면, 또 농장도 같이 운영할 수 있다면 얼마나 좋을까? 그렇게 되면 지금보다 형편이 훨씬 좋아질 텐데.'

이렇게 생각한 바홈은 어떻게 해서든지 그 땅을 자기 것으로 만들어야겠다고 마음먹었다.

그렇게 3년의 세월이 흘렀다. 그동안 바홈은 땅을 빌려서 계속 밀을 심었다. 해마다 풍년이 들어 밀농사도 잘되고 돈도 웬만큼 모았다. 생활은 그것으로 충분했지만, 바홈은 해마다 다른 사람들에게 땅을 빌리기 위해 쩔쩔매야 하는 것이 귀찮게 여겨졌다. 어디 좋은 땅이 나오면, 사람들이 당장 몰려들어 빌려 버리기 때문에 제때 땅을 빌리지 못하면 농사도 못 짓게 되는 것이었다.

바홈은 3년 만에 어느 장사꾼과 돈을 반반씩 내어 농부들로부터 목장을 빌렸다. 그래서 밭을 갈아 놓았는데, 농부들이 재판을 거는 바람에 그동안 했던 일이 그만 허사가 되고 말았다.

'내 땅만 있다면 남에게 머리를 숙일 필요도 없고, 좋지 못한 일도 당하지 않을 텐데.'

바홈은 이렇게 생각했다.

그래서 바홈은 영원히 자기 땅으로 사들일 땅이 없나 하고 두루 알아보기 시작했다. 마침내 한 농부를 찾아냈다. 그 농부는 500데샤티나의 땅을 가지고 있었는데, 망해서 헐값에 판다는 것이었다. 바홈은 그 사람과 흥정을 벌였다. 여러 번 흥정 끝에 1,500루블에 사기로 하고, 땅값의 절반은 얼마 후에 주기로 했다.

이렇게 흥정이 다 되어갈 무렵, 길 가던 어느 장사꾼이 바홈의 집에 들렀다. 두 사람은 차를 마시면서 잠시 세상 돌아가는 이야기를 나누었다.

장사꾼은 멀리 바시키르에서 오는 길이라고 말했다. 그 사람은 바시키르 사람들로부터 5,000데샤티나의 땅을 1,500루블에 샀다고 했다. 바홈은 값이 너무 싼 것이 이상하여 이것저것 물어봤다.

"노인들의 기분만 잘 맞춰주면 됩니다. 나는 옷과 양탄자를 나눠 주고 그밖에 차 한 상자와 술을 마실 줄 아는 사람에겐 술을 대접했습니다. 그래서 1데샤티나에 30코페이카씩 주고 땅을 샀습니다."

이렇게 말하며 장사꾼이 땅문서를 보여 주었다.

"게다가 이 땅은 냇물을 끼고 있으며, 모두 무성한 풀이 넓은 들판을 뒤덮고 있는 초원이랍니다."

바홈이 이것저것 상세히 묻자, 나그네는 친절하게 잘 대답해 주었다.

"그 땅은 얼마나 넓은지, 일 년을 걸려도 다 돌지 못합니다. 그게 모두 바시키르 원주민들의 땅이지요. 그 사람들은 양같이 순해서, 거의 공짜로 땅을 살 수 있어요."

이 말을 듣고 바홈은 이렇게 생각했다.

'그렇다면 500데샤티나의 땅을 사기 위해 1,500루블을 주고, 게다가 빚마저 얻을 필요가 있을까. 그곳에 가면 1,000루블만 주고도 땅을 얼마든지 살 수 있을 텐데!'

5

바홈은 그곳으로 가는 길을 자세히 물어보고 나서, 장사꾼이 떠난 다음 자기도 떠날 채비를 했다. 집안일은 아내에게 맡기고 하인 한 사람만 데리고 길을 떠났다. 바홈은 가는 도중에 읍에 들러 장사꾼이 말한 대로 차 한 상자와 여러 가지 선물을 사고 술도 샀다.

일주일쯤 걸려 그는 바시키르 사람들이 가축을 기르며 사는 땅에 이르렀다. 모든 것이 나그네가 말한 대로였다. 그들은 냇물

을 끼고 있는 초원에서 텐트를 치고 살았다. 그 사람들은 밭도 갈지 않았고, 빵을 먹는 일도 없었다.

넓은 초원에는 소와 말들이 떼 지어 돌아다니고 있었다. 텐트 뒤에는 망아지들이 매어져 있었으며, 하루에 한두 번씩 어미 말이 그곳으로 끌려가는 것이었다.

사람들은 말의 젖을 짜서 삭혀 술을 만들었다. 여자들은 그것으로 치즈를 만들고, 남자들은 우유로 만든 술과 차를 마시거나 양고기를 먹으면서 피리를 불 뿐이었다. 사람들은 모두 건강하고 쾌활했으며, 여름 내내 아무 일도 하지 않고 놀기만 했다. 사람들은 까막눈인데다 러시아 말도 할 줄 몰랐지만, 무척 친절했다.

바홈을 보자 바시키르 사람들은 텐트에서 나와 에워쌌다. 통역이 나왔다. 바홈은 땅을 사러 왔다고 통역에게 말했다. 바시키르 사람들은 몹시 기뻐하며 바홈을 제일 훌륭한 텐트 안으로 안내했다.

그러더니 양탄자 위에 깃털 방석을 놓고 자리를 권하면서, 자기들도 그 주위에 둘러앉아 차와 우유 술과 양고기 요리를 대접했다. 바홈은 마차에서 가지고 온 선물을 꺼내어 바시키르 사람들에게 나누어 주었다. 그 사람들은 몹시 기뻐했다. 그들은 자기들끼리 소곤거리더니 통역을 시켜 이렇게 말했다.

"우리는 당신이 마음에 듭니다. 그래서 우리들의 풍습에 따라 선물에 대한 답례로 손님을 어떻게든 기쁘게 해 드리고 싶습니다. 당신이 우리에게 좋은 선물을 주셨으니, 우리들이 가지고 있는 것 중에서 마음에 드는 것이 있으면 말씀하세요. 선물로 드리겠습니다."

바홈이 말했다.

"음…… 내 마음에 드는 것은 무엇보다도 당신들의 땅입니다. 우리가 살고 있는 곳은 좁은데다가 너무 오래 곡식을 심었기 때문에 황폐해졌습니다. 그런데 이곳은 땅이 많을 뿐 아니라 매우 기름집니다. 이렇게 아름답고 훌륭한 땅은 아직까지 보지 못했습니다."

통역이 그 말을 전했다. 바시키르 사람들은 자기들끼리 잠시 이야기를 나누었다. 바홈은 그들의 말을 알아들을 수는 없었으나, 기분 좋은 듯 뭐라고 소리치며 웃고 있었다. 잠시 후 그 사람들은 조용해지더니 바홈을 바라보았다. 통역이 말을 전했다.

"당신의 친절에 대해서 얼마든지 기꺼이 땅을 드리겠다고 합니다. 어느 땅이든지 손으로 가리키기만 하세요. 그러면 당신의 땅이 되는 것입니다."

그 사람들은 다시 자기들끼리 의논을 하다가 다투기 시작했다. 바홈이 왜 다투느냐고 물어보자, 통역이 대답했다.

"땅에 관한 문제라면 촌장 어른께 물어서 결정해야 한다는 의견과, 그럴 필요가 없다는 의견이 있습니다."

6

바시키르 사람들이 말다툼을 하고 있는데, 갑자기 여우털모자를 쓴 사나이가 나타났다. 모두들 입을 다물고 자리에서 일어났다. 통역이 말했다.

"이분이 바로 촌장 어른이십니다."

바홈은 얼른 일어나 제일 좋은 옷 한 벌과 5파운드짜리 차를 꺼내 주었다. 촌장은 그것을 받아 들고 제일 윗자리에 가서 앉았다. 그러자 바시키르 사람들은 곧 촌장에게 뭐라고 말하기 시작했다. 촌장은 그들의 말을 듣고 나서 머리를 끄덕이며 잠자코 있으라는 시늉을 해 보인 다음, 바홈에게 러시아 말로 말하기 시작했다.

"좋습니다. 마음에 드는 땅을 원하는 대로 가지세요. 땅은 얼마든지 있으니까요."

바홈은 생각했다.

'원하는 대로 얼마든지 가지라고 하는데, 어떻게 가져야 좋담?

어떻든 땅을 확실히 해둘 필요가 있어. 그렇지 않으면 나중에 도로 빼앗아 갈지 모르니까.'

그래서 바흠이 말했다.

"친절한 말씀 고맙습니다. 당신들에게는 땅이 많지만, 나는 조금밖에 필요 없습니다. 다만 내 땅이 어떤 것인지 그것만 알아두었으면 합니다. 아무튼 한 번 재어서 내 땅의 경계를 분명히 해둘 필요가 있다고 봅니다. 사람이란 언제 죽을지 모르니까요. 당신들은 좋은 분이니까 주시겠지만, 당신네 후손들이 도로 빼앗아 갈지 모르잖습니까."

"옳은 말입니다. 경계를 분명히 해 드릴 수가 있습니다."

"어떤 상인이 여기에 왔었다는 말을 들었습니다. 당신들은 그 사람에게 땅을 판 후에 땅문서를 만들어 주었다는데, 나에게도 그렇게 해 주었으면 좋겠습니다."

촌장은 그의 말뜻을 다 알아듣고 이렇게 말했다.

"그런 거야 얼마든지 해 드릴 수 있지요. 우리에겐 그런 일을 처리할 사람이 있으니까, 같이 읍으로 가서 서류를 작성하도록 합시다."

"땅값은 얼마로 할까요?"

바흠이 물었다.

"여기서는 땅값이 하나로 정해져 있습니다. 누구를 막론하고 하루치에 1,000루블입니다."

바흠은 무슨 말인지 잘 알아들을 수가 없었다.

"하루치란 대체 어떤 방법으로 재는 건가요? 그게 몇 데샤티나나 됩니까?"

"우리는 그렇게 잴 줄 모릅니다. 하루에 얼마로 팔고 있지요? 말하자면 땅을 사고 싶은 사람이 하루 동안 돌아온 만큼을 하루치로 하여 그 사람에게 양도하는 것입니다. 그리고 그 하루의 땅값이 1,000루블이랍니다."

바흠은 놀라지 않을 수 없었다.

"하루 종일 돌아다닌다면 꽤 많은 땅이 되겠는데요."

촌장이 웃으면서 말했다.

"그게 다 당신의 소유가 되는 것입니다. 다만 한 가지 조건이 있습니다. 만약 하루 안에 출발했던 곳으로 돌아오지 못하면, 당신이 지불한 돈은 돌려받지 못하게 됩니다. 이 사실만은 명심하십시오."

"그 점은 명심하겠습니다. 그렇다면 내가 돌아다닌 곳을 어떻게 표시하지요?"

"당신이 원하는 장소에 우리가 같이 가서 기다리고 있겠습니다. 그러면 당신은 그곳을 출발하여 한바퀴 돌아오면 됩니다. 그때 당신은 삽을 가지고 가서 필요한 장소에 표시를 해 두세요. 그리고 거기에 작은 구덩이를 파고 풀을 꽂아 두십시오. 나중에 우리가 구덩이와 구덩이 사이를 쟁기질해서 연결할 테니까요. 어떤 식으로 돌든 상관은 없지만, 반드시 해가 떨어지기 전에 출발했던 장소로 되돌아와야만 합니다. 그러면 당신이 돌아온 땅은 모두 당신 소유가 됩니다."

바훔은 뛸 듯이 기뻐했다.

그들은 다음 날 아침 일찍 출발하기로 했다. 그러고 나서 여러 가지 이야기도 하고, 우유로 만든 술도 마시고, 양고기도 먹고, 차까지 마셨다.

어느 새 밤이 깊었다. 바시키르 사람들은 바훔에게 깃털 이불을 덮고 자게 해 주고, 자기들은 각자의 텐트로 돌아갔다. 그들은 내일 새벽에 모여서 해 뜨기 전에 출발 장소로 가기로 약속했다.

7

바훔은 깃털 이불을 덮고 누웠으나 잠이 오지 않아 계속 땅 생각만 하고 있었다.

'어떻게 하든지 땅을 많이 차지해야지. 하루 종일 걸으면 50베르스타 정도는 돌 수 있을 거야. 지금은 해가 긴 때니까. 50베르스타면 너비가 얼마나 될까? 그중 나쁜 땅은 팔아 버리거나 다른 사람에게 빌려 주고, 좋은 데만 골라서 그곳에 자리 잡기로 하자. 황소 두 마리가 끌 수 있는 쟁기를 사고, 머슴도 두 사람쯤 써야지. 그리고 50데샤티나만 밭을 만들고 나머지는 가축을 치는 목장으로 만들어야지.'

바훔은 거의 뜬눈으로 밤을 새웠다. 그러다가 새벽녘에야 잠이 들었다. 그는 잠이 들자마자 꿈을 꾸었다. 자기가 바로 지금 자고 있는 그 텐트 속에 누워 있는데, 밖에서 누군가가 큰 소리로 웃고 있었다. 그래서 그는 도대체 어떤 사람이 웃는가 보려고 잠자리에서 일어나 침대 밖으로 나갔다. 나가 보니 바로 그 바시키르 촌장이 텐트 앞에 앉아서 무엇이 우스운지 두 손으로 배를 움켜잡고 뒹굴어 대며 웃고 있는 것이었다.

바흠은 곁으로 가서 물었다.

"왜 그렇게 웃고 있습니까?"

그런데 다시 보니 그 사람은 바시키르의 촌장이 아니라 바흠에게 땅 이야기를 하여 이리로 오게 한 그 장사꾼처럼 보였다. 그래서 "당신은 여기 온 지 오래 되었소?" 하고 물으려 하자, 그는 장사꾼이 아니라 전에 볼가 강 너머에서 왔다고 한 농부로 변해 있었다. 그러나 다시 보니, 그는 농부도 아니고 뿔과 발톱이 길게 자란 악마였다.

악마가 앉아서 웃고 있었고, 그 앞에는 셔츠와 바지를 입은 어떤 사나이가 맨발로 누워 있었다. 바흠은 그가 누군가 하고 자세히 살펴보았다. 그 사나이는 죽어 있었는데, 죽은 사람이 바로 자기 자신이었다!

바흠은 깜짝 놀라 잠에서 깨어났지만, 무서움이 사라지지 않았다. 그 순간, 정신을 차렸다.

'뭐야, 꿈이잖아?'

바홈이 주위를 둘러보니, 열린 문 쪽으로 뿌옇게 날이 밝아오고 있었다.

'사람들을 깨워야지. 떠날 시간이야.'

이렇게 생각한 바홈은 마차에서 자고 있는 머슴을 깨워 마차에 말을 매게 한 다음, 바시키르 사람들을 깨우러 갔다.

"시간이 됐습니다. 초원으로 가서 땅을 측량해야지요."

바시키르 사람들이 일어나 모여들었다. 잠시 후에 촌장도 왔다. 바시키르 사람들은 다시 우유로 만든 술을 마시며 바홈에게 차를 대접하려고 했으나, 그는 사양하면서 서둘러 말했다.

"시간이 다 됐으니까 빨리 떠납시다. 더 늦기 전에."

8

바시키르 사람들은 준비를 마쳤다. 그리고 말과 마차를 타고 출발했다. 바홈도 삽을 가지고 머슴과 같이 마차를 타고 떠났다. 초원에 도착하자 날이 밝았다.

바시키르 말로 '시항'이라고 불리는 언덕 위로 올라갔다. 그런 다음, 사람들은 말과 마차에서 내려 한데 모였다.

촌장이 바홈 곁으로 와서 한 손으로 광활한 들판을 가리켰다.

"여기가 전부 우리 땅입니다. 마음에 드는 곳을 고르십시오."

바홈의 눈이 이글거렸다. 땅은 온통 무성한 풀로 뒤덮여 있는

데다가 손바닥처럼 평평하고 거무스름한 것이 기름져 보였으며, 좀 낮은 곳에는 잡초들이 사람의 키만큼이나 우거져 있었다.

촌장은 여우털모자를 벗어 땅 위에 놓으며 말했다.

"자, 이것이 표적입니다. 여기서 출발하여 이리로 돌아오십시오. 한바퀴 돌아오면 그 안의 땅은 모두 당신의 것입니다."

바홈은 돈을 꺼내 여우털모자 속에다 집어넣고, 웃옷을 벗은 다음 조끼 차림에 허리끈을 단단히 맸다. 그리고 빵 주머니를 품속에 넣고, 물병을 허리끈에 찼다. 그런 다음 장화를 단단히 신고, 머슴에게서 삽을 받아 쥐면서 떠날 준비를 마쳤다.

바홈은 어느 쪽으로 가면 좋을까를 생각해 보았다. 그러나 어디로 가도 좋았다.

'어디로 가도 좋은 땅이라면, 해 뜨는 쪽으로 가자.'고 그는 생각했다. 그리하여 해 드는 쪽을 향해 제자리걸음을 하면서 해가 떠오르기만을 기다렸다.

'조금이라도 시간을 헛되이 보내서는 안 되지. 서늘할 때 걷는 것이 한결 나을 거야.'

이렇게 생각한 바홈은 저쪽 땅 끝에서 해가 떠오르자, 삽을 어깨에 메고 초원으로 발걸음을 옮겼다.

바홈은 보통 걸음으로 걸었다. 1베르스타쯤 가다가 걸음을 멈추어 작은 구덩이를 파고, 조금이라도 눈에 잘 띄게 풀 몇 포기를 넣어 두었다. 그러고는 또 걸어갔다. 걷기 시작하자 발걸음이 점점 빨라졌다. 얼마쯤 가서 또 구덩이를 팠다.

바홈은 뒤를 돌아보았다. 햇볕을 받고 언덕이 환히 바라다보였으며, 사람들이 그 뒤에 서 있었다. 마차의 쇠바퀴가 눈부시게 빛나고 있었다. 바홈은 이제 5베르스타쯤 걸었을 것이라고 생각했다. 차츰 더워지자 조끼를 벗어 어깨에 걸치고 앞으로 걸어갔다. 다시 5베르스타쯤 갔다. 점점 더위가 심해졌다. 해를 쳐다보니 벌써 아침 먹을 시간이 되어 있었다.

'이제 하나가 끝났구나. 하루에 네 구덩이를 파게 되어 있으니, 아직 돌아가기는 이르겠지. 그러나 장화는 벗기로 하자.'

이렇게 생각하고 바홈은 앉아서 장화를 벗어 허리끈에다 차고 또 걷기 시작했다. 걷기가 한결 편했다.

'5베르스타만 더 걷자. 그리고 왼쪽으로 구부러지도록 하자. 땅이 너무 비옥해서, 그냥 버리고 가기에 아까운 걸. 갈수록 땅이 더 좋으니, 참!'

바홈은 계속 곧바로 걸어갔다. 뒤돌아보니 언덕이 아득하게 멀리 있었고, 사람들은 개미처럼 까맣게 보였다.

'이쪽은 이만하면 충분하다. 이젠 구부러지자. 땀을 많이 흘렸더니 목이 타는군.'

바홈은 이런 생각이 들자 걸음을 멈추었다. 그리고 구덩이를 좀 더 크게 파서 풀을 묻어 놓았다. 그리고는 허리에서 물통을 끌러 물을 잔뜩 마신 다음 왼쪽으로 급히 구부러졌다. 걸을수록 풀의 키가 더 커져서 몹시 더웠다. 바홈은 점점 피로를 느끼기 시작했다. 해를 쳐다보니 바로 점심때였다.

'자, 좀 쉬어 가자.'

이렇게 생각한 바흠은 걸음을 멈추고 거기에 앉았다. 그러나 빵과 물을 마셨을 뿐 눕지는 않았다. 누우면 잠이 들 것만 같았기 때문이다. 그래서 잠깐 앉았다가 다시 걷기 시작했다.

더위가 점점 심해지자 졸음이 슬금슬금 몰려왔다. 그래도 그는 한 시간을 참으면 일생을 편히 살 수 있다고 생각하며, 걸음을 멈추지 않았다.

바흠은 이쪽도 많이 걸었기 때문에 다시 왼쪽으로 구부러지려고 했다. 그러다가 보니 근처에 물기가 촉촉한 분지가 있었다. 그냥 버리고 가기에는 너무나 아까운 땅이었다.

'저기면 아마가 잘 자랄 거야.'

이렇게 생각하고 바흠은 다시 곧바로 걸어갔다. 분지를 차지하자, 그곳에 구덩이를 파고 두 번째 모퉁이를 만들었다.

'두 쪽은 이렇게 길게 잡았으니 이쪽은 좀 짧게 잡아야겠는걸.'

이렇게 생각하고 바흠은 세 번째 모퉁이를 향해 걸음을 빨리했다. 해를 보니 한나절이 훨씬 넘었는데, 세 번째 모퉁이에서는 2베르스타 정도밖에 걷지 못했다. 출발 지점까지는 족히 15베르스타가 남아 있었는데 말이다.

'땅 모양이 반듯하지 않으면 어때? 이젠 곧바로 가야겠다. 더이상 가지려고 욕심 부려서는 안 돼. 땅은 이만하면 충분해.'

바흠은 얼른 구덩이를 파고는 곧바로 언덕을 향해 걷기 시작했다.

9

바흠은 언덕을 향해 곧바로 걸었다. 몹시 힘이 들었다. 온몸이 땀투성이가 되고 맨발이 찢기고 긁혀서 제대로 걸을 수가 없었다. 좀 쉬고 싶었으나 그럴 수가 없었다. 해가 지기 전까지 출발했던 곳으로 돌아갈 수 있을 것 같지 않았기 때문이다. 해는 기다리지 않고 자꾸만 서쪽으로 기울었다.

'아아, 실패하면 어쩌지? 너무나 땅을 많이 차지한 게 아닐까? 만약 제시간에 도착하지 못하면 어떡하지?'

바흠은 초조해 하면서 쉬지 않고 걸었다. 힘이 들었으나 계속 걸음을 재촉했다. 그러나 가도 가도 갈 길은 멀기만 했다. 그는 급기야는 뛰기 시작했다. 조끼도 장화도 물통도 모자도 다 버린 채 오직 삽만 가지고 그것을 지팡이 삼아 뛰었다.

'아아, 욕심이 너무 지나쳤구나. 이젠 다 틀렸어. 해가 떨어지기 전에 도착할 수 없을 것 같아.'

그러자 더욱 무서운 생각이 들어 숨까지 막혀 왔다. 바흠은 정신없이 달렸다. 셔츠와 바지는 땀에 젖어 몸에 착 달라붙고 입안은 바싹 말랐다. 가슴은 망치질하듯 뛰고, 다리는 남의 다리처럼 휘청거려서 마음대로 움직일 수가 없었다.

'이러다가 죽지나 않을까?'

바흠은 겁이 덜컥 났지만, 그렇다고 멈출 수는 없었다.

'죽을 고생을 하며 여기까지 왔는데, 이제 와서 그만둔다면

사람들이 바보라고 비웃겠지.'

이런 생각에 바홈은 달
리고 또 달렸다. 출발점에
가까이 왔을 때 소리가
들렸다. 바시키르 사람
들 모두가 그를 향해 질
러 대는 날카로운 소리였다.

그 소리에 그의 가슴은 더욱 뜨거워졌다. 바홈은 마지막 힘을
다해 달리고 있었으나, 해는 이미 지평선 쪽으로 기울어 새빨간
쟁반처럼 둥글게 되었다. 이제 곧 떨어지고 말 것이었다.

출발점까지도 이제 얼마 남지 않았다. 바홈은 언덕 위에 있는
사람들이 자기에게 손을 흔들며 빨리 오라고 재촉하는 것을 보았
다. 돈이 들어 있는 여우털모자까지 보였다. 그리고 땅 위에 앉아
두 손으로 배를 움켜잡고 있는 촌장도 보였다.

그러자 바홈은 어젯밤의 꿈이 떠올랐다.

'땅을 많이 얻었지만, 하느님은 나를 그 땅에서 살게 해 주실
까? 아아, 내 자신을 내가 망쳤구나! 아무래도 출발점까지 가지
못할 것 같다.'

바홈은 해를 바라보았다. 해는 이미 땅에 닿았으며, 한쪽 끝은
가라앉아 밑으로 활처럼 휘어져 있었다. 바홈은 마지막 힘을 다
해 몸을 앞으로 내밀면서 넘어지려는 것을 간신히 지탱했다.

마침내 언덕 밑에 이르렀을 때 갑자기 날이 어두워졌다. 돌아

보니, 해가 이미 땅 밑으로 묻혀 버렸다. 바흠은 '아아!' 하고 소리 쳤다.

'모든 것이 허사가 되고 말았구나.'

이렇게 생각하고 그가 걸음을 멈추려는데, 바시키르 사람들이 계속해서 뭐라고 떠들어 대는 소리가 들려왔다.

그때 바흠에게 이런 생각이 들었다. 언덕 밑에서 보면 해가 진 것으로 보이지만, 언덕 위에서 보면 해가 아직 다 지지 않았는지도 모른다. 그래서 바흠은 용기를 내어 언덕 위로 기다시피 하며 올라갔다. 언덕 위는 아직도 밝았다. 바흠은 올라가기가 무섭게 여우털모자를 보았다.

촌장이 여우털모자 앞에 앉아서, 두 손으로 배를 움켜쥐고 큰 소리로 웃고 있었다. 바흠은 또다시 꿈 생각이 났다. 그는 앞으로 쓰러지면서 두 손으로 모자를 잡았다.

"정말 대단하십니다! 이제 많은 땅을 가지게 됐습니다."

촌장이 소리쳤다.

바흠의 머슴이 달려가서 주인을 일으켜 세우려고 했으나, 그의 입에서는 피가 흐르고 있었다. 그는 이미 숨이 끊어져 있었다.

바시키르 사람들은 혀를 차며 바흠의 죽음을 애석해 했다.

머슴은 삽을 들고 바흠의 무덤을 판 뒤, 거기에 그를 묻었다. 머리에서부터 발끝까지 그가 차지할 수 있었던 땅은 정확히 2미터가량밖에 되지 않았다.

불을 내버려 두면 끄지 못한다

이반 쉬체르바코르라는 농부가 한 마을에 살고 있었다. 그는 살림도 넉넉한데다가 몸도 건강하여 마을에서 제일가는 일꾼으로 꼽혔다. 게다가 세 아들 또한 장성하여, 큰아들은 이미 결혼을 했고 둘째아들도 결혼을 앞두고 있었다. 셋째아들은 약간 모자라긴 하지만 아버지를 도와 밭일도 곧잘 하고 무거운 짐도 잘 날랐다. 이반의 아내 또한 야무져서 알뜰하게 살림을 꾸려 나갔으며, 맏며느리도 행실이 바르고 일도 잘하는 여자를 맞아들였다.

이반은 일가를 이루고 유복하게 살아가고 있었다. 집안에서 일을 하지 못하는 사람은 늙고 병든 아버지뿐이었다. 아버지는 고질병인 기침 때문에 벌써 7년째 난롯가의 침대에 누워서 지내고 있었다.

이반에게는 말이 세 필이나 있었고, 망아지도 있었으며, 어미소와 송아지는 물론이고 양도 열세 마리나 있었다. 여자들은 남자들의 신발도 만들고, 옷도 지었으며, 틈틈이 밭일도 거들었다.

남자들은 열심히 농사를 지어 추수한 보리가 다음 해에 새로 보리를 거둬들일 때까지도 남아 돌 정도였다. 그 밖의 비용이나 세금은 귀리로 충당할 수 있었기에, 이반의 식구들은 언제 넉넉하게 살림을 꾸려나갈 수 있었다.

그런데 어느 날, 이반이 이웃에 살고 있는 고르제이 이바노프의 아들 기브릴로 고르제예프라는 사나이와 싸움을 하게 되었다.

고르제이 노인이 살아 있고, 이반의 아버지가 살림을 맡아서 했을 때는 두 집안이 서로 사이좋게 지냈었다. 필요한 것이 있으면 서로가 빌려 주기도 하고, 어려운 일이 있으면 달려가서 도와주곤 했었다. 어쩌다가 송아지가 타작마당에 뛰어들면 그것을 몰아내면서 이렇게 말하는 것이 고작이었다.

"마당에 널어 놓은 짚단을 아직 털지 못했으니까, 송아지 단속 좀 해서 이리 오지 못하게 해 줘."

송아지가 타작마당에 뛰어들었다고 해서 송아지를 감춰 놓거나 불평을 해대며 언짢은 소리를 하는 일 따위는 전혀 없었다. 노인들의 시절에는 그렇게 정답게 살았는데, 젊은 사람들이 살림을 맡게 되면서부터는 많은 것이 달라졌다. 이번 싸움도, 아주 하찮은 일 때문에 일어난 것이었다.

이반의 며느리가 기르는 닭이 얼마 전부터 알을 낳기 시작했다. 새댁은 그 달걀을 부활절에 쓰려고 정성스럽게 모으고 있었다. 날마다 닭장 앞에 가서 알을 꺼내 보곤 했는데, 어느 날 암탉이 무엇에 놀랐는지 울타리를 넘어 이웃집 마당으로 가서 알을 낳은 것이었다. 새댁은 암탉이 *꼬꼬댁거리는* 소리를 들었지만, 그때는 이렇게 생각했다.

'지금 알을 낳은 모양이야. 하지만 지금은 그걸 가지러 갈 시간이 없어. 부활절이 다가왔으니, 우선 집안 청소부터 해야 돼. 알은 나중에 가서 꺼내지, 뭐.'

그런데 집안 청소를 한 다음 닭장에 가 보니 알이 온데간데없이 사라진 것이었다. 놀란 새댁이 시어머니와 시동생에게 알을 꺼냈느냐고 물었지만, 아무도 알을 꺼내지 않았다고 대답했다. 그때 막내 시동생인 타라스카가 말했다.

"형수님, 암탉이 옆집 마당에서 알을 낳고 *꼬꼬댁거리던데요.*"

새댁이 자기의 암탉을 보니 벌써 수탉과 나란히 홰에 올라앉아 있었다. 이제 그만 자려는 듯이 눈을 감고 있어서, 어디서 알을 낳았느냐고 물어볼 수도 없었다. 어차피 대답을 듣지 못하리라는 것을 잘 알기에, 새댁은 옆집으로 갔다. 그러자 옆집 할머니가 나와서 물었다.

"무슨 일로 왔나?"

"네, 안녕하셨어요? 다름이 아니라, 우리 암탉이 여기로 와서 알을 낳았다고 해서요."

"그래? 우리는 보지 못했는데. 우리도 닭이 있어서 알을 낳는데, 남의 달걀 같은 걸 챙길 필요가 없지 않겠나. 우리는 남의 집 마당을 기웃거리면서 알을 낳았는지 살펴지는 않는다네."

그 말을 듣자, 새댁은 화가 나서 언짢은 소리를 하고 말았다. 그러자 옆집 할머니도 가만있질 않고 마구 욕을 해 대는 것이었다. 이반의 아내가 물을 길어 오다가 자기 며느리와 옆집 할머니가 다투는 소리를 듣고 끼어들었다. 그러자 옆집 할머니의 며느리인 가브릴로의 아내가 뛰어나와 그간 있었던 온갖 일을 들먹거리며 욕을 퍼부어 대는 것이었다. 그 바람에 걷잡을 수 없이 싸움이 커져 버렸다.

"남의 키를 뚫어 놓고 미안하단 말도 안 했지? 그 멜대도 우리 거, 맞지? 도둑들 같으니라고!"

가브릴로의 아내가 그렇게 말하면서 이반의 아내가 메고 있는 멜대를 잡아당기자, 그 바람에 물이 몽땅 엎질러지고 말았다. 게다가 마침 들에서 일을 하고 돌아오던 가브릴로가 달려들어 싸움에 끼어들어 자기 아내 편을 들었다. 그러자 이반도 아들과 함께 달려왔다.

이반은 건장한 몸으로 사람들을 사방으로 밀어 제쳤으며, 급기야는 가브릴로의 턱수염을 한 줌이나 뽑아 버렸다. 결국 동네 사람들이 몰려와서 싸움을 말려 겨우 진정되었지만, 이것은 불화의 시초에 지나지 않았다.

가브릴로는 잔뜩 뜯긴 턱수염을 챙긴 다음 진정서와 함께 읍 사무소로 가지고 갔다.

"내가 곰보딱지 이반에게 뜯기려고, 그간 정성을 다해 턱수염을 기른 게 아니오."

그러자 가브릴로의 아내는 동네를 돌아다니면서, 머지않아 이반이 재판을 받고 시베리아로 유형을 가게 될 것이라고 떠들어댔다. 이렇게 해서 부모 대부터 정답게 지내던 이웃이 원수처럼 되어 버린 것이다.

이반의 아버지가 가족들을 불러 타일렀으나, 젊은 사람들은 들으려고 하지 않았다. 그러자 이반의 아버지가 누운 채로 재차 말했다.

"값어치 없는 일로 싸움을 벌이는 것은 정말로 어리석은 짓이다. 잘 생각해 보아라. 일의 시작은 달걀 한 개가 아니냐? 옆집의 어린아이가 알 하나를 주웠다고 하자. 그게 뭐 그리 나쁜 일이냐? 달걀 하나가 얼마나 값이 나가는 거라고, 그것 때문에 이렇게 난리들이냐? 모두가 하느님의 자녀인데, 누가 달걀을 먹은들 그게 무슨 문제가 된단 말이냐? 저쪽에서 욕을 하면 앞으로는 그러지 말라고 가르쳐 주고, 주먹을 휘두른 것도 죄 많은 인간들이 어리석어서 한 짓이니 탓할 것 없다.

자, 어서 가서 용서를 구하고 화해를 청해라. 그러면 간단할 일을, 왜 이렇게 고집을 부리느냐? 고집을 부리면, 돌이킬 수도 없이 일이 꼬일 수 있느니라."

하지만 젊은 사람들은 노인이 하는 말을 듣지 않고 쓸데없이 잔소리만 한다면서 투덜거렸다. 이반도 고집을 꺾지 않았다.

"내가 턱수염을 뽑았다고? 나는 절대로 그런 일 없어! 제 놈이 스스로 뜯어 놓고선, 뒤집어씌우는 거라고! 그놈의 아들은 내 머리카락을 마구 쥐어뜯고, 외투도 다 찢어 놓았잖아. 이게 바로 그 증거라고!"

이렇게 식식거리면서 이반도 고소하러 갔다. 두 사람은 중재 재판소에서도 다퉜고, 마을 재판소에서도 다퉜다.

그러한 소동이 벌어지고 있는 동안에 가브릴로네 수레바퀴의 바퀴통이 없어졌다. 그러자 가브릴로의 어머니와 그의 아내는 그것이 이반의 짓이라고 단정해서 말했다.

"우리가 다 보았단 말이에요. 그놈이 한밤중에 짐수레 있는 데로 가는 것을……. 그리고 녀석이 훔친 바퀴통을 주막으로 팔러 왔다는 얘기도 들었다고요!"

그리하여 또다시 재판이 벌어졌다. 두 집안은 날마다 눈만 뜨면 으르렁거렸고, 그것으로 성이 차지 않으면 들러붙어 싸우기 일쑤였다. 어른들이 하는 짓을 보고, 어린아이들은 걸핏하면 욕을 해댔고 며느리들은 개울에서 빨래를 하다가도 상대방을 헐뜯으려고 혓바닥을 부지런히 놀려 댔다. 그래도 처음에는 트집을 잡거나 욕을 하는 정도였지만, 급기야는 아녀자들이 아이들에게 시켜 상대방의 것을 훔치기까지 하는 것이었다.

그러다 보니 두 집안의 살림살이가 엉망이 되어, 가세가 점점 기울어져 갔다.

이반 쉬체르바코프와 가브릴로 고르제예프는 계속 소송을 벌여 왔기 때문에, 이제는 중재하는 쪽에서도 지겨워했다. 마을에서도 따돌림을 당했고, 마을 재판소나 중재 재판소에서도 진절머리를 냈다.

가브릴로가 이반에게 벌금을 물리거나 유치장 신세를 지게 하면, 다음에는 이반이 가브릴로를 그렇게 만들었다. 그러면서 두 사람은 점점 더 고집불통이 되어 갔다.

개들이 싸울 때 보면, 한쪽 개가 뒤에서 살짝 건드리기만 해도 그 개는 상대방 개가 물었다고 생각하고 더욱 거세게 달려드는 법이다. 이와 마찬가지로 두 사람도 점점 사나워져서, 두 사람은 상대방을 괴롭히는 일에 죽기 살기로 매달리며 서로 복수심을 불태웠다.

그리하여 재판은 6년이나 지속되었고, 난롯가에 누운 노인은 계속 같은 말만 되풀이하고 있었다.

"너희들은 도대체 무슨 짓을 하고 있는 거냐? 이제 그런 싸움 따위는 집어치우라고! 일은 하지 않고, 남을 괴롭힐 궁리만 하고 세월을 낭비하는 게 말이 되느냐! 화를 내면 낼수록 점점 커진다는 것을 왜 모르느냔 말이다."

그러나 노인의 말을 들으려 하는 사람은 아무도 없었다.

이웃간에 불화를 일으킨 지 7년째 되는 해였다. 한 혼인 잔치자리에서 이반의 아내가 가브릴로에게 당신은 말을 훔치다가 들키지 않았느냐고, 여러 사람들이 보는 앞에서 망신을 주었다.

술이 거나하게 오른 가브릴로는 치미는 화를 참지 못하고 이반의 아내에게 주먹을 휘두르고 말았다. 그런데 공교롭게도 이반의 아내가 마침 임신 중이었던 것이다.

화가 몹시 난 이반이 고소장을 작성하여 예심 판사에게 달려 갔다.

'이번에야말로 시베리아로 보내고 말아야지!'

하지만 이반의 고소장은 또다시 아무런 효력도 발휘하지 못했다. 예심 판사가 이반의 아내 몸을 조사해 보니, 아무런 상처가 없었기 때문이다.

그러나 이반은 그냥 물러나지 않고 이리저리 다니며 서기와 배심원들에게 술을 접대하여, 가브릴로가 태형을 받도록 만들고 말았다.

가브릴로는 재판소에서 판결하는 낭독문을 들어야만 했다.

"본 재판소는 전원 합의에 의해 다음과 같이 판결한다. 농부 고르제예프에게 태형 20대를 선고한다."

이반은 그 판결을 들으면서 가브릴로가 있는 쪽을 흘깃 바라보며 흡족한 웃음을 지었다. 판결문을 들은 가브릴로는 창백한 표정으로 획 일어서더니 복도로 나가 버렸다. 이반도 그 뒤를 따라 천천히 일어나 밖으로 나가 말이 매어져 있는 곳으로 갔다, 그때 가브릴로가 하는 말소리가 들렸다.

"나를 매 맞게 하고도 네놈이 무사할 줄 알아? 천만의 말씀! 네놈 등이 불에 데지 않도록 조심이나 하라고!"

이 말을 들은 이반은 그 길로 재판관에게 달려갔다.

"판사님! 녀석이 내 집에 불을 지른다고 협박했습니다. 그 말을 들은 증인도 여럿 있습니다."

판사는 다시 가브릴로를 불러내어 물었다.

"사실인가? 자네가 불을 지르겠다고 한 것이……."

"저는 그런 말을 한 적이 없습니다. 판사님의 권리로 어서 저를 때리시지요. 그놈은 죄 없는 나에게 매를 맞게 하고도 무사할 줄 아는 모양인데, 아무튼 공정하신 판사님께서 전부 알아서 해 주십시오."

가브릴로는 말을 계속하려고 했으  나 온몸이 떨려서 말을 제대로 잇지 못하게 되자 돌아서 버렸다. 판 사도 그 모습을 보고 흠칫 놀라 면서, 자칫 하다간 무슨 일을 당할지도 모르겠다는 생각을 했다.

고심하던 판사는 두 사람을 다시 불러 말했다.

"자네들, 이제 그만 화해하는 것이 어떤가? 가브릴로, 아무리 화가 나도 그렇지 임신한 부인에게 주먹을 휘두른 것은 심하다고 생각하지 않나? 하느님 덕분에 아무 일 없이 넘어갔지만, 하마터면 돌이킬 수 없는 죄를 지을 뻔하지 않았는가? 그러니 이반에게 사과하고, 용서를 구하게. 그러면 이반도 용서해 줄 것이네. 그렇게만 해 준다면, 나도 이 판결문을 다시 쓰겠네. 어떤가?"

그 말을 듣고 있던 서기가 이의를 제기했다.

"판사님, 그것은 안 됩니다. 형법에 의해 쌍방의 화해가 성립되지 않은 상태에서 재판이 성립되었으니, 그 판결은 법대로 실행

되어야 합니다."

그러나 판사는 서기의 말을 무시한 채 말했다.

"자네는 쓸데없는 참견 좀 하지 말게. 제1조는 하느님을 잊어 버리지 않는 일이라네. 알겠는가? 그런데 하느님께서는 우리에게 언제나 서로 용서하고 사랑하면서 지내라고 하셨단 말이네."

그렇게 말하고서, 판사는 계속 두 사람들 타일렀으나 아무 소용이 없었다. 가브릴로는 아예 판사의 말을 들으려고도 하지 않았다.

"저는 내년이면 쉰이 됩니다. 아들도 있고, 이미 며느리도 보았습니다. 저는 태어나서 지금까지 남에게 매를 맞은 일이 없는데, 저 곰보딱지 놈이 저를 채찍 아래로 밀어 넣어 모욕을 주려고 합니다. 그런데도 제가 저놈에게 용서를 빌어야 하는 겁니까? 천만의 말씀입니다. 이반, 이놈! 두고 보라고!"

가브릴로의 얼굴이 다시 창백해지더니 입술을 덜덜 떨기 시작했다. 그는 더 이상 말을 하지 못하게 되자, 돌아서서 가 버렸다.

이반이 마을 재판소에서 집으로 돌아왔을 때는 한낮이 훨씬 지나 있었다. 이반이 말을 마차에서 떼어낸 다음 뒤처리를 하고 집으로 들어가자, 집 안에는 아무도 없었다. 아들들은 밭에서 아직 돌아오지 않았고, 아녀자들은 말과 소를 몰고 돌아오는 중이었다.

이반은 아무도 없는 빈 방에서 걸상에 앉아 생각에 잠겼다. 가브릴로가 판결문을 듣고 얼굴색이 창백해진 채 휙 돌아섰던 일이 자꾸만 떠올랐다. 이반은 얼핏 가슴이 아파오는 듯한 느낌이 들었다. 이반은 만약에 자기가 태형을 선고받았으면 어떨까를 생각해 보았다. 그러자 갑자기 가브릴로가 측은하다는 생각이 들었다.

그때 난롯가에 누워 있던 아버지가 기침을 하더니 몸을 일으켰다. 노인은 연신 기침을 하며 이반이 앉아 있는 걸상까지 다가왔다. 이윽고 기침이 가라앉자 생각에 잠겨 있는 아들 이반에게 말했다.

"오늘 재판소에 간 일은 어떻게 됐느냐? 판결이 났느냐?"

"네, 태형 20대입니다."

그 말을 들은 아버지가 고개를 저으며 말했다.

"애야, 너는 지금 해서는 안 될 일을 하고 있다. 그 사람에게가 아니라, 너 자신에게 말이다. 그 사람이 매를 맞고 등이 갈라지면, 너한테 뭐가 좋으냐?"

"그 자가 반성하고, 앞으로 나쁜 짓을 하지 않게 되겠죠."

"나쁜 짓을 하지 않는다고? 그 사람이 너에게 무슨 나쁜 짓을 했는데?"

"아니, 아버지는 정말로 그걸 몰라서 묻는 거예요? 그동안 그 녀석이 저와 저희 가족을 얼마나 괴롭혔는지 아시잖아요? 하마터면 집사람이 그놈한테 맞아서 죽을 뻔한 것은 물론이고, 저한테는 불을 지르겠다고 협박까지 했다고요! 그런데도 제가 잘못한 건가요?"

그 말을 들은 아버지가 한숨을 쉬며 말했다.

"애야! 너는 자유롭게 네 마음대로 세상을 돌아다니고 있고, 나는 몇 년째 꼼짝 못하고 이렇게 누워만 있으니까 내가 뭘 알겠느냐. 하지만 너의 눈이 증오심과 복수심으로 불타고 있어서, 모든 것을 제대로 보지 못하고 있다는 것은 알고 있다. 너는 남의 잘못은 잘 보면서 자기 잘못은 등 뒤에 감춰 놓고 있단 말이다.

방금 너는 그 사람이 나쁜 짓을 했다고 했다. 그 사람이 혼자만 나쁜 짓을 했다면 싸움이 벌어졌겠느냐? 인간끼리의 싸움은 혼자서 나쁜 짓을 한다고 해서 되는 것이 아니야. 싸움은 반드시 두 사람 사이에서 벌어지는 것이야. 상대방의 잘못은 보여도 자기의 잘못은 보이지 않기 때문에 싸움이 멈추지 않는 거란다. 만약 그 사람이 심술을 부렸어도, 네가 착한 사람이었다면 더 이상 싸움 같은 건 계속되지 않았을 거다.

그 사람의 턱수염을 뽑은 건 누구냐? 타작할 느릅나무를 빼앗은 건 누구냐? 그 사람을 이 재판소에서 저 재판소로 끌고 다닌 건 누구냐? 그런데도 너는 모든 잘못을 그 사람에게 돌리고 있지 않느냐? 너의 잘못된 생각으로 일이 이 지경까지 왔다고는 생각하지 않는 거냐?

애야, 나는 한평생을 살면서 그런 짓을 하지 않았을 뿐만 아니라 너희들에게도 그렇게 가르치지 않았다. 나나 그 사람의 아버지인 옆집 노인은 그런 방식으로 살아오지 않았다. 우리가 어떻게 살아온 줄 아느냐? 우리는 진정한 이웃끼리의 정을 나누면서 살았다. 밀가루가 떨어지면 서로가 허심탄회하게 말했고, 서로의 광에서 쓸 만큼 가져다가 쓰곤 했다. 말을 몰 사람이 없으면 언제라도 서로가 도움을 청했고, 필요한 것이나 부족한 것을 서슴없이 나눠 쓰곤 했다.

그간 우리는 이렇게 살아왔다. 그리고 그렇게 지낼 때에는 살림도 제법 넉넉했는데, 요즘은 형편이 어떠냐? 얼마 전에도 어떤 군인이 쁠레부나(1877년에 일어난 발칸 전쟁에서 터키에 고전한 싸움)의 이야기를 하는 걸 들었는데, 지금 너희가 하고 있는 싸움은 그것보다 더 나쁘다고 생각되지 않느냐? 도대체 이것이 어떻게 인간의 삶이라고 할 수 있겠느냐? 이건 죄야!

너는 사내대장부고, 한 집안의 가장이니까 네가 모든 것을 책임지고 바로잡아야 하지 않겠느냐? 너는 집안 단속을 어떻게 하고, 자식 교육을 어떻게 하는 것이냐? 이건 사람으로서 하면 안 되는 일이란 걸 모르겠느냐? 얼마 전에도 코흘리개 타라스까가 이웃 아주머니에게 버릇없이 구는 걸 봤는데, 그때도 어미라는 사람은 그냥 보고 웃기만 하더라. 그래도 괜찮다고 생각하는 거냐?

사람은 영혼이란 것을 생각하며 살아야 하는 법이고, 이 모든 것은 너의 책임이다. 저쪽에서 뭐라고 한 마디 하면 이쪽에서는 두 마디를 해대니, 싸움이 끝나겠느냐? 저쪽이 한 대 때리면 이쪽에서는 두 대를 올려붙이니…… 이반, 예수님이 이 세상을 두루 다니면서 우리에게 가르쳐 주신 것은 그런 것이 아니라는 것을

 너도 알지 않느냐? 저쪽에서 뺨을 때리면 다른 쪽 뺨까지 내밀라고 하지 않았느냐? 만약 그렇게 하면, 상대방도 양심이 있기 때문에 그렇게 하지 못하는 법이다. 예수님께서 우리에게 가르치신 것은 고집이 아니라, 용서와 사랑이야. 그렇게 입을 꼭 다물고 있지 말고, 내 말이 틀렸으면 어디 한번 말해 보거라."

이반은 아무 말도 하지 않고 조용히 듣고만 있었다. 아버지는 한참 동안 기침을 해 대더니, 기침이 멈추자 다시 말을 이었다.

"너는 예수님이 우리에게 무엇을 가르치셨다고 생각하느냐? 그분은 우리에게 선하게 살라고 가르치셨고, 그렇게 사는 삶이야말로 우리를 행복하게 만든다는 것을 일깨워 주셨다.

지금 네 형편이 어떤지 한번 생각해 봐라. 그 싸움이 시작된 이래로 살림살이가 나아졌느냐? 소송으로 돈을 얼마나 버렸느냐? 마차 삯이나 음식값만 쓰고 돌아다니지 않았느냐? 아들들이 자라 일을 하게 되었으니 형편이 좋아지고 재산도 불어났어야 할 텐데, 오히려 줄어들지 않았느냐?

너는 그 이유가 무엇이라고 생각하느냐? 이 모든 것이 네가 고집을 부리면서 싸움만 했기 때문에 생긴 결과가 아니냐? 너는 자식들과 함께 밭을 갈고 씨를 뿌려야 할 때에 재판소다, 예심이다 하면서 돌아다니기만 하지 않았느냐?

밭을 갈거나 씨를 뿌리는 것도 때에 맞춰서 하지 않으면, 땅은 우리에게 아무것도 주지 않는다는 것을 모르느냐? 올해 귀리 농사도 흉작이 아니냐? 네가 언제 귀리 밭을 갈았는지 생각해 봐라. 재판에 이겼다면서 좋아하는데, 그래서 너에게 돌아온 것이 무엇이냐? 쓸데없는 짐만 짊어진 것이 아니더냐?

사람은 결코 자기의 생업을 잊어서는 안 된다. 들일도 그렇고, 집안일도 그렇다. 아이들과 함께 땀 흘려가며 일하고, 혹시 누군가가 건드리거나 화나게 하더라도 하느님의 말씀대로 용서해 주어라. 그렇게 하면 모든 일이 순조롭게 잘 되어가고, 마음 또한 그지없이 편안해질 것이다."

이반은 아무 말도 하지 못하고 잠자코 있었다.

"자, 어떠냐? 이반, 이 늙은 애비의 말을 들어 주지 않겠느냐? 지금 바로 온 길을 되돌아가서 소송을 취하하거라. 그리고 내일 아침에는 가브릴로에게 가서 하느님께서 가르쳐 주신 대로 화해를 한 후 집으로 데리고 오거라. 마침 내일이 축제일이니까 보드카라도 한잔 마시면서 지금까지 있었던 앙금들을 깨끗하게 씻어버렸으면 한다. 앞으로는 그런 일이 없도록 며느리들이나 젊은 아이들에게도 주의를 주고 잘 이끌어 주도록 해라."

이반은 아버지가 하시는 말씀이 구구절절 옳다고 생각하면서, 길게 한숨을 내쉬었다. 그러자 그간 가슴을 짓누르고 있던 무거운 돌덩이가 어디론가 사라진 것처럼 시원해지는 것 같았다. 하지만 어떤 식으로 화해를 청해야 할지 난감했다. 그러한 아들의 마음을 알아차린 아버지가 이렇게 말했다.

"이반, 서둘러라. 우물쭈물하며 미뤄서는 안 된다. 불은 처음에 잡지 않으면 점점 거세져서 손을 쓰기가 힘들어지는 법이다."

아버지는 아직도 할 말이 많은 듯했으나, 아녀자들이 들어오는 바람에 입을 다물었다.

아녀자들도 가브릴로에게 태형 판결이 내려졌다는 것은 물론, 가브릴로가 불을 지르겠다고 말한 것도 이미 들어서 알고 있었다. 그뿐만 아니라 말과 소를 몰고 오는 중에 벌써 옆집의 여인네들과 입씨름까지 벌이고 오는 중이었다. 가브릴로의 아내가 예심 판사에게 뭔가를 들어 보이며 협박을 했다는 말도 나왔고, 분명한 것은 아니지만 예심 판사가 가브릴로의 편을 들고 있으므로 머지않아 사태가 뒤바뀐다는 얘기도 나왔다. 또 학교 선생님이 이반의 일로 황제 폐하에게 직접 소장을 냈는데, 그 소장에는 바퀴통에 관한 일에서부터 채마밭 일까지 낱낱이 썼기 때문에 얼마 안 있으면 이반의 토지가 옆집으로 넘어갈 것이라고도 했다면서 자신들의 생각까지 덧붙여서 참새 떼들처럼 떠들어 댔다.

그 이야기를 듣는 동안에 이반의 마음이 다시 돌같이 굳어져서, 가브릴로와 화해하려던 마음이 일시에 사라져 버렸다.

농가의 주인은 언제나 할 일이 많기 때문에, 이반은 아녀자들을 상대로 이야기할 생각을 버리고 훌쩍 일어나 밖으로 나갔다. 탈곡장을 지나 곳간 쪽으로 가서, 그쪽을 대충 치운 다음 뒷마당으로 돌아오니 벌써 날이 저물었다.

봄보리 씨를 뿌리기 위해 밭에 나갔던 아들들이 일을 마치고 돌아오고 있었다. 이반은 그들에게 들일에 관해 이것저것 물어본 다음 거들어 주려고 했으나, 날이 이미 저물었기 때문에 다음 날 해야겠다고 생각했다. 대신에 타라스까가 밤일을 하러 가도록 마구간에서 말을 끌고 나온 다음, 마구간의 문을 닫고 아래쪽에 널빤지를 대어 틈을 막았다.

'들어가서 저녁을 먹은 다음 쉬어야겠군.'

이반은 말의 목걸이가 망가진 것을 발견하고, 그것을 챙겨 든 다음 집으로 향했다. 일을 하다 보니, 잠깐이지만 가브릴로의 일도 아버지가 하신 말씀도 잊고 있었다. 그런데 문고리를 잡아당겨 문을 열려는 순간, 울타리 너머에서 쉰 목소리가 들려왔다.

"나쁜 놈! 그런 녀석은 실컷 두들겨 패 줘야 해!"

가브릴로가 누군가를 욕하는 소리였다. 이 소리를 듣자, 이반의 마음속에서 또다시 증오심이 일어났다. 이반은 가브릴로가 욕을 퍼붓는 동안 가만히 서서 그 소리를 모두 들었다.

가브릴로의 목소리가 들리지 않게 되었을 때 이반은 집 안으로 들어갔다. 며느리는 한쪽 구석에서 물레를 돌려 실을 잣고 있고, 아내는 저녁 준비를 하고 있으며, 큰아들은 신발을 수선하고 있고, 둘째아들은 테이블에 앉아서 책을 읽고 있으며, 타라스까는 밤일 나갈 준비를 하고 있었다. 집 안은 평온했고, 가브릴로와의 일만 없다면 더할 수 없이 화목한 가정의 모습이었다.

이반은 화가 난 듯한 얼굴로 의자에 웅크리고 앉은 고양이를 집어던지면서, 대야를 아무 데나 놓아두었다고 성질을 부렸다. 식구들에게 한바탕 하고 나자, 이반은 쑥스러우면서도 모든 것이 시들하게 여겨졌다.

한쪽에 앉아 망가진 말의 목걸이를 손보기 시작했지만, 가브릴로가 하던 말이 계속 귓가를 맴돌아서 좀처럼 일이 손에 잡히지 않았다. 재판소에서 하던 얘기도 귓가에서 윙윙거렸고, 방금 누군가를 욕하던 소리도 메아리처럼 계속 울려 댔다.

아내는 타라스까에게 저녁을 챙겨 주고 있었다. 타라스까는 식사를 서둘러 한 다음 짧은 겉옷 위에 긴 외투를 걸치고 허리띠로 질끈 동여맸다. 그런 다음 빵을 챙겨 들고 말들이 기다리고 있는 길로 나갔다. 큰아들이 타라스까를 배웅하려 했으나, 이반은 자기가 나갔다 오겠다고 하면서 일어났다. 밖으로 나온 이반은 망아지를 타라스까에게 몰아 준 다음 한참 동안을 움직이지 않고 서 있었다.

타라스까는 마을의 큰길로 내려가는 중에 동행할 젊은이들과 만난 모양이었다. 잠깐 떠들썩하더니, 이내 아무 소리도 들리지 않았다. 이반은 계속 문간에 서 있었다.

'나를 매 맞게 하고도 네놈이 무사할 줄 알아? 천만의 말씀! 네놈 등이 불에 데지 않도록 조심이나 하라고!'라고 하던 가브릴로의 말이 머리에 껌같이 달라붙어 좀처럼 떨어지질 않았다.

이반은 생각했다.

'고약한 놈이라, 자기가 다칠 수도 있다는 생각은 하지 않을 거야. 요즘처럼 가문 날씨에, 바람 부는 날 울타리 뒤로 슬쩍 기어 들어와서 불을 지르고 도망친다면 걸리지 않을 수도 있지 않은가. 그러니까 어떻게 해서라도 놈을 붙잡아야 돼. 절대로 놓쳐서는 안 돼!'

이런 생각이 떠오르자, 이반은 집으로 들어가지 않고 곧장 길로 나가 대문 뒤에서 모퉁이로 돌아왔다. 놈이 무슨 짓을 할지도 모른다는 생각이 들었기 때문에 살금살금 문을 따라 걷기 시작했다. 모퉁이를 돌아 울타리에 붙어서 올려다보니 저쪽 모퉁이에서 무엇인가 움직이는 듯했다. 마치 누군가가 엿보고 있다가 울타리 모퉁이로 숨어 버린 것만 같았다. 이반은 발걸음을 멈추고 숨을 죽였다. 온 신경을 집중했으나, 쥐 죽은 듯이 고요했다. 다만 바람이 버드나무 가지를 흔들고 밀짚을 버스럭거리게 할 뿐, 눈을 뽑아가도 모를 정도로 사방이 캄캄했다. 차차 눈이 어둠에 익숙해지자, 기둥이랑 추녀 등이 하나씩 보이기 시작했다. 한참 동안 서서 주변을 둘러보았으나 아무도 없었다.

'내가 잘못 본 모양이군. 그래도 한 바퀴 돌아 봐야지.'

이반은 발자국 소리가 나지 않게 곳간을 따라 살금살금 걸었다. 짚신을 신고 있었고, 한 걸음씩 걸었으므로 자신의 발소리조차 들리지 않을 정도였다. 모퉁이까지 왔을 때 저 멀리 보이는 기둥 곁에서 무엇인가가 번쩍 빛을 발하는 것 같더니 이내 꺼졌다. 이반은 가슴이 철렁 내려앉아 자기도 모르게 걸음을 멈췄다. 그런데 다시 같은 자리에서 먼저보다 밝은 빛이 타오르면서, 모자를 쓴 한 남자가 이쪽으로 등을 돌리고 구부린 채 손에 든 짚단에 불을 붙이고 있는 모습이 드러나는 것이 아닌가. 그걸 보는 순간, 이반의 가슴이 무섭게 뛰기 시작했다. 이반은 아랫배에 힘을 주고 걸음을 옮겼으나, 두려움에 떨고 있어서인지 발이 땅을 밟는지 허공을 나는지 모를 지경이었다.

'기필코 현장을 잡고 말리다!'

이반이 두 개의 차양이 맞닿은 데까지 도착하기도 전에 갑자기 주위가 밝아지더니 차양 밑에 쌓아 놓은 밀짚에 불길이 솟아올랐다. 그리고는 이내 지붕으로 불이 옮겨 붙어 타오르기 시작했는데, 환한 불빛에 드러난 사람은 가브릴로가 분명했다.

'이놈이 정말! 이번에는 절대 놓치지 않으리다!'

그때 흐로모이(가브릴로의 별명으로, 절름발이란 뜻)도 발소리를 들었는지 뒤를 한 번 돌아보더니, 절름거리는 발을 끌면서 있는 힘을 다해 껑충껑충 도망쳤다.

"거기 서라!"

이반은 소리를 지르면서 가브릴로를 쫓아갔다. 그리고 그의 멱살을 잡으려고 하는데, 어느새 놈이 손아귀에서 빠져나갔다. 그래서 이번에는 이반이 외투자락을 붙잡았다. 그러나 그마저도 찢어지는 바람에 앞으로 고꾸라지고 말았다. 이반은 벌떡 일어나 다시 뛰기 시작했다.

"저놈 잡아라!"

이반이 넘어지는 사이에 가브릴로는 벌써 자기 집 마당으로 들어가 버렸다. 이반은 거기까지 쫓아가 기를 쓰며 붙잡으려고 했는데, 순간 무엇인가로 세차게 언어맞았다. 가브릴로가 마당에 뒹구는 떡갈나무 막대기를 주워들어 달려드는 이반을 내리친 것이었다. 이반은 눈에서 불이 번쩍 나면서 정신이 멍해졌다. 그리고 그 순간 주위가 깜깜해져 버렸다.

이반이 겨우 정신을 차렸을 때, 가브릴로는 이미 사라지고 없었다. 온 세상은 대낮같이 환한데, 자기 집 쪽에서 기계를 운전하는 것 같은 소리가 덜커덩거리면서 나더니 무엇인가가 탁탁 튀기기 시작했다. 이반이 돌아다보니 뒷마당의 곳간이 온통 불덩이가 되어 다른 쪽 곳간으로 옮겨 붙는 중이었다.

"어이쿠! 어쩌면 좋아!"

이반은 주먹으로 가슴을 마구 치며 소리를 질렀다.

"차양 밑에 쌓아 놓은 밀짚에 불이 붙었을 때 껐으면 괜찮았을 텐데, 이걸 어쩌면 좋아!"

이반은 어쩔 줄 몰라 하며 같은 말만 되풀이해서 외쳐 댔다. 불을 끄기 위해 뛰어가려고 해도 몸이 제대로 말을 듣지 않았다. 숨이 막혀 오는데다 몸이 마구 비틀거렸다. 한참을 멈춰 서 있다 가 간신히 추스르며 천천히 걷기 시작했다. 겨우 곳간을 한 바퀴 돌아 불난 곳에 닿았을 때는 이미 불길이 거세져서 가까이 갈 수도 없는 형편이었다.

많은 사람들이 모여들었으나 손을 쓸 방법을 찾지 못하고 발만 동동 굴렀다. 근처 마을 사람들은 재빨리 자기들 집으로 가서 살림살이를 끌어내기도 하고 가축들을 딴 곳으로 몰고 가기도 했다.

이반의 집도 타기 시작했다. 게다가 바람까지 불어왔기 때문에 삽시간에 마을의 절반이 타 버렸다. 잠시 후 식구들만 간신히 입은 옷 그대로 뛰어나왔을 뿐, 이반의 집은 몽땅 타 버리고 말았다. 가축들도 밤일을 나간 말을 빼고는 전부 몰살했으며, 닭도 홰에 앉은 채로 타 죽었다. 가래도 써레도 여자들의 옷궤도 모두 타 버렸다. 저장해 두었던 곡식도 모두 잿더미가 되고 말았다. 그래도 가브릴로네는 가축을 밖으로 몰아냈고, 세간도 이것저것 제법 챙겨 나온 것 같았다.

불은 밤새도록 타올랐다. 이반은 한쪽 구석에 서서 자기 집 쪽을 물끄러미 바라보면서 중얼거렸다.

"이제 어쩌면 좋아! 밀짚에 불이 붙었을 때 껐으면 괜찮았을 텐데……."

그러다가 안채의 천장이 무너져 내려앉자, 이반은 그곳으로 뛰어들어 그을린 재목을 안아 끌어내리려고 했다. 아녀자들이 그 모습을 보고 데리고 나오려고 했으나, 이반은 말을 듣지 않고 계속 재목들을 끌어안으려 했다. 그러다가 마침내 이반은 몸을 가누지 못하고 비틀거리다가 불더미 속에 쓰러지고 말았다. 그러자 그의 큰아들이 뛰어 들어가 쓰러진 아버지를 들쳐 업고 나왔다. 턱수염과 머리칼이 그을고 옷까지 타서 여기저기 구멍이 났으며, 두 손에는 화상을 입었다. 보고 있던 사람들이 "쯧쯧. 저 사람, 아주 정신이 나갔구면." 하고 저마다 떠들었지만, 이반은 그러한 사실을 전혀 깨닫지 못하는 것 같았다.

불길은 차츰 사그라졌다. 그러나 이반은 움직이지 않은 채 서서 "이제 어쩌면 좋아! 저 속에 들어가서 그냥 끌어내기만 했으면 됐을 텐데……." 하는 말만 되풀이할 뿐이었다.

아침이 되자, 마을 반장이 이반을 데려오라며 아들을 보냈다.

"이반 아저씨, 할아버지가 위독해요. 아저씨를 찾으세요. 어서 가 보세요!"

아버지의 일을 까마득하게 잊고 있던 이반은 무슨 말인지 얼른 알아듣지 못했다.

"할아버지가 아저씨를 찾아요! 돌아가시기 전에 한 번 보신다고요. 얼른 가 보세요, 이반 아저씨!"

반장의 아들이 팔을 잡아끌자, 이반은 뒤를 따라갔다. 노인은 불이 난 집에서 업혀서 나올 때 불붙은 짚이 몸에 떨어져 화상을 입었다. 그래서 불난 곳에서 멀리 떨어진 곳에 있는 반장 집으로 옮겨졌던 것이다.

이반이 아버지에게로 갔을 때, 그 집에는 늙은 반장의 아내와 페치카 주변에서 놀고 있던 아이들밖에 없었다. 모두들 불구경을 하러 갔던 것이다. 아버지는 침대에 누운 채 촛불을 손에 들고 문 쪽을 보고 있었다. 늙은 반장의 아내가 아들이 왔다고 하자,

몸을 조금 움직이면서 곁으로 오도록 해 달라고 부탁했다. 이반이 가까이 다가갔다.

"이반아, 내가 말하지 않았느냐. 누가 마을을 태웠느냐?"

아버지가 힘없는 목소리로 말했다.

"그놈이에요. 제가 이 눈으로 직접 보았어요. 제가 보는 앞에서 불이 붙은 짚을 지붕 밑으로 집어넣었어요. 제가 불붙은 짚단을 그냥 끌어내어 비벼 껐으면 아무 일 없었을 텐데……."

"이반아! 나는 이제 죽을 때가 된 것 같다. 그리고 너도 언젠가는 죽을 것이다. 그런데 너는 이 모든 것이 누구의 죄라고 생각하느냐?"

이반은 아버지를 멍하니 바라보기만 했다. 무슨 말을 해야 할지 모르는 듯한 표정이었다.

"하느님 앞에 섰다고 생각하고 말을 해 보거라. 도대체 누구의 죄냐? 내가 너에게 뭐라고 했었냐?"

이반은 그때야 비로소 잠에서 깨어난 듯한 느낌이 들었는지 흐느끼는 듯한 목소리로 말했다.

"아버지, 용서해 주십시오. 저는 아버님께도, 하느님께도 드릴 말씀이 없습니다. 제가 죄인입니다."

아버지는 촛불을 왼손으로 옮겨 든 다음, 오른손을 이마로 올려 성호를 그으려고 했으나 손이 닿지 않자 그냥 가슴으로 내리며 기도했다.

"영광이 성부와 성자와 성령께!"

그리고는 아들을 바라보았다.

"이반아!"

"네, 아버지."

"앞으로 어떻게 할 것이냐?"

이반은 계속 흐느꼈다.

"모르겠어요. 이제 앞으로 어떻게 살아가야 하지요?"

아버지는 눈을 감고 온 힘을 집중하려는 듯이 입술을 옴실거렸다. 그러다가 이윽고 눈을 뜨더니 말했다.

"걱정 말거라. 하느님과 같이 산다면 살아갈 수 있단다."

아버지는 잠시 입을 다물었다가 빙그레 웃으며 말을 이었다.

"이반아, 누가 불을 질렀는지 말해서는 안 된다는 것을 명심해라. 다른 사람의 죄를 하나 감싸 주면 하느님께서는 두 개의 죄를 용서해 주신단다."

아버지는 촛불을 양손 받쳐 들어 그것을 가슴께로 갖다 대더니, 후훅 숨을 몰아쉬었다. 그리고 그대로 숨을 거뒀다.

이반은 불을 지른 것이 가브릴로의 짓이라는 것을 끝내 말하지 않았다. 때문에 어떻게 해서 불이 일어났는지를 마을 사람들은 전혀 알지 못했다. 그리고 그렇게 하자, 이상하게도 이반의 마음에서 가브릴로에 대한 미움이 사라졌다.

한편, 가브릴로는 이반이 자기의 악행을 까발리지 않는 것이 놀라우면서도 이상하게 생각되었다. 그래서 한동안은 무슨 꿍꿍이속이 있나 싶어 두려워하면서 경계했으나, 시간이 흘러도 아무 일이 없자 이반을 의심하는 마음이 차츰 줄어들었다. 양쪽의 식구들도 주인들이 싸움을 하지 않으니 싸울 일이 없어졌다.

집을 다 지을 때까지, 두 집은 한 지붕 밑에서 살았다. 그리고 불에 탄 마을의 모든 집들이 새로 지어졌을 때, 이반과 가브릴로는 다시 예전처럼 돌아가 이웃이 되었다. 이반과 가브릴로는 아버지 대에서와 마찬가지로 정답게 지냈다.

이반 쉬체르바코프는 돌아가신 아버지의 가르침이기도 하고, 하느님의 말씀이기도 한 '불은 애초에 끄지 않으면 안 된다.'는 말을 마음속 깊이 새기면서 잊지 않고 살았다.

이반은 혹시 누가 자기에게 장난을 걸거나 시비를 걸어와도 맞서서 싸우려 하지 않았으며, 오히려 좋은 방향으로 바꿔 보려고 애를 썼다. 그런가 하면 누가 자기를 음해하는 말을 하거나 욕을 해도 마주 욕을 하지 않고, 그런 나쁜 말을 하지 않도록 일깨워 주곤 했다.

이반 쉬체르바코프는 새로운 사람으로 거듭나서, 더욱 풍족하고 화목한 가정을 이루게 되었다.

촛 불

농노가 해방되지 않았던 시절의 일이다. 그 시절의 지주 중에는 별별 사람이 다 있었다. 자신도 언젠가는 죽는다는 사실을 알고 하느님을 경외하며 남을 불쌍히 여기는 자가 있는가 하면, 남을 경멸하며 못살게 구는 형편없는 자도 있었다.

그중에서도 가장 못된 자는 농노 출신의 관리인, 즉 개천에서 졸지에 나온 용이라도 되는 것처럼 높은 사람들 틈에 끼어 귀족 행세를 하는 무리들이었다. 그런 자들 때문에 농민들의 살림은 그야말로 참담해지고 있었다.

농부들은 어느 지주의 토지에서 소작료를 받고 일을 했다. 땅은 얼마든지 있는데다, 토질도 좋고 물도 넉넉했으며, 풀밭이나 숲까지도 남아돌아갈 정도로 모든 것이 풍족했다. 그래서 지주와 농민 사이에 아무런 문제가 없었다. 그런데 그 땅의 지주는 다른 토지에서 일하던 농군 출신을 관리인으로 앉혔다.

이 관리인은 제 세상을 만난 듯, 농민들을 학대하기 시작했다.

이미 한 가정의 가장으로, 아내 말고도 이미 출가한 딸이 둘이나
되고 돈도 벌 만큼 번 자였다. 그렇게 심하게 굴지 않아도 편안하
게 살아갈 수 있었는데도, 욕심이 지나치게 많다 보니 나쁜 길로
빠져 버렸던 것이다.

우선 농민들에게 정해진 기일 이상으로 부역을 시켰다. 기와
공장을 세워, 남자 여자 할 것 없이 끌어다가 일을 시킨 다음
만들어 낸 기와를 팔아먹기 시작했다.

농민들은 지주를 찾아가서 호소했지만 아무 소용이 없었다.
지주는 농민들을 그냥 쫓아 돌려보낼 뿐, 관리인의 횡포에 대해
알아보려고도 하지 않았다.

관리인은 농민들이 지주에게 다녀왔다는 것을 알고, 그 앙갚
음을 하기 시작했다. 그 때문에 농민들의 살림살이는 한층 더
어려워졌다. 게다가 농민들 중에도 좋지 못한 자들이 섞여 있었
기 때문에, 동료의 일을 관리인에게 밀고하여 함정에 빠뜨리곤
했다. 그리하여 농민들은 날이 갈수록 단결을 하기는커녕 서로가
헐뜯는 일이 많아졌다.

날이 갈수록 관리인의 횡포가 심해져서, 마침내 농민들은 관
리인을 사나운 짐승보다 더 두려워하게 되었다. 관리인이 마차를
타고 마을을 지나갈 때면, 모두 못 볼 것을 보기나 한 것처럼
눈에 띄지 않도록 재빨리 몸을 숨기곤 했다.

관리인은 그걸 알아채고, '놈들이 날 두려워한단 말이야.' 하며
더욱 화를 내면서 꼬투리를 잡아 마구 때리거나 일을 고달프게

시켜서 괴롭히곤 했다.

그 무렵에는 좋지 못한 악인을 슬그머니 죽이는 일도 종종 일어났다. 그 마을의 농민들도 뜻 맞는 사람끼리 모여서 어떻게 할 것인지를 의논하곤 했는데, 그중에서 그래도 배짱 있는 사람이 먼저 나서서 그 일에 대해 말을 꺼냈다.

"도대체 언제까지 저 악당의 꼴을 봐야 하지? 어차피 죽을 목숨이라면, 저놈을 먼저 죽이고 죽는 것이 이렇게 사는 것보다 낫지 않겠어."

그러던 어느 날이었다. 그날은 부활절 전날이었는데, 농민들이 하나둘씩 숲으로 모여들었다. 관리인이 지주의 숲을 말끔하게 손질하라고 명령을 내렸기 때문이다. 점심을 먹기 위해 한자리에 모였을 때 의논을 시작했다.

"이대로 가다가는 우리가 제 명대로 살 수 없지 않겠나. 저놈은 우리를 송두리째 말려 죽이려고 하는 것만 같아. 일을 하다 지쳐 쓰러져도 쉴 틈도 주지 않고 말이야. 게다가 조금이라도 제 맘에 들지 않으면 무조건 두들겨 패니, 이것이 어디 산목숨이라고 할 수 있겠나. 세몬 같은 사람은 벌써 얻어맞아 죽었고, 아니심은 감방에 들어가 얼마나 곤욕을 치렀느냔 말이야. 우리는 이제 더 이상 무얼 기다리고 말고 할 것도 없지 않은가? 오늘 저녁에 여기 와서 또다시 몹쓸 짓을 하면, 놈을 말에서 끌어내려 도끼로 한 대 쾅 쳐 버리자고! 그러면 그것으로 일이 끝나지 않겠는가. 그리고 눈에 띄지 않는 곳에다 파묻어 버리면 발각될 이유도 없을 걸세. 다만 한 가지 중요한 것은, 누구 한 사람이라도 발설하는 사람이 있어서는 안 된다는 거야. 어때, 그렇게들 하겠는가?"

바실리 미나예프가 모인 사람들을 둘러보며 말했다. 그는 관리인에 대한 원한이 누구보다도 컸다. 관리인은 하루가 멀다 하고 미나예프를 때리는가 하면, 그의 아내마저 빼앗아 자기 집 하녀로 만들어 버렸던 것이다.

저녁이 되자 관리인이 왔다. 말을 타고 왔는데, 느닷없이 나무 베는 방법이 잘못됐다고 트집을 잡으며 한 바탕 난리를 피웠다. 그는 잘라 놓은 나뭇더

미 속에 묻혀 있는 보리수나무 한 그루를 발견하고, 눈을 부릅떴다.

"나는 보리수 가지를 베라고 하지 않았다. 누가 베었나? 썩 나오지 못할까? 모두 손을 봐줄 테니!"

그러자 누군가가 그것은 시도르의 구역이라고 말했다. 그러자 관리인은 시도르의 얼굴을 피가 맺히도록 심하게 때렸다. 나무를 적게 베었다고 바실리까지 가죽 채찍으로 실컷 때린 다음, 관리인은 자기 집으로 돌아갔다.

그날 밤, 농민들이 다시 모였을 때 바실리가 입을 열었다.

"아니, 당신네들도 사람이오? 짐승만도 못 해. 입으로는 해치운다고 말해 놓고, 막상 코앞에 그놈이 나타나면 놀란 참새 떼처럼 꼼짝도 못하지 않소. '동료를 배반해서는 안 된다. 다 같이 힘을 모아 해치우자!'고 말로는 떠들어 대다가도, 막상 매가 나타나면 숨도 쉬지 않은 채 풀숲에 납작 엎드려서 흩어져 버리니……. 그러니까 매는 자기가 눈독 들였던 자를 잡아다가 요절을 내는 것 아니오. 매가 날아가고 나면 그제야 짹짹거리면서 나타나서 주변을 둘러보고는, 한 마리가 모자라면 '누가 없어졌지? 바니카구나. 그놈은 그런 꼴을 당할 만해. 그럴 만한 짓을 했지.'라고 하는 것이 바로 당신들 아니오? 배신하지 않겠다고 약속했으면, 정말로 배신하지 말아야 되는 것 아니오? 놈이 시도르에게 손찌검을 했을 때, 당신네들이 한 덩어리가 되어 놈을 요절냈어야 하는 것 아니오? '배신하지 않겠다, 해치우자!'고 목소리를 높이다가도, 매가 나타나기만 하면 혼비백산해서 숲으로 도망쳐버리니…….”

농민들은 다시 의논하여, 관리인을 죽이기로 결정했다.

부활절을 앞둔 어느 날, 관리인은 지주의 밭을 갈아서 보리씨를 뿌려야 한다고 명령을 내렸다. 농민들은 무슨 수작을 부리느냐고 분개하면서, 남의 눈에 띄지 않게 바실리의 집 뒤꼍에 모여 다시 의논했다.

“놈이 이젠 하늘 무서운 줄도 모른다니까. 지금이 어느 때라고 그런 명령을 내리느냔 말이야. 이제 더 이상 참지 말고, 정말 때려죽여야 해. 어차피 죽을 목숨인데, 더 이상 이렇게 살 수는 없지 않은가.”

그때 페트로시카 미헤예프가 왔다. 페트로시카 미헤예프는 성품이 온화한 사람인데, 이제까지 농민들의 모임에는 한 번도 나온 적이 없었다. 그는 오늘 처음 참석해서 사람들의 이야기를 말없이 듣고 있다가, 이렇게 말했다.

“여러분들은 정말 엄청난 일을 계획하고 있군요. 사람을 죽인다는 것은 여간 큰일이 아니오. 목숨 하나 죽이는 일이야 별로 어렵지 않게 할 수도 있겠지만, 죽인 사람의 영혼은 어떻게 될 것 같소? 놈이 나쁜 짓을 했다면, 우리가 손을 보지 않더라도 천벌을 받게 될 것이오. 여러분들, 그때까지 기다리며 참도록 합시다.”

그 말을 듣고, 바실리는 화가 머리끝까지 나서 시근덕거렸다.

“뭐야? 코빼기도 보이지 않다가, 처음 나와서는 고작 한다는 얘기가 그거야? 잘난 척하기는……. 사람을 죽이는 건 죄라고? 죄라는 걸 모르는 사람이 여기 있다고 생각하는 거야? 오죽했으면 그런 일을 계획했을지는 생각해 봤어? 우리는 계획대로 할 거야. 착한 사람을 죽이는 것은 죄지만, 그런 짐승만도 못한 놈을 죽이는 건 하느님도 이해하실 거야. 인간을 불쌍하고 가엾게 여긴다면, 그런 미친 개 따위는 죽여 없애야 해. 그렇지 않으면 불쌍하게 죽어가는 사람들만 더 늘어날 거라고. 놈이 사람을 개 패듯이 두들겨 팬 것을 생각하면 치가 떨려.

우리가 놈을 죽이는 것은 다른 사람들을 위하는 것이기 때문에 틀림없이 모두가 감사하게 생각할 거야. 그런 걸 우리가 안됐다느니 어떻다느니 하면서 용단을 내리지 못하면, 놈은 결국 우릴 모조리 때려죽이고 말 거야.

미혜예프, 자넨 당치도 않은 걱정을 하고 있다는 것을 알아야 해. 도대체 자넨 무슨 생각을 하는 건가? 부활절에 일하러 가는 것이 죄가 덜 된다는 말인가? 그렇게 말하는 자네도 일하러 안 갈 거 아닌가?"

"안 가긴 왜 안 가나? 밭을 갈라고 하면, 가야지. 가고 싶으면 가고, 가기 싫다고 안 가는 게 아니잖나. 누가 나쁜지는 하느님께서 다 알고 계신다네. 우린 늘 하느님을 잊지 말아야 해. 여보게들! 나는 말이지, 내 생각을 말하는 것이 아니라네.

만약에 악을 악으로 뿌리 뽑으려고 하는 것이라면, 하느님께서 그와 같은 본을 보여 주셨을 테지만 우리에게 가르친 것은 그게 아니지 않나. 우리가 악을 악으로 다스리면, 그 악은 다시 우리에게 옮겨오네. 사람을 죽이는 것은 어렵지 않은 일이지만, 그 피는 자신의 영혼에 달라붙네. 사람을 죽인다는 것은 자신의 영혼을 피투성이로 만드는 일일세. 그것은 결국 자신의 마음을 나쁘게 만드는 것이라네. 재난이 생기면 일단 그것에 순응해야 하네. 그래야만 재난 쪽에서도 우리를 비켜갈 걸세."

이렇게 하여 농민들은 결론을 내리지 못했다. 의견이 분분했다. 바실리처럼 생각하는 사람이 있는가 하면, 끔찍한 죄를 짓지 말고 참으면서 기다리는 것이 낫다고 생각하는 사람도 있었기 때문이다.

농민들이 부활절 전야 축하 행사를 끝마쳤을 때, 작업반장은 관리인 미하일 세묘니치로부터 명령을 받았다. 반장은 마을을 돌아다니며, 내일은 모두 나와 밭을 갈아야 한다고 말했다. 한 조는 강 건너 쪽을, 다른 조는 길가 밭에서부터 시작하라고 알려주었다.

농민들은 너무나 화가 났지만, 그 명령을 어길 용기가 없었다. 다음 날 아침, 모두들 괭이와 삽을 들고 나가 밭을 갈기 시작했다.

이튿날, 교회에서는 아침 미사 시간을 알리는 종이 울렸다. 사람들은 어디서나 부활절을 축하하느라 떠들썩했다. 하지만 이곳 농민들은 괭이와 삽을 들고 나가 밭을 갈았다.

관리인 미하일 세묘니치는 늦잠을 자고 일어나 산책을 하러 나갔고, 관리인의 아내와 과부가 된 딸은 곱게 차려입고 하인에게 마차를 준비시켜 미사에 참례했다가 돌아왔다.

미하일 세묘니치는 집에 돌아와 차를 마신 다음, 파이프의 연기를 길게 내뿜으며 반장을 불렀다.

"그래, 농민들은 모두 밭에 나갔나?"

"네, 모두들 열심히 일하고 있습니다."

"그래, 모두 다 나왔던가?"

"네, 모두 다 나왔습니다. 제가 구역도 전부 정해 주었습니다."

"구역을 정해 준 건 좋은데, 제대로 잘하고 있는지 모르겠군. 지금 가서 살펴보게. 점심때 내가 직접 나가 볼 테니까. 둘이서 짝을 이뤄 3천 평씩 일구도록 이르게! 만약 허술하게 대충한 곳이 있으면, 부활절이라고 해서 용서하는 일은 없을 테니까."

"잘 알았습니다."

그렇게 말하고 반장이 돌아서려 하는데 미하일 세묘니치가 다시 그를 불러들였다. 가던 사람을 불러들여 놓고는, 그는 무슨 곤란한 말이라도 하려는지 머뭇거렸다. 그는 한참을 망설이다가 이렇게 말했다.

"그리고 또 한 가지, 그 도둑놈들이 내 말을 어떻게 하는지 자네가 슬쩍 들어 보게. 욕하고 흉보는 놈이 있으면 그 내용을 모두 내게 보고하게. 나는 그놈들을 너무나 잘 알고 있지. 놈들은 일하기는 싫어하고, 그냥 놀고 싶어 하는 족속이니까. 먹고 마시고 노는 일만 좋아하지, 씨 뿌리는 시기를 놓치면 수확을 망친다는 생각은 하지 않으니 말이야. 그러니까 어떤 놈이 뭐라고 지껄였는지를 상세하게 들은 다음 내게 와서 보고하도록! 내가 그걸 알아 두지 않으면 안 되니까. 자, 어서 가 보라고. 그리고 하나도 빠짐없이 내게 보고해야 해. 알았나?"

반장은 발길을 돌려, 농민들이 일하고 있는 밭을 향해 말을 달렸다.

관리인의 아내는 남편이 반장과 주고받는 이야기를 듣고 있다가 들어와서, 오늘만은 제발 일하는 것을 그만두면 어떻겠느냐고 간청했다. 관리인의 아내는 온순하고 마음씨가 착한 여자였으므로, 되도록 남편의 마음을 부드럽게 가라앉혀 놓고 농민들을 감싸려고 애썼다.

"여보, 오늘이 부활절 대축제일이니 제발 죄 짓는 일은 그만하고, 농민들을 쉬게 해 주세요."

미하일 세묘니치는 아내의 말을 들으려고 하지 않으면서, 웃음으로 적당히 얼버무려 넘어가려고 했다.

"한동안 그냥 내버려 두었더니, 당신 아주 건방져졌는데. 이젠별 참견을 다하는군."

"난 좋지 않은 꿈을 꾸었어요. 제발, 오늘만은 제 말대로 농민들을 쉬게 해 주세요!"

"그만하라니까, 왜 자꾸 나서고 그래? 맛있는 음식 배불리 먹고 편히 지내니까, 채찍의 맛을 잊은 모양이군. 당신도 함부로 행동하지 말고 조심해!"

세묘니치는 벌컥 화를 내면서 불이 있는 파이프를 흔들어 대며 아내를 위협하더니, 자기 방에서 몰아내면서 식사 준비나 하라고 명령했다. 미하일 세묘니치는 어묵, 고기만두, 돼지고기가 섞인 양배추 수프, 통돼지구이와 우유가 든 빵과 볶음 국수를 먹은 다음 버찌로 담근 술까지 마셨다. 그리고는 디저트로 달콤한 케이크와 파이를 먹으면서 하녀를 불러 노래를 시켰다. 하녀가 노래를 하자 자기도 기타를 가져다가 노래에 맞춰서 퉁기기 시작했다.

미하일 세묘니치가 거나한 기분으로 트림을 하면서 하녀와 함께 킬킬거리고 있을 때, 반장이 들어와서 허리 굽혀 인사를 했다. 그리고는 들에 나가 살펴보고 온 일들을 하나하나 보고하기 시작했다.

"그래, 열심히 밭을 갈고 있던가? 오늘 해야 될 일들을 다 마칠 수 있겠던가?"

"이미 반 이상 갈았습니다."

"그래, 빠뜨린 데는 없던가?"

"그런 건 없습니다. 모두들 겁을 먹어서인지 꾀부리지 않고 일하고 있습니다."

"그래, 흙도 곱게 다지고?"

"마치 고운 겨자씨처럼 곱게 갈고 있습니다."

관리인은 반장의 이야기를 듣고 있다가, 맘에 걸리던 것을 물었다.

"그래, 나에 대해서 뭐라고들 수군거리던가? 욕을 하는 놈은 없었나?"

반장이 바로 대답하지 못하고 머뭇거리자, 미하일 세묘니치는 들은 것을 하나도 숨기지 말고 그대로 말하라고 윽박질렀다.

"숨김없이 하나도 빠뜨리지 말고 그대로 다 말해. 딴 말로 꾸며 댈 생각일랑 하지 말고, 다 털어놓으란 말이야. 사실대로 말하면 상을 주겠지만, 혹시 놈들을 두둔하여 거짓말을 한다든가 하면 매로 대신할 테니 알아서 하라고. 야, 카추사. 이 사람에게 보드카 한잔 갖다 줘라. 목이 탈 테니……."

하녀는 바로 반장에게 술을 한잔 갖다 주었다. 반장은 고개 숙여 고맙다고 인사한 다음, 그것을 단숨에 쭉 들이키면서 입 언저리를 훔쳤다. 그러면서 생각했다.

'할 수 없지, 뭐. 욕을 하라고 내가 시킨 것도 아니니까, 들은 대로 말을 하자.'

반장은 술기운 탓인지 이상하게 용기가 생겨 얘기를 시작했다.

"모두들 불평이 이만저만 아니더라고요. 미하일 세묘니치 님, 그들은 모여서 계속 수군거렸어요."

"그래? 도대체 뭐라고 수군거리는지, 빨리 말을 해 보게."

"관리인 어른은 하느님을 공경하지 않는다고요."

그 말을 들은 관리인은 뭐가 그리 우스운지 웃음을 터뜨렸다.

"어떤 놈들이 그런 말을 하던가? 들은 대로 바로 말하게. 바실리 녀석은 뭐라고 하던가?"

반장은 자기의 동료를 나쁘게 말하고 싶지는 않았으나, 바실리와는 예전부터 사이가 좋지 않았기 때문에 조금도 머뭇거리지 않고 말했다.

"바실리는 그 누구보다도 욕을 많이 했습니다."

"그 녀석이 도대체 뭐라고 욕을 하던가? 빨리빨리 말해!"

"입에 올리기조차 끔찍한 말이었어요. '그 자는 필시 짐승처럼 비참하게 죽을 게 틀림없다.'고 말하는 것을 똑똑히 들었습니다."

"흥, 그래? 그렇게 말하는 놈이 왜 진작 날 죽이지 않는 거야? 아무래도 미처 손이 움직이지 않았던 모양이군. 좋아, 바실리 그놈과는 지금 당장이라도 셈을 할 테니까. 그리고 치슈카 녀석은? 그놈은 뭐라고 떠들어 대던가?"

"네, 모두들 듣기에 민망하고 끔찍한 말들을 했습니다."

"그래, 뭐라고 했다는 거야? 들은 대로 말해 봐."

"이거 참, 말로 할 수 없을 정도로 끔찍한 말이라……."

"뭐가 그렇게 끔찍하다는 거야? 겁내지 말고, 들은 대로 말해!"

"배가 툭 터져서, 창자가 밖으로 튀어나왔으면 좋겠다고 했습니다."

이번에도 미하일 세묘니치는 뭐가 그리 우스운지 웃음을 참지 못하고 껄껄거렸다.

"그래? 누가 먼저 터지는지, 두고 보면 알 거다. 그래, 그 말은 누가 했나? 치슈카 놈인가?"

"네에, 모두가 욕을 하거나 저주하는 말을 했습니다."

"그래? 그렇다면 페트로시카 미헤예프는 뭐라고 하던가? 그 놈도 마찬가지로 흉측한 말을 지껄였겠지?"

"아닙니다. 미하일 세묘니치 님, 페트로시카는 욕 같은 건 전혀 하지 않았습니다. 모든 사람들이 욕을 하는데도, 그 사람만은 아무 말도 하지 않았습니다. 그런데 그 자의 모습이 어딘가 이상해서 한참 동안 지켜보았습니다."

"도대체 뭐가 그렇게 이상하단 말인가?"

"글쎄요, 뭐라고 설명할 수가 없습니다. 내가 그 자 곁으로 갔을 때, 그 자는 투르킨 언덕의 경사진 땅을 열심히 갈고 있었습니다. 가까이 가 봤더니, 누군가가 부르는 노래 소리가 들렸습니다. 아주 가늘고 아름다운 목소리였지요. 더군다나 괭이 손잡이 사이로 뭔가 반짝이는 게 보였습니다."

"그래? 그게 뭔데?"

"작은 불이 타는 것처럼 보였습니다. 제가 조금 더 가까이 가서 자세히 보니, 교회에서 5코페이카에 파는 초를 쟁기 손잡이 사이에 세워 놓았더군요. 그 초가 타고 있었는데, 바람이 불어도 꺼지지를 않는 거예요. 그리고 그 자는 새 외투를 입고 열심히 밭을 갈면서 부활절 노래를 부르고 있었습니다. 쟁기를 확 돌리거나 힘껏 잡아당겨도 촛불이 꺼지지 않았어요. 내가 보고 있는 앞에서 쟁기를 돌리기도 하고 손잡이를 꺾기도 하면서 마구 밀고

나갔지만, 이상하게도 촛불은 꺼지지 않고 계속
타고 있었습니다."

"그래, 그 자가 자네에게 뭐라고 하던가?"

"아니오, 아무 말도 하지 않았습니다. 그냥 나
를 쳐다보더니, 부활절 인사를 하고는 계속 노
래를 불렀습니다."

"그래서 자넨 그에게 뭐라고 물어봤나?"

"아니오, 아무것도 물어보지 않았습니다. 그
런데 다른 농민들이 미헤예프에게 와서, 아무리 기도를 드리고
노래를 불러도 부활절에 일을 한 죄를 용서받을 수 없을 거라고
놀려댔습니다."

"그러니까 그 자가 뭐라고 대답하던가?"

"글쎄, 그 자는 대답은 하지 않은 채 사람들에게 '하늘 높은
곳에는 하느님께 영광, 땅에서는 주님께서 사랑하시는 사람들에
게 평화!'라고 하면서, 다시 하던 일을 계속했습니다. 그리고는
말을 몰면서 낮은 목소리로 노래를 불렀고, 촛불은 여전히 꺼지
지 않고 그대로 계속 타고 있었습니다."

세묘니치는 이제 더 이상 웃지 않고, 기타를 내려놓은 채 생각
에 잠기는 듯했다. 그리고는 하녀와 반장을 물러가게 하고는,
커튼 뒤로 들어가 침상에 쓰러져서 한숨을 내쉬며 끙끙댔다. 그
한숨소리는 마치 보릿단을 실은 짐수레를 끌고 갈 때 내는 소리
같았다.

그때 그의 아내가 들어와서 말을 시켰지만, 그는 아내 쪽을 쳐다보지도 않은 채 멍하니 누워 있을 뿐이었다. 그러다가 간혹 "그놈이 나를 이겼다! 이번에는 내가 당할 차례다!"라는 말만 되풀이할 뿐이었다.

그러자 아내가 그에게 다시 한 번 부탁을 했다.

"여보, 지금이라도 가서 농민들을 돌려보내세요. 그렇게만 하면 아무 일도 없을 거예요. 그동안에 더 심한 일을 하고도 태연하던 당신이, 이번에는 왜 그렇게 겁을 먹고 두려워하는지 모르겠군요."

하지만 세묘니치는 아무 대꾸도 하지 않은 채, 혼자서 계속 중얼거렸다.

"나는 이제 틀렸어. 그놈이 날 이긴 거야!"

아내는 조금 더 간곡한 목소리로 그에게 다시 부탁했다.

"그놈이 이겼다, 그놈이 이겼다고만 하시면 무슨 소용이 있겠어요. 그보다 지금이라도 농민들에게 가서 일손을 멈추게 하세요. 그러면 틀림없이 모든 일이 잘될 거예요. 자, 빨리요! 말에 안장을 올려놓고, 나갈 준비해 놓을게요."

말이 끌려나왔다. 아내는 남편에게 농민들이 일하고 있는 곳으로 가서, 농민들을 바로 집으로 돌려보내라고 했다. 정신이 나간 듯한 미하일 세묘니치는 아내의 말대로 순순히 말을 타고 출발했다.

마을 입구에 이르렀을 때 어떤 아낙네가 문을 열어 주어 마을 안으로 들어가기는 했지만, 대부분의 사람들은 그의 모습이 나타나기가 무섭게 집 모퉁이나 뒤꼍으로 숨느라 정신이 없었다.

관리인은 그런 모습들을 살펴보면서 마을을 빠져나가는 문에 이르렀다. 그런데 문이 닫혀 있었다. 말에 올라앉은 채로 문을 열 수 없었기 때문에 그는 크게 소리를 질렀다.

"문 열어라! 문 열어!"

그러나 대답하는 사람이 아무도 없었다. 할 수 없이 말에서 내려 직접 문을 열 수밖에 없었다. 그리고는 다시 말을 타기 위해 한쪽 발을 등자에 걸면서 안장에 걸터앉으려는데, 그 순간 돼지를 보고 놀란 말이 버둥거려 울타리에 부딪치고 말았다.

몸이 무거운 관리인은 안장에서 몸을 가누지 못하고 굴러 떨어졌는데, 공교롭게도 울타리에 부딪쳤다. 게다가 그 울타리 중 한쪽 끝이 뾰족한 데다 다른 것보다 조금 더 길게 튀어나와 있었는데, 그곳에 관리인의 배가 걸리고 만 것이다. 그걸 이겨 낼 장사가 어디 있겠는가. 배가 찢어진 관리인은 어쩔 줄 몰라 하며 땅바닥에서 뒹굴었다.

밭일을 마친 농민들이 마을로 돌아가고 있는데, 마을로 들어가는 문가에서 말이 콧김을 불어대며 서 있었다. 이상한 생각이 들어 주위를 살펴보니, 미하일 세묘니치가 벌렁 나뒹굴어져 있는 것이었다.

양팔은 좌우로 벌린 채 눈을 부릅뜨고 있었다. 창자는 온통 다 찢어져서 안에 있는 것들이 다 튀어나와 있었으며, 옆에는 피가 괴어 웅덩이를 이루고 있었다. 땅이 그의 피를 빨아들여 주질 않은 것이다.

농민들은 깜짝 놀라 뒷길로 말을 몰고 달아났다. 하지만 페트로시카 미헤예프는 말에서 내려 관리인 곁으로 다가갔다. 관리인은 이미 숨이 끊어져 있었다.

그는 관리인의 눈을 감겨 준 다음, 아들과 함께 짐수레에 말을 매어 시체를 실었다. 그리고 지주의 저택으로 갔다.

지주는 그간에 있었던 이야기를 들은 다음, 농민들에게 부역을 시키지 않고 소작료도 줄여 줬다.

하느님의 힘은 악을 악으로 갚는 데 있는 것이 아니라, 선한 일 가운데 있다는 것을 농민들은 다시 한번 깨달았다.

달걀만한 씨앗

어느 날 골짜기에서 놀던 아이들이 가운데에 줄무늬가 있는 씨앗 비슷한 것을 발견했다. 크기가 달걀만하며, 이상하게 생긴 물건이었다. 마침 그곳을 지나가던 한 사람이 아이들이 가지고 있는 물건을 기이하게 여겨 5코페이카에 산 다음, 성 안으로 가지고 들어가 황제에게 바쳤다.

황제는 현인들을 불러 모아 그 물건을 보여 주었다. 그리고는 그들에게 이것이 무슨 물건인지, 즉 달걀인지 씨앗인지 혹은 다른 무엇인지를 알아보라고 일렀다.

현인들은 생각하고, 또 생각했다. 그러나 그것이 무엇인지를 시원하게 대답해 줄 수 있는 사람은 아무도 없었다.

마침 그 물건이 창문 위에 놓여 있었는데, 암탉 한 마리가 들어와서 이리저리 쪼아 보다가 구멍을 내고 말았다. 그때서야 사람들은 그것이 씨앗이라는 것을 알았다.

현인들이 바로 궁궐로 가서 황제에게 아뢰었다.

"아뢰옵기 황송하오나, 이것은 라이보리 씨앗인 것이 분명하옵니다."

그 말을 들은 황제는 몹시 놀랐다. 그리고 다시 현인들에게, 이 씨앗이 언제 어디서 어떻게 생겼는지를 알아보라고 명령을 내렸다.

현인들은 이리저리 생각을 거듭하는 한편, 온갖 책을 뒤져가며 연구에 몰두했다. 그러나 아무것도 찾아내지 못했다. 그들은 다시 궁궐로 가서 아뢰었다.

"저희들이 가지고 있는 책에는, 이 씨앗에 관해서 아무것도 쓰여 있지 않사옵니다. 그러한즉 농부들을 불러 한번 알아보는 것이 어떨까 하옵니다. 농부들 중에서도 늙은이들을 찾아, 누가 언제 어디서 이런 씨앗을 뿌렸는지를 듣지 않았느냐고 물어보는 것이 좋을 듯싶습니다."

그리하여 황제는 사람을 보내어, 늙은 농부 한 사람을 데리고 오라고 명령했다.

곧 나이 많은 한 늙은 농부가 황제 앞으로 불려왔다. 그 농부는 벌써 이도 다 빠지고, 얼굴은 쭈글쭈글한 주름으로 가득했다. 그는 두 개의 지팡이에 의지하여 간신히 황제 앞으로 나아갔다.

황제는 그에게 씨앗을 보여 주었다. 그러나 늙은 농부는 눈이 어두워서, 그것을 간신히 손으로 더듬어 볼 수 있을 뿐이었다.

황제가 그에게 물었다.

"그대는, 이런 씨앗이 어디서 생겼는지 아는가? 혹시 그대의 밭에 이런 곡식을 심은 적은 있었는가? 혹은 지난날, 그대가 농사 짓던 시절에 어디서 이런 씨앗을 사 본 적은 없는가?"

늙은 농부는 귀까지 멀어 황제의 말을 간신히 알아듣고, 겨우 그 뜻을 이해했다. 그리고는 더듬더듬 대답하기 시작했다.

"소인은 밭에다 이런 씨앗을 심은 적도 없고, 거두어들인 일도 없으며, 사 본 일은 더구나 없습니다. 소인이 농사를 짓던 시절에는 곡식의 낟알이 이것보다 훨씬 작았었죠. 물론 지금도 그렇지만요. 소인의 아버지에게 한번 여쭤 봐야 하겠습니다. 어쩌면 아버지는 어디서 이런 씨앗을 보았는지도 모르니까요."

황제는 사람을 보내어, 늙은 농부의 아버지를 데리고 오라고 명령했다.

얼마 후, 농부의 아버지가 황제 앞으로 불려왔다. 그 역시 쪼글쪼글한 노인이었는데, 그는 지팡이 하나를 짚고 있었다. 다행히 농부의 아버지는 아직 시력이 온전한 편이라, 비교적 어렵지 않게 씨앗을 알아봤다.

황제가 그에게 다시 물었다.

"이런 씨앗을 어디서 본 적이 있는가? 혹시 그대 밭에 이런 씨앗을 심은 적은 없는가? 아니면 그대가 농사를 짓던 시절에 어디서 이런 씨앗을 사 본 적은 없는가?"

농부의 아버지는 귀가 약간 멀기는 했지만, 아들보다는 잘 알아들었다.

"소인은 밭에다 이런 씨앗을 뿌린 일도, 거둬들인 일도 없습니다. 더구나 어디서 사 본 적도 없고요. 왜냐하면 소인의 젊은 시절에는 아직 돈이라는 게 만들어져 있지 않았으니까요. 그땐 모든 사람이 스스로 농사지은 곡식을 먹고 살았습니다. 그리고 모자라게 되면, 서로 나눠 먹었습니다. 소인은 어디서 이런 씨앗이 생겼는지 모릅니다. 소인이 농사를 지은 시절에는 씨앗이 요즘 것보다는 훨씬 더 굵고, 수확량도 훨씬 더 많았답니다.

이건 소인이 제 아버지한테서 들은 얘깁니다만, 저희 아버님이 농사를 짓던 시절에는 소인이 농사짓던 시절보다도 훨씬 나은 곡식을 거둬들이고, 수확량도 훨씬 많고 굵기도 더 굵었다고 들었습니다. 그러하오니 소인의 아버지에게 물어보시는 것은 어떻겠습니까?"

그리하여 황제는 다시 이 늙은이의 아버지를 데리러 사람을 보냈다. 맨 처음 왔던 농부의 할아버지인 그 노인이 황제의 앞으로 불려왔다. 노인은 지팡이도 짚지 않고, 걸음걸이도 아들이나 손자보다도 더 가벼웠다. 그는 눈도 밝고 귀도 잘 들리며 말소리도 무척 또렷했다.

황제는 이 노인에게 다시 그 씨앗을 보여 주며 물었다.

노인은 그것을 이리저리 뒤집어보면서 한참을 살피고 나더니 이렇게 말했다.

"소인은 오랫동안 옛날 곡식을 보지 못해서······."

그러더니 노인은 씨앗을 조금 물어뜯어 잘근잘근 씹어 보았다.

"이게 바로 그것이옵니다."

"어디 한번 말해 보거라. 도대체 어디서 이런 씨앗이 생겼는가? 이런 씨앗을 그대의 밭에 심은 일이 있는가? 혹은 그대가 농사짓던 시절에 어느 곳에서 사 본 일이 있는가?"

그러자 노인이 말했다.

"이런 씨앗은 소인이 농사짓던 시절에는 어디서나 볼 수 있었던 것입니다. 이런 씨앗으로 농사를 지어 평생 동안 먹어 왔고, 또 가족들도 먹여 살렸습니다."

그러자 황제가 다시 물었다.

"그래, 계속 말해 봐라. 그대는 어디서 이런 씨앗을 샀는가? 그대의 밭에 직접 심어본 일이 있는가?"

그러자 노인이 빙그레 웃으며 말했다.

"소인이 젊었을 시절에는 씨앗을 팔고 사는 그런 일을 생각하는 사람은 없었습니다. 그것은 죄악이기 때문입니다. 또 돈이라는 것 자체도 없었습니다. 곡식이라면 누구나 넉넉하게 있었습니다. 소인은 이런 곡식을 소인이 직접 심기도 하고, 거둬들이기도 했으며, 타작을 하기도 했었습니다."

황제가 거듭 물었다.

"그래? 계속 말해 보라. 노인, 그대는 어디다 이런 곡식을 심었고, 또 그대 밭은 어디에 있었는가?"

노인이 대답했다.

"소인의 밭은 신의 땅이었습니다. 쟁기질을 한 그곳이 바로 밭이었습니다. 제 땅이란 것이 따로 없었습니다. 제 것이라고 여겼던 건, 오직 제 노동뿐이었사옵니다."

"그럼, 두 가지만 더 말해 보라. 하나는, 옛날에는 이런 씨앗이 생겼는데 지금은 어째서 생기지 않느냐는 것이다. 또 하나는, 그대의 손자는 두 자루의 지팡이를 짚고 다니고 그대의 아들 또한 한 자루의 지팡이를 짚고 다니는데, 어떻게 그대만이 그처럼 건강하며 가볍게 걸을 수 있단 말인가. 또한 그대는 눈과 귀도 밝은데다 이도 실하고, 말도 또렷하게 하지 않는가. 게다가 상냥하기까지 한데, 이것이 도대체 어찌된 영문이란 말인가. 어떻게 그럴 수가 있는지, 말해 봐라."

그러자 노인이 대답했다.

"그 까닭은 바로 이렇습니다. 요즘에는 사람들이 자신의 노력으로 살아가려 하지 않고, 남의 것을 넘보는 일이 많사옵니다. 그러다 보니 건강도 빨리 잃고 빨리 늙는다고 생각하옵니다.

옛날에는 사람들이 오직 신의 뜻에 따라서만 살았기 때문에, 쓸데없는 욕심을 부리지 않았사옵니다. 오직 스스로 땀 흘려 얻은 것만 가졌을 뿐, 결코 남의 것을 탐내거나 빼앗는 법이 없었기 때문이옵니다."

세 그루 사과나무

자식이 없어 늘 외로웠던 한 가난한 농부에게 아들이 태어났다. 농부는 크게 기뻐하며 그 길로 이웃을 찾아가서 자기 아들의 대부(代父)가 되어달라는 부탁을 했다. 그러나 이웃은 가난한 농부 아들의 대부가 되고 싶지 않아 농부의 부탁을 거절했다. 농부는 다른 이웃들에게도 부탁했으나 역시 거절당했다.

그러던 어느 날, 농부는 아들의 대부가 될 사람을 찾으러 이웃 마을로 향했다. 그러나 그곳에서도 대부가 되어 줄 사람을 찾지 못하고 터덜터덜 집으로 돌아오고 있었다. 그때 길에서 한 나그네를 만나게 되었다.

"어딜 다녀오시는 길입니까?"

풀이 죽어 힘없이 걸어오는 농부를 보고 나그네가 물었다.

"하느님께선 믿음의 조상 아브라함에게 그러셨던 것처럼 내게도 아들을 주셨답니다. 아들이란 젊어서는 내 눈을 즐겁게 해 주고, 늙어서는 내 여생을 편안하게 해 주며, 죽어서는 내 영혼을 위해 기도해 줄 몫이지요. 그런데 내가 가난하다 보니까, 우리 마을에서는 아무도 우리 아들놈의 대부가 되어 주려고 하지 않는 군요. 그러다 보니 지금까지 아들놈의 본명도 지어 주지 못했습니다. 그래서 이웃 마을에서 아들의 대부가 될 사람을 찾아보고 오는 길입니다."

농부가 대답했다.

"그렇다면 제가 그 아이의 대부가 되어도 되겠습니까?"

나그네가 말했다.

농부는 이 말에 크게 기뻐하며, 나그네에게 거듭 고맙다는 인사를 했다.

"그나저나 대모는 누구에게 부탁해야 할지……."

농부는 또다시 시무룩하고 어두운 표정이 되었다.

"그것도 걱정하지 말고 읍내로 가 보세요. 광장 쪽으로 가면 가게 진열장이 붙어 있는 돌집이 하나 있을 겁니다. 그 집에 가면 상점 주인을 바로 만날 수 있을 테니, 그분에게 한번 부탁해 보십시오. 그분의 따님을 당신 아들의 대모가 되게 해 달라고……."

농부는 나그네의 말에 망설이며 말했다.

"그런 부자 상인에게 부탁하는 것이 가능하겠습니까? 나 같은 사람을 업신여겨, 자신의 딸이 대모가 되는 것을 허락하지 않을 겁니다."

"그런 걱정은 마시고, 오늘 중으로 가서 부탁해 보십시오. 그리고 내일 아침까지 아이의 세례식에 필요한 모든 것을 준비해 두세요. 그럼 저는 내일 세례식 때 뵙겠습니다."

가난한 농부는 먼저 집에 들러 가장 깨끗한 옷으로 갈아입은 다음, 상인을 만나기 위해 읍내로 갔다. 농부가 상인의 집 마당으로 들어서자, 마치 기다리고 있었던 것처럼 상인이 밖으로 나오면서 물었다.

"무슨 일로 오셨소?"

농부가 대답했다.

"네, 하느님께선 아브라함에게 그러셨던 것처럼 저에게도 젊어서는 눈을 즐겁게 해 주고, 늙어서는 여생을 편안하게 해 주며, 죽어서는 제 영혼을 위해 기도해 줄 아들을 주셨답니다. 그래서 댁의 따님을 제 아들의 대모가 되도록 허락해 주십사고 찾아왔습니다."

상인이 고개를 끄덕이며 물었다.

"세례식은 언제 하는데요?"

"내일 아침입니다."

"그래요? 알았소. 그럼 그렇게 알고 준비할 테니 마음 놓고 돌아가시오. 내 딸아이가 내일 세례식 시간에 맞춰 갈 수 있도록 준비하겠소."

이튿날, 세례식이 시작되기 전에 대부가 되어 줄 나그네와 대모가 되어 줄 상인의 딸이 와 주었다. 그래서 농부의 아들은 무사히 세례를 받았다.

그런데 세례식이 끝나자마자 대부가 되어 준 나그네는 곧 사라지고 말았다. 그가 누구인지도 몰랐기 때문에 주변 사람들에게 물어보았지만 아는 사람이 아무도 없었다. 그리고 그 후로도 그를 본 사람이 아무도 없었다.

2

아이는 무럭무럭 자랐고, 자라면서 부모를 즐겁게 해 주었다. 아이는 힘도 셌으며 열심히 일했고, 영리하며 또한 온순했다. 아이가 열 살이 되자 부모는 읽기와 쓰기를 배우게 할 생각으로 아이를 학교에 보냈다. 그런데 다른 아이들은 5년이나 배워야 할 것을 이 아이는 1년 만에 깨우쳐 더 이상 배울 것이 없게 되었다.

부활절이 다가오자, 아이는 대모를 찾아가 부활절 인사를 드리고 왔다.

"아버지, 어머니. 대모님께 다녀왔습니다."

아버지인 농부가 물었다.

"그래, 네 대모님은 잘 계시더냐?"

"네, 대모님은 건강하게 잘 계십니다. 그런데 제 대부님은 어디에 사시나요? 그분에게도 부활절 인사를 드려야 할 텐데……"

농부가 대답했다.

"아들아, 우리도 네 대부님이 어디 계신지 알지 못한단다. 네게는 미안한 일이지만, 네가 세례를 받은 그날 이후로 지금까지 한 번도 네 대부를 본 적이 없어. 소식이라도 들었으면 좋을 텐데, 어디에 살고 있는지도 알지 못한단다. 사실 지금 살아 계신지 어쩐지도 모르는 형편이다."

농부의 말에 아이는 부모에게 인사를 하며 말했다.

"아버지, 어머니. 제가 직접 대부님을 찾아볼 수 있도록 허락해 주세요. 저도 이제 다 자랐으니 반드시 그분을 찾아가서 부활절 인사를 드려야지요."

아들의 믿음직한 말에 농부와 그의 아내는 웃음을 지으며 허락했다. 아이는 곧 대부를 찾겠다며 길을 떠났다.

3

아이는 집을 나와서 정처 없이 걷기 시작했다. 서너 시간을 걷고 있던 중에 아이는 길에서 한 나그네를 만났다. 나그네는 걸음을 멈추면서 소년에게 물었다.

"매우 좋은 날씨로구나. 그런데 어딜 가는 길이냐?"

아이가 대답했다.

"저는 부활절을 맞아 제 대모님을 찾아가 인사를 드렸습니다. 그리고 대부님도 만나 뵙고 부활절 인사를 드리려 했는데, 부모님은 대부님이 어디에 사시는지도 모른다고 하십니다. 부모님

말에 따르면 제 대부님은 세례식이 끝나자마자 길을 떠나셨다는
데, 그분에 대해 아는 것이 전혀 없습니다. 심지어 그분이 살아
계신지 어쩐지 조차 알지 못하십니다. 그러나 저는 제 대부님을
꼭 만나 뵙고 싶어서 이렇게 길을 떠났습니다."

아이의 말에 나그네가 말했다.

"내가 바로 너의 대부란다."

아이는 나그네의 말에 매우 기뻐하며, 부활절 인사로 세 번의
입맞춤을 했다. 그런 다음 대부에게 물었다.

"그런데 지금 대부님은 어디로 가는 길이십니까? 만일 저희
동네로 가는 길이시면 부디 저희 집에 들러 주십시오. 혹시 댁으
로 돌아가는 길이시면 제가 모셔다 드리고 싶습니다."

대부가 대답했다.

"지금은 너희 집에 들를 시간이 없단다. 게다가 나는 지금 여러
마을을 둘러보며 일을 보아야 하기 때문에 집으로도 돌아갈 수가
없구나. 아마도 내일이나 되어야 집으로 돌아갈 수 있을 테니
그때 나를 만나러 오거라."

"하지만 대부님, 제가 어떻게 다시 대부님 댁을 찾을 수 있겠습
니까?"

"내일 집을 나서서 해가 뜨는 쪽으로 곧장 걸어가거라. 그럼
숲이 나온다. 그 숲을 지나다 보면 빈터가 나올 것이다. 그 빈터에
앉아서 잠시 쉬면서 주변을 살펴보도록 해라. 그래서 그곳에서
무슨 일이 일어나는지를 살펴보고 숲을 나오면 된다. 숲을 빠져

나오면 정원 하나를 만나게 되는데 그 정원 안으로 들어오면 금빛 지붕의 집 한 채가 있단다. 그곳이 바로 내가 사는 집이다. 그 집 앞까지 오면 내가 너를 맞이하겠다."

대부인 나그네는 이렇게 말한 뒤 아이의 눈앞에서 곧 사라져 버렸다.

4

다음 날, 아이는 대부가 일러 준 대로 집을 나와 동쪽을 향해 걸었다. 그리고 숲의 빈터에 이르자 대부의 말대로 잠시 쉬면서 주위를 두리번거렸다. 그때 아이의 눈에 빈터 한가운데 소나무 한 그루가 서 있는 것이 보였다. 떡갈나무 가지에는 밧줄이 묶여 져 늘어져 있었는데, 그 밧줄의 끝에는 몹시 무거워 보이는 나무 등걸이 매달려 있었다. 그리고 나무등걸 바로 아래에는 꿀이 가 득 담긴 나무통이 놓여 있었다.

왜 이런 곳에 나무등걸이 매달려 있고 꿀통이 놓여져 있는가 를 궁금하게 여기며 아이가 막 걸음을 옮기는 순간, 숲속에서 바스락거리는 소리와 함께 곰 몇 마리가 다가오는 것이 보였다.

어미로 보이는 큰 곰의 뒤로 두 살쯤 되어 보이는 곰 한 마리와 어린 새끼 곰 세 마리가 어슬렁거리며 꿀통 쪽으로 오고 있었다. 큰 곰은 코를 하늘로 쳐들고 킁킁거리며 냄새를 맡더니 곧바로 꿀통으로 다가가 꿀통 속에 주둥이를 밀어 넣었다. 그러자 그 뒤를 따르던 네 마리의 새끼 곰들도 어미 곰을 따라서 똑같이 행동했다.

그런데 그때 나무등걸이 슬쩍 쓰러지는가 싶더니 다시 제자리로 돌아오면서 새끼 곰들을 한쪽으로 슬쩍 밀어냈다. 그러자 어미 곰은 그 모습을 보고 나무등걸을 앞발로 밀어젖혔다. 하지만 나무등걸은 세게 밀렸다가 제자리로 돌아오면서 새끼 곰들을 세게 내리쳤다. 세 마리 새끼 곰 중 한 마리는 머리를 얻어맞고, 또 다른 한 마리는 등을 맞았다.

새끼 곰들은 놀라고 아파서 크르릉 소리를 내며 흩어졌다가 잠시 후에 어미 곰 뒤로 다가왔다. 어미 곰은 이런 새끼들의 모습을 보고 화가 났는지, 앞발로 나무등걸을 움켜잡고 하늘을 향해 힘껏 내던졌다. 나무등걸이 하늘 높이 솟았다가 다시 맹렬한 속도로 떨어져 내려왔다. 그러면서 마침 주둥이를 꿀통 속에 처박고 요란한 소리를 내며 꿀을 빨아먹고 있던 두 살 된 곰의 머리를 후려쳤다. 그 충격에 두 살배기 곰은 그만 즉사하고 말았다.

어미 곰은 분노가 극에 달해 크게 울부짖으며 있는 힘을 다해 나무등걸을 하늘 높이 던져 버렸다. 그 바람에 나무등걸은 묶여 있던 떡갈나무 가지보다 더 높이 치솟아 날아 올라갔다. 너무 높이 올라가 묶어 놓은 끈이 느슨해질 정도였다.

어미 곰은 쓰러져 죽어 있는 두 살배기 곰을 한 번 흘낏 바라본 뒤 다시 꿀통으로 다가가 꿀을 먹기 시작했다. 그러자 세 마리 새끼 곰들도 어미 곰을 뒤따라와서 꿀을 먹었다.

그때 하늘 높이 날아올라갔다가 꼭대기에서 잠시 멈칫했던 나무등걸이 이내 빠른 속도로 떨어져 내려오기 시작했다. 나무등걸은 아래로 내려올수록 속도가 점점 더 빨라졌다. 그리고 마침내 엄청난 속도로 떨어져 내려 어미 곰의 머리를 후려갈겼다.

어미 곰은 벌렁 자빠지더니 네 발을 부들부들 떨다가 그 자리에서 죽고 말았다. 세 마리 새끼 곰들은 그 모습을 보고 깜짝 놀라며 모두 달아나 버렸다.

5

아이는 곰들의 모습을 보고 무척이나 놀랐지만, 대부의 집을 향해 계속 걸었다. 대부의 말대로 숲을 빠져나오자 정원이 나타났고, 그 정원 한가운데에 금빛 지붕을 한 집이 보였다. 그 문 앞에는 대부가 미소를 띤 얼굴로 아이를 기다리고 있었다. 대부는 대자인 아이를 반갑게 맞아 주며 대문 안으로 데리고 들어갔다. 대자는 궁전처럼 꾸며진 그 집을 보며 이렇게 아름다운 집은 꿈에서조차 본 적이 없다고 생각했다.

대부는 대자를 데리고 집의 모든 방을 구경시켜 주었다. 모든 방이 한결같이 아름답고 훌륭했다. 그러다가 두 사람이 마침내 종이로 봉해 둔 문 앞에 이르렀을 때 대부가 말했다.

"이 문이 보이느냐? 이 문은 잠겨 있지 않고, 다만 종이로 봉해 두었을 뿐이란다. 그래서 언제든지 이 문을 열 수 있지만, 절대 열어서는 안 된다. 너는 지금부터 이 집에서 살면서 어디든지 갈 수 있고, 어떤 것이든 만지고 보며 즐길 수 있지만, 절대 저 문만은 열지 말도록 해라. 만약 네가 저 문을 열게 되었을 때는 오는 길에 숲에서 보았던 광경들을 기억하도록 해라."

대부는 이렇게 말한 뒤 대자에게 집을 맡기고 다시 길을 떠났다. 대자는 궁전과 같은 집에서 혼자 지내게 되었다. 그곳에서의 생활은 너무나 즐겁고 행복했다. 그래서 대자는 겨우 세 시간 정도가 지났을 것이라고 생각했는데, 실은 30년이란 긴 세월이 흘러 버린 뒤였다.

이렇게 30년의 시간이 흘렀을 때, 중년의 어른이 된 대자는 어느 날 우연히 봉인된 문 앞을 지나가게 되었다. 대자는 대부가 봉인된 그 방에 들어가지 말라고 했던 이유가 갑자기 궁금해졌다. 그래서 대자는 '저 방에 무엇이 있는지 한번 들여다보자.'고 마음먹고 문을 열었다. 종이로 봉인된 문은 쉽게 열렸다. 그 방은 다른 어떤 방보다도 화려하고 아름다웠다. 그리고 그 중앙에는 보석으로 치장된 찬란한 옥좌가 놓여 있었다.

대자는 잠시 방 안을 이리저리 돌아다녔다. 그리고는 몇 개의 계단을 올라가 옥좌에 앉았다. 옥좌에 앉고 보니 그 옆에 기대어 세워진 지팡이가 눈에 띄었다. 대자는 그 지팡이도 잡아 보았다. 그러자 불현듯 주위를 둘러싸고 있던 네 면의 벽이 모두 사라져 버렸다.

대자는 주위를 둘러보았다. 모든 세상이 대자의 눈앞에 펼쳐졌다. 세상의 모든 사람들이 하는 일이 보였고, 바다 위에 떠다니는 배들과 어부들이 보였다. 또 오른쪽으로 고개를 돌리자 낯선 이교도들이 살고 있는 곳이 보였

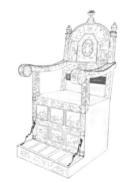

으며, 왼쪽에는 기독교도들이긴 했으나 러시아인이 아닌 사람들이 살고 있는 곳이 보였다. 사방을 둘러보자 또 다른 방향으로는 그와 같은 러시아인들이 사는 마을도 보였다.

'우리 집 식구들은 어떻게 살고 있을까? 올해 수확은 괜찮았는지, 궁금한 걸?'

이렇게 생각하며 대자는 아버지의 밭을 둘러보았다. 밭에는 곡물 다발이 잔뜩 쌓여 있었다. 대자는 수확한 곡식이 얼마나 되는지 보려고 그 다발을 하나씩 세어 보았다.

그때 한 사람이 수레를 끌고 밭으로 나가는 것이 보였다. 대자는 틀림없이 아버지가 곡물을 싣고 오는 것이라고 생각했다. 그러나 자세히 보니, 그는 바실리 쿠드라슈오프라는 이름의 유명한 도둑이었다.

바실리는 자기가 끌고 온 수레 위에 곡물 다발들을 싣기 시작했다. 그것을 보고 대자는 화가 치밀어 소리를 질렀다.

"아버지, 우리 밭에서 도둑이 곡물 다발을 훔쳐 가고 있어요!"

말들에게 풀을 먹이기 위해 초원으로 나가 있다가 잠이 들었던 대자의 아버지는 깜짝 놀라서 깨어나며 말했다.

"도둑이 우리 집 곡물 다발을 훔쳐가는 꿈을 꾸었어. 빨리 가봐야겠군!"

대자의 아버지는 벌떡 일어나 곧장 말을 타고 밭으로 달려갔다. 그리고 도둑 바실리가 밭에 있는 것을 보고, 아버지는 다른 농부들에게 도움을 청하기 위해 소리를 질렀다. 결국 바실리는 농부들에게 실컷 얻어맞고, 꽁꽁 묶인 채 감옥으로 끌려갔다.

대자는 다음으로 대모님이 살고 있는 읍내를 살펴보았다. 그 사이 대모님은 한 상인과 결혼해서 살고 있었다. 대자의 눈에, 대모님이 잠들어 있을 때 그 남편이 몰래 일어나 다른 여자를 만나러 가고 있는 광경이 비쳐졌다. 대자는 다시 대모님에게 소리쳤다.

"일어나세요, 빨리 일어나세요! 지금 아저씨가 나쁜 짓을 하려고 해요!"

그 순간 잠에서 깨어난 대모는 꿈이 이상하다고 여기고, 자리에서 일어나 옷을 입고 남편을 찾아 나섰다. 대모는 다른 여자와 함께 있는 남편을 발견하곤, 여자에게 망신을 준 다음 몰매를 때렸다. 그리곤 남편마저 내쫓아 버렸다.

대자는 다음으로 자신의 어머니를 찾아보았다. 그의 어머니는 집에서 잠을 자고 있었다. 그런데 그때 한 도둑이 집 안으로 살금

살금 들어와서 값진 물건이 들어 있는 상자를 부수려고 했다. 그 순간 어머니는 잠에서 깨어났고, 놀라서 소리를 질렀다. 순간 도둑은 도끼를 움켜쥐더니 어머니를 죽이려고 마구 휘둘러댔다.

그러한 광경을 보고 있던 대자는 엉겁결에 손에 쥐고 있던 지팡이를 도둑을 향해 집어던졌다. 지팡이는 도둑의 관자놀이에 정확히 명중했고, 도둑은 그대로 쓰러져 죽고 말았다.

6

대자가 도둑을 죽이자마자 곧 네 면의 벽이 모두 닫히면서 방이 원래의 모습으로 되돌아왔다. 그리고 그때 방문이 열리면서 대부가 들어왔다. 대부는 가까이 다가와 대자의 손을 잡고 옥좌에서 끌어내렸다.

"내 말을 왜 듣지 않았느냐? 네가 이 방에 들어와서 저지른 잘못이 얼마나 큰 것인지 아느냐? 먼저 첫 번째 잘못은 열지 말라고 했던 금지된 문을 연 것이다. 두 번째 잘못은 옥좌에 올라가 지팡이를 잡은 일이다. 그리고 세 번째 잘못은 이 세상에 악의 힘을 더 많이 보태어 준 것이다. 만약 네가 저 자리에 한 동안만 더 앉아 있었다면, 너는 아마 세상 사람들의 절반은 죽이고도 남았을 것이다."

이렇게 말하고, 대부는 다시 한 번 대자를 옥좌 있는 곳으로 데려가 지팡이를 잡았다. 그러자 다시 네 벽이 열리면서 모든 것이 다 보였다.

그러자 대부가 말했다.

"자, 이번에는 네가 아버지에게 저지른 잘못을 보아라. 바실리는 일 년 동안 옥살이를 했는데, 그 안에서 나쁜 짓이란 짓은 다 배워 아주 사나워지고 말았다. 봐라, 저기 저 사람은 방금 네 아버지의 말을 두 마리 훔쳤다. 그것도 모자라 이번에는 집까지 불살라 버릴 것이다. 네가 아버지에게 저지른 잘못은 바로 이런 것이다."

대자는 아버지의 집이 불타는 것을 보았다. 그러자 대부는 그것을 곧 닫고 다른 쪽을 보라고 했다.

"자, 봐라. 네 대모는 일 년 전에 남편이 자기를 버리고 다른 여자들과 놀아나는 바람에 괴로워 술을 입에 대기 시작했다. 남편이 전번에 사귀던 여자도 완전히 타락하고 말았다. 네가 대모에게 저지른 잘못은 바로 이런 것이다."

대부는 이것도 닫아 버리고 대자의 집을 가리켰다. 어머니의 모습이 보였다. 어머니는 자기가 지은 죄를 뉘우치며 하염없이 울고 있었다.

"차라리 그때 도둑에게 맞아 죽었더라면, 이렇게 많은 죄를 짓지는 않았을 텐데."

"네가 어머니에게 지은 잘못은 바로 이것이다."

대부는 그 광경도 닫으면서 아래쪽을 가리켰다. 도둑의 모습이 보였다. 간수 두 사람이 감옥 앞에서 도둑의 시체를 지키고 있었다. 대부는 대자에게 말했다.

"이 도둑은 사람을 아홉이나 죽였다. 그래서 자기가 지은 죄를 자기가 갚지 않으면 안 되었던 것이다. 그런데 네가 그 사람을 죽여 버렸기 때문에 네가 그 사람의 죄를 대신 떠맡아야만 한다. 지금부터 너는 저 사람이 지은 모든 죄에 대해서 책임을 지지 않으면 안 된다. 이건 네 스스로 그렇게 만들었다.

어미 곰이 처음에 통나무를 살짝 밀었을 때 새끼 곰들은 놀랐을 뿐이다. 그런데 두 번째 밀었을 때는 두 살짜리 곰이 죽었고, 세 번째 밀었을 때는 자기 자신이 죽고 말았다. 네가 한 짓도 그와 똑같다. 이제 30년 세월을 네게 주겠다. 세상에 나가서 도둑이 지은 죄를 대신 갚도록 해라. 만약 갚지 못하면, 네가 대신 도둑이 될 것이다."

그러자 대자가 말했다.

"도둑의 죄를 갚으려면 어떻게 해야 하나요?"

대부가 대답했다.

"네가 지은 죄만큼 세상에 나가 죄를 없애 버리면 너와 도둑이 지은 죄를 다 갚게 될 것이다."

대자가 다시 물었다.

"세상에 나가 죄를 없애려면 어떻게 해야 하나요?"

대부가 다시 대답했다.

"해가 떠오르는 쪽으로 곧장 가거라. 밭이 나오고 그 밭에는 사람들이 있을 것이다. 먼저 그 사람들이 하는 일을 보고 나서 네가 아는 바를 가르쳐 주어라. 그리고 다시 앞으로 가면서 눈에 띄는 것을 눈여겨 봐 두어라. 그렇게 나흘쯤 가면 숲이 나올 것이다. 숲속에는 암자가 있고, 그 암자에는 한 노인이 있을 것이다. 그분에게 지금까지 있었던 일을 모두 이야기해라. 그러면 어떻게 하라고 가르쳐 줄 것이다. 노인이 시키는 일을 다 하면 너와 도둑이 지은 죄를 다 갚게 되는 것이다."

이렇게 말하고 대부는 대문 밖으로 대자를 내보냈다.

7

대자는 걷기 시작했다. 그리고 걸으면서 생각했다.

'도대체 이 세상의 죄를 어떻게 없앨 수 있단 말인가? 세상에서는 나쁜 사람을 귀양 보내고 감옥에 가두고 사형에 처하고 있는데, 세상의 죄를 없애고 남의 죄를 자기가 떠맡지 않으려면 어떻게 하면 좋단 말인가?'

대자는 생각에 생각을 거듭했으나 달리 뾰족한 수가 떠오르지 않았다.

이렇게 걷다 보니 밭이 나왔다. 밭에는 곡식이 무르익어 추수할 때를 기다리고 있었다. 그런데 이 곡식밭으로 송아지 한 마리가 뛰어들었다. 이를 본 사람들은 말을 타고 곡식밭을 이리저리 뛰어다니며 송아지를 쫓아다녔다.

밭에서 송아지가 튀어나오려고 하면 그 앞에 다른 사람이 말을 타고 나타나는 바람에 송아지는 놀라서 다시 곡식밭으로 들어가 버렸다. 그러면 사람들도 다시 그 뒤를 쫓아 밭으로 달려가는 것이었다. 그리고 길가에서는 한 여자가 서서 울면서 소리치고 있었다.

"저 사람들이 우리 송아지를 몰고 있다."

그 모습을 보고 있던 대자가 농부들에게 말했다.

"왜 그런 식으로 소를 모시오? 어서 바깥으로 나오세요. 그리고 저 아주머니가 자기 송아지를 불러내도록 하세요."

농부들이 대자의 말을 따르자, 여자가 밭가에 가서 소리쳤다.

"누렁아, 이리 온! 어서 이리 오너라."

송아지는 귀를 곤두세우고 듣더니 주인 여자 쪽으로 달려 나왔다. 그리고 곧바로 그 여자의 치마폭으로 주둥이를 디밀었다. 그 바람에 여자는 하마터면 넘어질 뻔했다. 그러자 농부들도 기뻐했고, 여자도 기뻐했고, 송아지도 기뻐했다.

대자는 다시 앞으로 걸어가며 생각했다.

'악이 악을 낳는다는 것을 이제야 나는 알았다. 사람들이 악을 몰아치면 몰아칠수록 악은 자꾸 퍼져만 간다. 악을 악으로 없앨 수는 없다. 그러나 무엇으로 악을 없애야 할지 모르겠다. 그 송아지도 주인 여자의 말을 들었으니 망정이지, 그렇지 않았다면 어떻게 밭에서 몰아낼 수 있었을까?'

대자는 생각에 생각을 거듭했으나 뾰족한 수가 떠오르지 않았다. 그는 그냥 앞으로 계속 걸어갔다.

8

한참 가다 보니 마을이 나왔다. 제일 마지막 집에 가서 하룻밤을 재워 달라고 하자, 주인아주머니가 들어오라고 했다. 집안에는 아무도 없고 여자 혼자서 걸레로 방을 훔치고 있었다.

대자는 방안으로 들어가 벽난로 뒤에 앉아서 주인 여자가 하는 일을 지켜보았다. 여자는 방 안을 다 훔치고 나서, 이번에는 식탁을 닦기 시작했다. 다 닦고 나니 더러운 걸레 자국이 식탁에 줄무늬처럼 남아 있었다. 그러자 다시 반대쪽으로 문질렀다. 하지만 떳자국이 없어지는 대신 새로운 자국이 생겨났다. 다시 문질러 보았으나 역시 마찬가지였다. 더러운 걸레로 닦기 때문에 아무리 식탁을 닦아도 깨끗해질 수가 없었던 것이다.

대자는 한참 동안 바라보고만 있다가 마침내 입을 열었다.

"아주머니, 지금 무얼 하고 계시는 거예요?"

"안 보여요? 명절 준비를 하느라 청소를 하고 있잖아요. 그런데 이놈의 식탁은 아무리 닦아도 깨끗해지질 않네요. 이젠 지칠 대로 지쳤어요."

"그 걸레를 깨끗이 빨아서 훔치면 될 텐데요."

주인 여자가 그렇게 하자, 식탁은 금세 깨끗해졌다.

"고마워요, 가르쳐 줘서."

이튿날 아침, 대자는 주인 여자와 작별 인사를 나누고 다시 길을 떠났다.

한참 걸어가자 숲이 나왔다. 농부들이 수레바퀴를 만들고 있는 것이 보였다. 가까이 가서 보니, 농부들은 원을 그리며 돌고 있었으나 나무가 좀처럼 구부러지지 않았다. 가만히 들여다보니 나무틀이 꽉 박혀 있지 않아 겉돌고 있는 것이었다. 이것을 한참 동안 보고 있던 대자가 이렇게 말했다.

"아저씨들, 무얼 하고 계시오?"

"이렇게 수레바퀴를 만드는 중이라오. 땀을 뻘뻘 흘리며 두 번씩이나 해 봤는데도 나무가 좀처럼 구부러지지 않는군요. 이젠 지칠 대로 지쳤어요."

"아저씨들, 틀을 움직이지 않게 꽉 고정시키세요. 그렇지 않으면 아저씨들이 틀과 같이 돌게 되잖아요."

농부들은 대자의 말을 듣고 나서 나무틀을 움직이지 않게 고정시켰다. 그러자 일이 수월하게 되었다. 대자는 그 사람들의 집에서 하룻밤을 묵고 나서 다시 길을 떠났다.

다음 날 하루 밤낮을 꼬박 걸어 새벽녘에 목동들이 있는 곳을 발견하고, 그 사람들 곁에 잠시 드러누웠다. 그 사람들은 가축을 매어 놓고 모닥불을 피웠다. 마른 나뭇가지를 가져다가 불을 피우고 있었는데, 불이 활활 타오르기 전에 젖은 나뭇가지를 올려놓았기 때문에 픽픽 소리를 내며 불이 꺼져 버렸다. 목동들은 다시 마른 나무를 가져다가 불을 피웠다. 그러나 젖은 나뭇가지를 다시 올려놓았기 때문에 불은 또다시 꺼지고 말았다. 이렇게 목동들은 오래도록 애를 써 봤으나 좀처럼 불이 활활 피어오르지 않았다.

그것을 보고 있던 대자가 말했다.

"성급히 젖은 나무를 올려놓지 말고, 불이 활활 타오른 다음에 얹도록 하세요."

목동들은 시키는 대로 불길이 세게 타오른 다음에 젖은 나무를 올려놓았다. 그제야 모닥불이 꺼지지 않고 활활 타올랐다.

대자는 그 사람들과 같이 잠시 있다가 다시 길을 떠났다. 대자는 무엇 때문에 이 세 가지 일을 보여 주었을까를 생각해 봤으나, 그 까닭을 도무지 알 수가 없었다.

9

대자는 계속 걸어갔다. 하루가 지났다. 마침내 숲이 나오고 숲속에는 암자가 있었다. 대자는 암자 쪽으로 가까이 가서 문을 두드렸다. 그러자 암자 안에서 "밖에 누구시오?" 하는 목소리가 들렸다.

"큰 죄를 지은 사람입니다. 남의 죄 값을 갚으려고 돌아다니고 있는 중입니다."

한 노인이 밖으로 나오며 물었다.

"남의 죄를 갚다니, 무슨 말이냐?"

대자는 지금까지 있었던 일을 모두 이야기해 주었다. 대부에 대한 이야기, 어미 곰과 새끼 곰들에 대한 이야기, 종이로 봉해둔 방에 들어가 옥좌에 앉았던 일, 대부가 자기에게 하라고 했던 일 그리고 밭에서 농부들을 보았던 일과 그들이 밭을 짓밟던 일, 송아지가 주인 여자에게 달려 나오던 일 등을 빼놓지 않고 모두 이야기해 주었다.

"악은 악으로 없앨 수 없다는 것을 깨닫긴 했지만, 악을 없애려면 어떻게 해야 하는지 모르겠습니다. 그 방법을 저에게 가르쳐 주십시오."

그러자 노인이 말했다.

"그 밖에 네가 여기 오는 동안 본 일을 모두 말해 보아라."

대자는 어떤 여자가 집안 청소를 하던 일, 농부들이 수레바퀴를 만들려고 나무를 구부리던 일, 모닥불을 피우던 목동들의 이야기를 노인에게 들려주었다.

노인은 이야기를 다 듣고 나서 암자 안으로 들어가더니, 이빨 빠진 도끼 한 자루를 들고 나오며 말했다.

"자, 가자."

노인은 암자 구역 내에 있는 한 곳으로 가서 나무를 가리켰다.

"이 나무를 베어라."

노인의 말에 따라 대자는 나무를 베어 쓰러뜨렸다.

"이번에는 그것을 세 토막으로 잘라라."

대자는 셋으로 잘랐다. 그러자 노인은 다시 암자로 가서 불을 가져왔다.

"이 나무토막 셋을 태워라."

대자는 불을 피워 나무토막을 태웠다. 타다 만 나무토막 셋이 남았다.

"이것을 땅 속에 반쯤 파묻어라."

대자는 불탄 나무토막 셋을 각각 파묻었다.

"저기 산 아래로 강이 보이지. 거기 가서 입으로 물을 길어다가 이 불탄 나무에 주어라. 첫째 나무에는 네가 어느 여자에게 가르쳐 준 대로 물을 주고, 둘째 나무에는 네가 수레바퀴 만드는 농부들에게 가르쳐 준 대로 물을

주고, 또 셋째 나무에는 네가 목동들에게 가르쳐 준 대로 물을 주도록 해라. 이 세 나무토막에서 모두 싹이 움터 사과나무로 자라면, 그때 너는 사

248

람들 사이에서 악을 없애는 방법을 알게 되리라. 그러면 모든 죄도 갚게 될 것이다."

이렇게 말하고 노인은 암자로 가 버렸다. 대자는 생각하고 또 생각해 봤으나 노인이 한 말의 뜻을 제대로 이해할 수 없었다. 그러나 대자는 노인이 시키는 대로 하기 시작했다.

10

대자는 강가로 가서 물을 한 입 머금고 와서 불탄 나무 하나에 주었다. 그리고 또 가고 또 가고 이렇게 백 번도 더 왔다 갔다 했다. 그제야 한 그루의 나무를 심은 흙이 촉촉하게 젖어들었다. 그러자 다른 두 그루에도 이렇게 물을 머금어다 주었다.

지칠 대로 지친 대자는 너무나 허기가 져서 무엇인가를 먹어야겠다는 생각이 들었다. 그는 먹을 것을 달라고 하려고 노인의 암자로 갔다. 그러나 문을 열어 보니 노인이 긴 걸상 위에 숨져 누워 있었다. 대자는 노인의 무덤을 파려고 삽을 찾으려다 마른 빵 덩이가 있는 것을 발견하고 그것을 먹었다.

밤에는 입으로 물을 머금어다 불탄 나무에 물을 길어다 주고 낮에는 무덤을 팠다. 이렇게 무덤을 파서 노인을 막 묻으려고 하는데, 마을에서 사람들이 왔다. 노인에게 먹을 것을 가져온 것이다. 마을 사람들은 노인이 죽으면서 그의 자리를 대자에게 물려준 것이라고 생각했다. 사람들은 노인을 묻고, 대자에게 음식을 남겨 둔 뒤 다시 오겠다는 약속을 하고 돌아갔다.

대자는 노인의 암자에서 홀로 살게 되었다. 대자는 사람들이 가져다주는 것을 먹고 살면서 노인이 시킨 대로 일을 했다. 강에서 물을 입으로 머금어다가 불탄 나무에 주는 것이었다.

이렇게 일 년이 지났다. 그를 찾는 사람들이 많아졌다. 그에 대한 소문이 널리 퍼졌다. 숲속에 성인이 살고 있는데, 그 사람은 산 밑에서 물을 입으로 머금어다가 불탄 나무에 주면서 도를 닦고 있다는 소문이었다.

그러자 많은 사람들이 그를 찾아오게 되었다. 돈 많은 장사꾼도 찾아와서 선물을 주고 갔다. 그러나 대자는 꼭 필요한 것 외에는 아무것도 갖지 않고 가난한 사람들에게 나누어 주었다.

대자는 이렇게 살았다. 반나절은 입으로 물을 머금어다 불탄 나무에 주고, 나머지 반나절은 쉬면서 사람들을 만났다. 대자는 이것이 자기에게 주어진 생활이며, 이런 생활을 통해 악을 없애고 모든 죄를 갚을 수 있다고 생각하게 되었다.

이렇게 대자는 또 일 년을 보냈다. 그는 하루도 거르지 않고 불탄 나무에 물을 주었으나, 어느 나무에서도 싹이 돋아나지 않았다.

어느 날 대자가 암자에 앉아 있노라니, 어떤 사람이 말을 타고 노래를 부르며 지나가는 소리가 들렸다. 대자는 어떤 사람인가 하고 밖으로 나가 보았다. 몸이 튼튼한 젊은이였다. 옷도 잘 입었고 말도 안장도 값비싼 것이었다.

대자는 사나이를 불러 세워 어디서 무얼 하는 사람이며, 어디로 가는 길이냐고 물어보았다.

젊은이가 말을 세우며 대답했다.

"나는 강도인데, 길을 돌아다니며 사람을 죽인다. 나는 사람을 많이 죽일수록 기분이 좋아져서 이렇게 노래를 부른다."

대자는 몸을 움츠리며 생각했다.

'이 젊은이의 마음속에 있는 죄악을 어떻게 하면 지워 버릴 수 있단 말인가? 나를 찾아오는 사람들은 자기의 죄를 뉘우치며 그것을 고백하는데, 이 젊은이는 나쁜 일을 하고서도 그것을 자랑하고 있으니⋯⋯.'

대자는 아무 말도 하지 않고, 그 젊은이의 옆에서 물러나 이렇게 생각했다.

'앞으로 어떻게 될까? 이 강도가 이 부근을 돌아다니면 사람들이 무서워서 나에게 오지 못할 것 아닌가. 그렇게 되면 그 사람들에게도 이로울 게 없지만, 나는 어떻게 살아간단 말인가?'

그래서 대자는 발걸음을 멈추고 강도에게 말했다.

"여기로 나를 찾아오는 사람들은 누구나 나쁜 일을 자랑하지 않고, 자기가 지은 죄를 뉘우치며 속죄하고 있소. 그러니 젊은이도 하느님이 두려우면 뉘우치도록 하시오. 만약 뉘우칠 생각이 없다면 이곳을 떠나 다시는 나타나지 마시오. 그리고 내 마음을 어지럽히거나 사람들을 위협하여 이곳에 오는 것을 방해하지 마시오. 내 말을 듣지 않으면 하느님의 벌을 받을 것이오."

그러자 강도가 웃으면서 말했다.

"나는 하느님을 두려워하지 않으니, 당신 말은 들을 필요가 없다. 당신은 내 주인도 아니잖은가. 당신은 기도를 드려 먹고 살지만, 나는 강도질로 먹고 산다. 사람은 저마다의 방법으로 먹고 살아야 하지 않나? 설교 따위는 찾아오는 아낙네들에게나 하고, 내 앞에서는 집어치워. 당신이 하느님 이야기를 내게 해 준 대가로 내일은 두 사람을 더 죽일 거다. 지금 당장 당신을 죽일 수도 있지만, 그런 일로 손을 더럽힐 생각은 없다. 그러니까 앞으로는 내 눈에 띄지 않도록 조심해."

강도는 이렇게 위협한 뒤 떠나 버렸고, 더 이상 오지 않았다. 대자는 전처럼 평온하게 살았다. 이렇게 8년이 지나자, 대자는 지루하다는 생각이 들었다.

||

어느 날 밤 불탄 나무에 물을 주고 나서 암자에 돌아와 쉬고 있었다. 그리고 이제 곧 사람들이 찾아올 때가 되었을 텐데 하고 오솔길을 바라보았다. 그런데 그날은 아무도 찾아오는 사람이 없었다. 대자는 해질 무렵까지 우두커니 앉아 있었다. 그는 너무나 적적하여 그간에 있었던 일들을 돌아보았다.

그러다가 문득, 너는 하느님께 기도나 드리며 먹고 사는 놈이라는 강도의 비난이 머리에 떠올랐다. 그래서 대자는 지금까지 자기가 걸어온 길을 돌이켜보며 이렇게 생각했다.

'나의 생활은 노인의 가르침과는 다른 것 같다. 노인은 나에게 육체적인 욕망을 버리고 정신적인 삶을 누리라고 고행을 지시했는데, 나는 그런 생활을 미끼로 빵이나 얻어먹고 사람들의 칭찬을 바라게 되었다. 그리고 칭찬받고 싶은 생각 때문에 사람들이 찾아오지 않으면 시무룩해지고, 사람들이 찾아오면 나를 성인으로 받들어 모시는 줄 알고 우쭐해한다. 더 이상 이런 생활을 해서는 안 되겠다. 나는 사람들의 칭찬에 눈이 어두워 남의 죄를 갚기는커녕 도리어 새로운 죄를 짓고 있지 않은가. 사람들의 눈에 띄지 않는 깊은 산속으로 떠나야겠다. 혼자 살면 옛날의 죄를 갚게 되고, 새로운 죄를 짓지 않게 될 것이다.'

대자는 이렇게 생각하고 마른 빵이 든 작은 자루와 삽을 들고 암자를 떠나 골짜기로 내려갔다. 깊은 산속에 움집을 짓고 사람들로부터 자취를 감추기 위해서였다.

이렇게 빵 자루와 삽을 들고 가는데 저쪽에서 강도가 말을 타고 달려오고 있었다. 대자는 놀라서 도망치려고 했으나, 강도에게 붙잡히고 말았다.

"어딜 가는 거요?"

강도가 물었다.

대자는 사람들을 피해 아무도 찾아오지 못할 곳으로 가고 싶다고 말했다. 강도는 어처구니없어 하며 물었다.

"사람들이 찾아오지 않으면 무얼 먹고 살 거요?"

그건 생각은 아직 해 본 일이 없으나, 강도가 그렇게 물어오자 대자는 먹을 것을 걱정하게 되었다.

"하느님이 주시는 것으로 살아가면 되겠죠."

대자가 이렇게 대답하자, 강도는 아무 말 없이 떠나 버렸다.

그러자 대자는 생각했다.

'나는 저 사나이의 생활에 대해서 아무것도 물어보지 않았다. 어쩌면 지금쯤 뉘우치고 있는지도 모른다. 오늘은 전보다 좀 부드러워진 것 같고, 사람을 죽이겠다고 위협하지도 않았다.'

그래서 대자는 강도의 등에다 대고 소리쳤다.

"아무튼 당신은 죄를 뉘우치지 않으면 안 되오. 하느님의 눈을 피할 수는 없으니까!"

강도는 말머리를 돌렸다. 그리고 허리춤에서 칼을 뽑아 대자를 내리치려고 했다. 대자는 깜짝 놀라 숲속으로 도망쳤다.

강도는 뒤쫓아 오려 하지 않고, 이렇게 말했었다.

"두 번은 용서해 줬지만, 세 번째는 내 눈에 띄지 않도록 해. 그땐 죽여 버릴 테니까."

이렇게 말하고 강도는 모습을 감춰 버렸다. 그날 밤에 대자는 불탄 나무에 물을 주려고 갔다. 그런데 한 나무에 싹이 돋아나 있는 것이 아닌가. 그것은 사과나무였다.

12

대자는 사람들로부터 모습을 감추고 혼자 살기 시작했다. 마침내 빵도 다 떨어졌다.

'이젠 풀뿌리라도 캐러 가야겠다.'고 대자는 생각했다. 그리고 풀뿌리를 캐러 나가다 보니, 나뭇가지에 빵 주머니가 걸려 있었다. 대자는 그것을 가져다 먹었다. 빵이 떨어지면 곧 또 다른 빵 주머니가 그 나뭇가지에 걸려 있었다. 대자는 이렇게 살아갔다.

그에게 꼭 한 가지 고민이 있다면 강도가 나타나지 않을까 하는 두려움이었다. 그래서 강도가 나타나는 기척이 있으면 얼른 몸을 숨기며 생각했다.

'저 자의 손에 잡혀서 죽으면 나는 죄를 갚지 못한다.'

이렇게 10년이 또 흘렀다. 사과나무는 한 그루만 자랄 뿐, 나머지 둘은 여전히 불탄 상태 그대로였다.

하루는 대자가 아침 일찍 일어나 자기의 일을 하러 갔다. 불탄 나무 둘레에 촉촉하게 물을 준 후 앉아서 쉬었다. 그때 그는 이런 생각을 해 보았다.

'나는 또 죄를 지었다. 죽음을 두려워하게 된 것이다. 하느님이 원하신다면, 죽음으로 나의 죄를 갚으리라.'

이런 생각을 하는 순간, 갑자기 인기척 소리가 들려왔다. 강도가 욕을 하며 말을 타고 오는 소리였다. 대자는 그 소리를 듣고 생각했다.

'좋은 사람이든 나쁜 사람이든 하느님 이외에 누가 나에게 사람을 보내겠는가.'

그리고 그는 강도 쪽으로 걸음을 옮겼다. 강도는 혼자가 아니라 안장 뒤에 한 사나이를 태워 가지고 어디론가 가는 길이었다. 사나이는 손과 입이 묶여 있었다.

사나이는 가만히 있는데, 강도는 그에게 마구 욕을 하고 있었다. 대자는 강도 쪽으로 가서 말 앞을 가로막으며 말했다.

"이 사람을 어디로 데려가는가?"

"숲속으로 끌고 가는 것이다. 이놈은 장사꾼의 아들인데, 지 애비의 돈을 어디에 숨겨 두었는지 입을 열지 않는단 말이야. 입을 열 때까지 두들겨 팰 거야."

강도는 이렇게 말하면서 지나가려고 했다. 그러나 대자는 말 고삐를 잡고 놓지 않았다.

"이 사람을 놔 주게."

강도는 화를 내며 대자에게 채찍을 쳐들었다.

"너도 이런 꼴을 당하고 싶어? 약속한 대로 너를 죽여 버리겠다. 이것 놔!"

그러나 대자는 두려워하지 않았다.

"못 놓겠네. 내가 두려운 건 자네가 아니라, 하느님뿐이야. 그런데 하느님은 이걸 놓아 주지 말라고 분부하시네. 이 사람을 놔 주게."

강도는 얼굴을 찌푸리며 칼을 뽑아 오랏줄을 끊은 뒤, 상인의 아들을 놔 주었다.

"두 놈 다 꺼져 버려! 두 번 다시 내 눈에 띄지 않도록 해."

상인의 아들은 말에서 펄쩍 뛰어내려 달아나기 시작했다. 강도는 그냥 가려고 했으나, 대자가 다시 그를 불러 세우고는 그런 나쁜 생활은 이제 그만두라고 말했다.

강도는 잠깐 동안 서서, 대자의 말을 다 듣고 난 뒤 아무 말 없이 떠나 버렸다.

이튿날 아침, 대자가 불탄 나무에 물을 주려고 가서 보니 또 한 그루에 싹이 돋아나 있었다. 역시 사과나무였다.

13

다시 10년이 흘렀다. 어느 날 대자는 움막 속에 앉아 있었다. 이제 그는 더 이상 아무것도 바랄 것이 없고 두려운 것도 없었다. 마음은 기쁨으로 가득 차 있었다. 그때 대자는 생각했다.

'하느님은 사람에게 얼마나 큰 행복을 주셨는지 모른다. 그런데 사람들은 공연히 자기 자신을 괴롭히고 있다. 기쁨 속에 살아갈 수 있는데도 말이다.'

그리고 사람들이 자신을 괴롭히는 모든 죄악을 생각해 보았다. 그러자 사람들이 가엾게 여겨졌다.

'내가 왜 쓸데없이 이런 생활을 하나. 이제 바깥 세상에 나가서, 내가 아는 모든 것을 사람들에게 알려 줘야지.'

이런 생각을 하자마자 인기척 소리가 들려왔다. 강도가 말을 타고 오는 소리였다. 대자는 강도가 지나가도록 가만히 내버려 두면서 생각했다.

'저런 사람에게 이야기해 봤자 알아듣지도 못할 거야.'

처음에는 그렇게 생각했으나, 잠시 후 생각을 고쳐먹고 거리로 나갔다.

강도는 우울한 얼굴로 땅바닥을 내려다보면서 말을 몰고 있었다. 대자는 그를 보자 불쌍한 생각이 들었다. 그래서 쫓아가 그의 무릎을 잡으며 말했다.

"사랑하는 형제여, 부디 자기의 영혼을 불쌍히 생각하게! 자네의 마음속에도 하느님이 계시니까. 자네는 스스로 괴로워하며 남을 괴롭혀 왔어. 앞으론 더 괴로움을 겪게 될 거야. 그러나 하느님께서는 자네를 얼마나 사랑하시며, 어떤 행복을 주시려고 하는지 아는가! 제발 자신을 망치는 일은 그만하게. 형제여! 그리고 지금부터라도 자네의 생활을 고치도록 하게."

강도는 얼굴을 찌푸리고 고개를 돌리며 말했다.

"비켜!"

대자는 강도의 무릎을 더 꽉 잡으며 눈물을 흘렸다.

그런데 강도가 눈을 쳐들어 대자를 바라보는 것이 아닌가. 그러다가 말에서 내리더니, 대자 앞에 무릎을 꿇었다.

"마침내 당신이 저를 이겼습니다. 저는 20년 동안 당신과 싸워 왔으나 결국 지고 말았습니다. 이제 저는 제 자신을 마음대로 할 수 없게 되었습니다. 그러니 당신 마음대로 하십시오. 당신이 처음 제게 설교를 하려 했을 때는 화만 났습니다. 제가 당신의 말을 듣고 생각하게 된 것은, 당신이 사람들로부터 아무것도 바라지 않고 피해 갈 때였습니다. 그때 나는 당신 자신이 세상 사람들에게 아무 도움을 주지 못한다는 것을 깨달았음을 알았기에, 그 뒤로 당신을 위해서 마른 빵을 나뭇가지에 걸어 놓았습니다."

그때 대자는, 옛날에 농가의 아주머니가 걸레를 깨끗이 빤 후에야 비로소 식탁을 깨끗이 닦을 수 있었던 일을 떠올렸다. 그리고 그처럼 자기 걱정을 그치고, 먼저 자기 마음을 깨끗이 해야만 남의 마음도 깨끗이 할 수 있다는 것을 비로소 깨달았다.

강도는 말을 이었다.

"그러나 내 마음이 변하기 시작한 것은, 당신이 죽음을 두려워하지 않게 되었을 때부터였습니다."

그때 대자는, 농부들이 받침틀을 고정시키자 그때 비로소 수레바퀴의 나무를 구부릴 수 있었던 일을 떠올렸다. 그리고 그처럼 자기가 죽음을 두려워하지 않고, 모든 삶을 하느님 안에 탄탄히 고정시켰을 때 굽힐 줄 모르던 악한 고집도 꺾였다는 것을 깨달았다.

강도는 다시 말했다.

"내 마음이 눈처럼 완전히 녹아 버린 것은 당신이 나를 불쌍히 여겨 내 앞에서 눈물을 흘렸을 때였습니다."

대자는 몹시 기뻐하며 불탄 나무가 있는 곳으로 그를 데리고 갔다. 가까이 가 보니 마지막 남은 한 그루의 나무에서도 사과나무의 싹이 움트고 있었다.

그때 대자는, 목동들의 모닥불이 활활 타오를 때 비로소 젖은 나무가 타던 일을 떠올렸다. 그리고 그처럼 자기 마음이 먼저 뜨겁게 타올라야만 다른 사람의 마음을 태울 수 있다는 것을 깨달았다.

대자는 이제야 드디어 죄를 다 갚게 되었다고 생각하며 크게 기뻐했다.

대자는 지금까지 자신이 보고 겪고 느낀 이야기를 강도에게 다 들려주었다. 그리고 영원히 눈을 감았다.

강도는 대자의 장사를 지낸 뒤, 그가 가르쳐 준 대로 생활하면서 그와 마찬가지로 세상 사람들을 가르치게 되었다.

두 순례자

여자가 예수님께 말하였다.

"선생님, 이제 보니 선생님은 예언자시군요. 저희 조상들은 이 산에서 예배를 드렸습니다. 그런데 선생님네는 예배를 드려야 하는 곳이 예루살렘에 있다고 말합니다."

예수님께서 그 여자에게 말씀하셨다.

"여인아, 내 말을 믿어라. 너희가 이 산도 아니고 예루살렘도 아닌 곳에서 아버지께 예배를 드릴 때가 온다. 너희는 알지도 못하는 분께 예배를 드리지만, 우리는 우리가 아는 분께 예배를 드린다. 구원은 유다인들에게서 오기 때문이다. 그러나 진실한 예배자들이 영과 진리 안에서 아버지께 예배를 드릴 때가 온다. 지금이 바로 그때다. 사실 아버지께서는 이렇게 예배를 드리는 이들을 찾으신다. 하느님은 영이시다. 그러므로 그분께 예배를 드리는 이는 영과 진리 안에서 예배를 드려야 한다."

(요한 복음 4, 19-24)

ㅣ

같은 마을에 살고 있는 두 노인이 예루살렘으로 순례를 떠나
기로 약속했다. 한 사람은 예핌 타라스이치 쉐베료프라는 부자
농부였고, 다른 한 사람은 그다지 돈이 없는 예리세이 보드료프
라는 노인이었다.

예핌은 착실한 농부였으며, 술 담배를 입에 대지 않는 것은
물론 냄새조차 맡지 않았다. 욕이라곤 한 번도 해 본 적이 없고
모든 일에 엄격하고 철저했다. 그는 두 차례나 마을의 반장을
지내면서 단 한 푼의 오차도 없이 일을 완벽하게 마쳤다. 두 아들
과 장가든 손자까지 있는 많은 식구였지만, 모두가 함께 살고
있었다.

그는 아주 건강했으며, 턱수염을 텁수룩하게 기르고 있었다.
일흔 살이 되었는데도 등도 구부러지지 않고 수염이 이제 겨우
희어지는 정도였다.

예리세이는 부자도 가난뱅이도 아닌 노인이었다. 젊었을 때에
는 목수 일로 살아왔으나 나이가 들면서부터는 집에서 꿀벌을
치고 있었다. 큰아들은 먼 곳으로 돈벌이를 떠났고, 둘째아들이
집안일을 돌보고 있었다.

예리세이는 마음씨 좋고 명랑한 사람이었다. 술도 마시고 담
배도 피우고 노래도 잘 불렀으나 워낙 사람이 착해서, 집안 식구
나 이웃하고도 사이가 좋았다. 그는 짤막한 키에 얼굴빛이 거무

스름하고 몸집이 왜소했다. 곱슬곱슬한 턱수염을 기르고 있는 그의 모습은 마치 같은 이름을 가진 옛 예언자 예리세이처럼 머리가 벗겨진 대머리였다.

두 노인이 함께 순례를 떠나자고 약속한 것은 아주 오래전이었다. 그러나 늘 분주한 예핌은 일이 없는 때가 없었다. 한 가지 일이 끝났는가 하면 또 뒤이어 또 다른 일이 생겼다. 손자의 결혼식을 치르고 나면 또 막내가 군에서 제대해 돌아오고, 거기다 이번엔 새 집을 지을 일이 기다리고 있었다.

어느 축제일에 우연히 만난 두 노인은 통나무 위에 나란히 걸터앉아 이야기를 나누었다.

"예핌, 어때? 이젠 성지 순례를 떠날 때가 되지 않았나?"

"아니, 좀 더 기다려 주게. 올해는 모든 일이 제대로 되지를 않아. 집을 짓기 시작할 때는 그저 100루블 정도로 충분할 줄 알았는데, 벌써 300루블이나 들어갔는데도 아직 멀었어. 아무래도 여름까지 가야 할 것 같아. 글쎄, 주님의 뜻이라면 요번 그 일이 끝나면 떠날 수 있겠지."

"내 생각으로는, 그렇게 자꾸 미루는 건 좋지 않다고 보네. 일단 마음먹었으면 실행해야지. 봄철인 지금이 가장 좋은 때이고……."

"때는 좋지만 일단 시작한 일을 그냥 두고 떠날 수는 없지 않나?"

"아니, 자네 집에는 일 맡길 사람이 그렇게도 없나? 아들이

다 알아서 할 텐데 뭘 그러나?"

"알긴 뭘 알아! 큰자식 놈이라고 어디 믿을 수가 있어야지. 엉뚱한 일을 벌려 놓을 것이 불을 보듯 뻔한데."

"그건 그렇지 않아. 언젠가는 우리가 죽을 건데, 우리가 떠나면 남은 자식이 모두 잘해 나간다구. 자네 아들도 그래. 지금부터 일을 배워서 익혀 둬야지."

"그건 그렇지만, 무엇보다도 집의 완공을 내 눈으로 보고 싶단 말이야."

"아이고, 난 모르겠네! 이런저런 일들을 모두 끝내자면 한이 없지. 아무렴 한이 없고말고. 바로 조금 전에도 축제일이 가까워졌다고, 우리 집 여자들이 빨래며 집안 치우기며 이런 일 저런 일로 아주 난리가 났었네. 그런데 우리 큰며느리가 참 영리하게도 이런 말을 하더군. '축제일이 우리를 기다리지 않고 빨리 다가오니까 그래도 다행이지요. 그렇지 않으면 암만 일을 해도 다 끝내지 못할 거예요.' 하고 말이야."

"그렇지만 집 짓는 일로 돈을 너무 많이 써 버렸어. 빈손으로 먼 길을 떠날 수도 없지 않은가. 한두 푼 가지곤 어림도 없을 테고……. 아무리 없어도 100루블은 있어야 할 텐데."

그 말을 들은 예리세이가 웃으며 말했다.

"그런 소리하면 벌 받아. 자네 재산은 나보다 열 배나 많으면서 돈 걱정을 하다니. 그런 걱정은 하지 말고 언제 떠날지나 생각해 보게. 나는 돈이라곤 한 푼도 없지만, 그래도 떠날 때면 어떻게

266

마련될 거라 생각하네."

"거참, 대단한 배짱일세. 어디서 어떻게 마련할 셈이지?"

예핌이 웃으며 물었다.

"난 집안에 있는 돈을 모두 긁어모을 작정이네. 그래도 모자라면 밖에 세워 놓은 통나무 꿀벌 통을 열 개쯤 팔면 될 거야. 옆집에서 전부터 사겠다고 했으니까 말이야."

"팔고 난 뒤 그 벌통에서 꿀이 많이 나오면 속이 상할 텐데."

"속이 상한다고? 그런 말은 아예 말게. 이 세상에 속상할 일은 죄짓는 것밖에 없어. 영혼보다 소중한 것이 어디 있겠나?"

"하긴 그래. 그래도 역시 집안일을 잘 정리해 두지 않으면 아무래도 불안해서……."

"그런 일보다 더 불안한 것은 영혼을 바로잡지 못하는 일이라네. 어떻든 약속대로 떠나도록 하세."

2

예리세이는 이렇게 친구를 설득했다. 예핌은 밤을 새워 생각한 뒤, 다음 날 아침 일찍 예리세이를 찾아와서 말했다.

"자네 말이 맞아. 사는 것도 죽는 것도 모두 하느님의 뜻일세. 살아서 기운 있을 때 순례를 떠나기로 하세."

일주일 동안, 두 노인은 떠날 채비를 했다.

예핌은 저축한 돈이 많았다. 그는 100루블을 여비로 준비하고, 늙은 아내에게 200루블을 맡겼다.

예리세이도 채비를 했다. 밖에 늘어놓은 통나무 꿀통 중 열 개를 옆집에 팔고, 또 거기서 생기는 애벌도 함께 주기로 약속했다. 그래서 70루블의 돈을 마련했다. 부족한 30루블은 온 집안을 구석구석 뒤지는가 하면 식구들에게 조금씩 받았다. 아내는 죽을 때를 대비해 모아 둔 돈을 모두 털어 놓았고, 며느리도 비상금을 내놓았다.

예핌 타라스이치는 집안일을 모두 아들에게 맡겼다. 풀은 어디서 얼마 정도를 베어야 하고, 거름은 어디로 나를 것이며, 집을 짓는 일은 어떻게 끝내야 하고, 지붕은 어떤 모양으로 올릴 것인지 등에 대해 한 가지도 빠뜨리지 않고 지시했다.

그러나 예리세이는 팔아 버린 통나무 꿀통에서 깐 애벌을 따로 모아 그대로 옆집주인에게 주라고 아내에게 말했을 뿐, 집안 일에 관한 것은 아무 지시도 내리지 않았다. 일을 어떻게 해야 하는지는 그 일을 맡게 되면 저절로 알게 될 것이며, 너희들도 주인이니 자기가 할 일은 자기가 알아서 하라는 식이었다.

두 노인은 떠날 채비를 끝냈다. 식구들은 과자도 굽고 자루도 만들고, 다리싸개와 장화도 새로 만들었다. 갈아 신을 짚신까지 도 잘 준비한 노인들은 드디어 길을 떠나게 되었다. 식구들이 동구 밖까지 나와 전송하고 두 노인은 여행길에 올랐다.

예리세이는 한껏 들뜬 마음으로 첫걸음을 내디뎠다. 그는 마을에서 점점 멀어지자 집안일 따위는 모두 잊어버렸다. 그는 그저 여행하는 동안 친구와 잘 지내도록 하자, 누구에게라도 듣기 싫은 말은 하지 말자, 아무 사고 없이 기분 좋게 목적지에 도착하고 무사히 집으로 돌아오도록 하자는 생각만 되풀이했을 뿐이었다.

　예리세이는 걸으면서 입 속으로 기도문을 외었으며, 자기가 알고 있는 성인의 일생을 떠올렸다. 도중에서 만나는 누군가와 동행하거나 여인숙에 들게 되면 그들에게 친절하게 대해야겠다고 마음먹고, 항상 하느님의 뜻에 맞는 말만을 해야겠다고 다짐했다. 길을 걸으면서도 아주 기분이 좋았는데, 오직 한 가지만은 예리세이로서도 어쩔 수가 없었다. 코담배를 끊겠다고 굳게 결심하고 쌈지를 집에 두고 떠났는데, 자꾸만 담배 생각이 나서 견딜 수가 없었다. 마침 도중에 어느 사람한테서 얻어, 친구에게 피해를 주지 않으려고 슬그머니 뒤처져서 코담배 냄새를 맡곤 했다.

　예핌 타라스이치도 기분이 좋은 듯 활기차게 걸었다. 나쁜 짓이라곤 전혀 하지 않았으며 한마디도 쓸데없이 지껄이는 일이 없었다. 그러나 집안일이 마음에 걸려 마음이 편치 않았다. 뭔가 아들에게 지시할 것을 빠뜨리지는 않았는지, 아들은 어떻게 하고

있는지를 생각하니 벌써부터 걱정이 되었다. 당장 집으로 돌아가
모든 일을 자기 손으로 해 버렸으면 하는 충동도 순간순간 일어
나곤 했다.

3

두 노인은 다섯 주일 동안 계속 걸었다. 집에서 신고 온 나막신
도 다 떨어져서 새로 사야만 했다. 이 무렵 그들은 소러시아 지방
까지 들어갔다.

집을 떠나니 잠자는 것도 먹는 것도 모두 돈을 내야 했는데,
이 지방에 들어서니 모두들 자기 집에 노인을 초대하려고 다툴
정도였다. 재워 주고 잘 먹여 준 뒤 돈도 받지 않았고, 더군다나
가는 도중에 먹으라고 빵과 과자까지 자루 속에 넣어 주는 것이
었다.

이렇게 두 노인은 별 어려움 없이 700베르스타의 길을 걸어갔
다. 다시 고을을 지나서 흉년이 든 지방에 이르게 되었다. 그
지방에서는 잠은 그냥 재워 줬지만, 먹을 것은 조금도 주지 않았
다. 어딜 가도 빵은 주지 않았고, 어떤 때는 돈을 주고도 빵을
살 수가 없었다. 사람들의 이야기를 들으니, 지난해에 심한 흉년
이 들었다는 것이다. 부자는 먹을 것을 구하기 위해 가진 물건들
을 팔아 버리고, 중류 생활을 하던 사람들은 아무것도 남은 것이

없었으며, 가난한 사람은 다른 지방으로 떠나든지 구걸을 하든지 그도 아니면 마을에서 간신히 하루하루를 보내고 있는 형편이라고 했다. 그래서 겨울 동안 밀기울과 명아주로 끼니를 이었다는 것이다.

어느 날 두 노인은 작은 마을에 들어가 빵을 열다섯 근쯤 사고 하룻밤을 묵은 뒤, 새벽 일찍이 길을 떠났다. 더워지기 전에 조금이라도 더 많이 걸으려는 것이었다.

10베르스타쯤 걸은 뒤에 어떤 시냇가에 도착했다. 그곳에서 다리를 펴고 앉아 컵으로 물을 떠서 빵을 축여 가며 배부르게 먹은 뒤 짚신을 갈아 신었다. 한참 동안 앉아서 쉬는 사이에 예리세이는 담배쌈지를 꺼냈다. 그것을 보고 예핌이 머리를 저으며 말했다.

"어째서 그 나쁜 버릇을 못 버리나?"

예리세이는 어쩔 수 없다는 듯 한 손을 저으며 대답했다.

"나는 죄에 빠져 버렸네. 끊으려 하지만 잘 안 되는군."

두 사람은 다시 걷기 시작했다. 그곳에서 10베르스타 정도 걸어가자 큰 마을이 앞에 나타났다. 그 마을을 다 지났을 때는 벌써 햇볕이 여간 뜨거운 것이 아니었다. 예리세이는 너무나 피곤하여 잠깐 쉬면서 물이라도 한 그릇 마시고 싶었다. 그러나 예핌은 쉬려 하지 않았다. 예핌은 잘 걸었다. 그래서 예리세이는 그 뒤를 따라가는 것조차 너무나 힘들었다.

"물 좀 마시고 가면 좋겠어."

"마시게. 나는 괜찮아."

"그럼 자네 먼저 가게. 나는 저 집에 가서 물 좀 얻어 마시고 뒤따라갈 테니까."

예리세이는 발길을 멈추고 예핌에게 말했다.

"그렇게 하게."

예핌은 혼자 신작로를 걸어가고, 예리세이는 농가가 있는 쪽으로 돌아섰다.

예리세이가 농가 가까이 가 보니 석회 칠을 한 작은 집이 있었다. 위쪽은 희고 아래쪽은 검은 집이었는데, 칠도 벗겨지고 지붕도 한쪽이 허물어지고 없었다. 아마 오랫동안 집을 손보지 못한 모양이었다. 집의 입구가 뒷문 쪽에 있어, 예리세이는 뒤쪽으로 돌아서 들어갔다. 그런데 문득 보니 담장 밑에 한 남자가 누워 있는 것이었다. 턱수염도 없이 바싹 마른 사나이였는데, 소러시아 식으로 셔츠 자락을 바지 속에 넣고 있었다. 아마 이 사람은 시원한 그늘 밑을 찾아 누웠던 것으로 짐작이 되는데, 지금은 바로 위에서 햇볕이 내리쬐고 있었다. 그런데 누워 있는 그 사람이 잠을 자고 있는 것이 아니어서, 예리세이는 물 좀 마실 수 없느냐고 물었다. 그러나 그는 아무 대답도 하지 않았다.

'병에라도 걸렸든지 아니면 꽤 무뚝뚝한 사람인 모양이다.'라고 생각하며, 예리세이는 문 쪽으로 다가갔다.

그때 집안에서 어린아이의 울음소리가 들려왔다. 예리세이는 문의 쇠고리로 덜컹덜컹 소리를 내면서 "실례합니다." 하고 말했다. 그러나 아무 대답이 없었다. "안녕하십니까!" 하고 말해도 아무런 기척도 들리지 않았다. "아무도 안 계십니까!"라고 소리를 쳐도, 역시 아무도 나와 보지 않았다.

할 수 없이 예리세이가 그만 돌아서려 할 때, 문 앞에서 누군가의 신음 소리가 들려왔다.

'무슨 좋지 못한 일이 생긴 것은 아닐까? 한번 들여다봐야지.'

예리세이는 집 안으로 들어섰다.

4

예리세이가 손잡이를 돌려보니, 문은 잠겨 있지 않았다. 문을 열고 복도에 들어서니, 방으로 통하는 이 열려 있었다. 오른쪽에 난로가 있었고, 곧바로 보이는 쪽이 상좌였다. 그 구석에는 성상과 탁자가 놓여 있고, 탁자 맞은편에 걸상이 있었다. 걸상에는 속옷만 입은 할머니가 머리에 두건도 쓰지 않고 앉아서 머리를 탁자 위에 올려놓고 있었다. 그 옆에는 너무 말라서 배만 커다랗고 얼굴이 밀랍처럼 창백한 남자애가 앉아서 할머니의 옷소매를 잡아당기며 칭얼대고 있었다.

예리세이가 방안으로 들어가자, 숨이 막힐 듯한 고약한 냄새가 코를 찔렀다. 난로 저쪽 마룻바닥 위에 한 여자가 쓰러져 있는 것이 보였다. 이쪽을 보려고도 하지 않고 엎어져서 단지 가래

끓는 소리만 내며 한쪽 다리를 폈다 오므렸다 하고 있었다. 괴로운 듯 이리저리 뒤척이고 있었는데, 몸에서는 코를 찌르는 듯한 악취가 풍기고 있었다. 여자는 대소변을 못 가리는 모양인데, 아마도 뒤처리를 해줄 사람이 아무도 없는 것 같았다. 할머니가 문득 눈을 뜨고 낯선 방문객을 바라보았다.

"당신은 누구요? 무슨 일로 왔어요? 무엇이 필요해서 왔어요? 누군지 모르지만 우리 집엔 아무것도 없다오……."

예리세이는 그 옆으로 다가서며 말했다.

"할머니, 물을 좀 주셨으면 고맙겠습니다."

"아무것도 없다고 했잖소. 물 떠올 사람이 없어요. 직접 가서 떠 마시도록 해요."

"할머니, 어찌된 일입니까? 이 집엔 건강한 사람이 한 명도 없는 모양이지요? 이 아주머니를 돌볼 사람도 없나요?"

"아무도 없소. 뒷문 쪽에서 한 사람이 죽어가고 있고, 우리는 여기서 이렇게……."

낯선 사람을 보자 잠시 동안 입을 다물고 있던 사내아이는, 할머니가 말하는 것을 보고는 다시 소매를 잡아당기며 칭얼대기 시작했다.

"빵 줘. 할머니, 빵 줘!"

예리세이가 할머니에게 또 뭔가를 물으려고 하는데 밖에 있던 남자가 비틀거리며 집 안으로 들어왔다. 그는 벽을 짚고 걸어가 의자에 앉으려 했으나, 그러지도 못하고 문 근처의 한 구석에 기대듯이 쓰러지고 말았다. 말을 한 마디 하고는 쉬고, 또 한 마디 하고는 숨을 몰아쉬면서 간신히 말을 이었다.

"전염병에 걸렸어요. 거기다 흉년까지 들어서……. 저 애도 배가 고파 다 죽게 됐어요!"

그는 턱으로 사내아이를 가리키며 울기 시작했다.

예리세이는 등에 지고 있는 자루를 치켜 올려 멜빵에서 두 팔을 뽑았다. 그리고 자루를 내려서 걸상 위에 올려놓고 그것을 끌렀다. 그리고 자루를 열고 빵과 나이프를 꺼내서 농부에게 한 조각 잘라 주었다. 그 사람은 빵을 받지 않고, 사내아이와 여자 쪽을 가리켰다. 그들에게 주라는 뜻이었다. 예리세이는 사내아이 에게 주었다. 빵 냄새를 맡은 사내아이는 몸을 뻗쳐 두 손으로 빵을 움켜쥐더니 코와 입을 처박았다.

그러자 난로 구석에서 한 계집아이가 기어 나와 빵을 뚫어지 듯이 쳐다보았다. 예리세이는 그 아이한테도 한 조각을 줬다. 그리고 할머니에게도 한 조각을 잘라 주었다. 할머니는 그것을 받아들고는 정신없이 먹었다.

"물을 한 그릇 떠다 주면 고맙겠는데, 우린 목이 말라 죽을 지경이라오. 어젠지 오늘인지 내가 물을 길러 갔었지요. 그런데 다 오기도 전에 쓰러져 버렸다오. 누가 가져가지 않았다면, 물통 이 거기 그냥 있을 텐데……."

할머니가 말했다.

예리세이는 우물이 어딘지를 물었다. 할머니가 일러준 대로 가자, 물통이 그냥 팽개쳐져
있었다. 예리세이는 물을 길
어다가 모두에게 마시도록
했다. 할머니와 아이들은 물
과 빵을 먹었지만, 남자는 먹
으려고 하지 않으면서 "속이
영 좋지 않다."고 말했다. 여
자는 몸을 일으키려고도 하
지 않고, 그냥 그 자리에 쓰러
진 채 몸부림만 치고 있을 뿐이었다.

예리세이는 마을의 가게로 가서 옥수수와 소금, 밀가루, 버터
를 사왔다. 그리고 도끼로 장작을 패서 난로에 불을 지폈다. 계집
아이가 도와주었다. 그리하여 예리세이는 수프와 옥수수 죽을
끓여 모두에게 먹였다.

5

주인 남자도 조금 먹었고, 할머니도 먹었다. 계집아이와 사내
아이는 그릇 바닥까지 깨끗이 핥아먹고 난 뒤 서로 껴안고 잠들
어 버렸다. 농부와 할머니는 이렇게 된 사정을 이야기했다.

"우리는 지금까지 가난하기는 했지만 그럭저럭 살아왔어요.

그런데 지난 흉년으로 추수한 것이 없어서, 가을부터는 보관해 두었던 양식으로 근근이 연명했지요. 나중엔 그것마저 떨어져서 이웃과 친절한 분들의 도움을 받았답니다. 처음엔 더러 꾸어 주기도 했지만 차차 거절을 당하게 됐지요. 어떤 사람은 꾸어 주고 싶긴 하지만 아무것도 없어서 어쩔 수 없다고 하더군요. 한두 번도 아니고, 저희도 자꾸 그러기가 너무 민망했어요. 이곳저곳에서 돈과 밀가루와 빵을 꿔다 썼으니 말입니다."

농부는 계속해서 말했다.

"나는 일을 찾아 나섰지만, 어디 일자리가 있어야지요. 생계를 위해 모두들 일자리를 찾아다니는 형편이었습니다. 어쩌다 하루 일하면 그 다음 이틀은 일자리를 찾아 헤매고 다녀야 했어요. 그래서 할머니와 계집아이가 이웃마을로 동냥을 갔지만, 누구나 다 빵이 없으니 제대로 먹을 걸 얻을 수가 없었지요. 그래도 굶어 죽지는 않을 정도로 입에 풀칠을 했습니다. 그런 대로 햇보리가 날 때까지 견뎌 보자고 생각했었지요. 그런데 봄이 되자, 아무도 동냥을 주지 않았어요. 거기다 이렇게 열병까지 번지더군요. 점점 더 형편이 나빠져, 하루 먹으면 이틀은 굶어야만 했습니다. 나중에는 풀까지 뜯어먹게 되었지요. 그 풀 때문인지 아니면 무슨 다른 이유가 있었는지, 아내가 병에 걸려 쓰러졌어요. 아내는 앓아누웠고, 나도 힘이 다 빠져 버렸으니 앞일이 암담하기만 합니다."

농부가 말을 마치자 할머니가 다시 이야기를 시작했다.

"나도 먹고살려고 안 해 본 것이 없어요. 이젠 힘도 없고 너무 지쳐서 주저앉아 버렸지요. 손녀딸도 몸이 너무 약해졌고, 거기다 겁까지 먹어 가까운 데 심부름을 시켜도 가질 않으려고 해요. 꼼짝도 않고 구석에만 박혀 있지요. 엊그제 무슨 볼일이 있는지 이웃에 사는 아주머니가 찾아왔다가 모두 굶주려 쓰러져 있는 것을 보더니 깜짝 놀라면서 도로 나가 버리더군요. 그럴 만도 하지요. 그 아주머니도 남편이 도망쳐 버려서, 어린아이들과 굶는 형편이니까요. 그래서 이렇게 죽을 날만 기다리며 누워 있는 참이라오."

두 사람의 이야기를 듣고 난 뒤, 예리세이는 친구를 뒤따라갈 생각을 접고 그날부터 그 집에 머물렀다. 다음 날 아침 자리에서 일어나자, 예리세이는 자기가 이 집주인이나 되는 듯이 집안일을 살피기 시작했다. 할머니와 함께 밀가루 반죽을 하고 난로에 불을 지폈다. 또 계집아이와 함께 근처를 돌아다니며 쓸 만한 물건을 찾아보았다. 하지만 이것저것 뒤적거려 보아도 쓸 만한 것이라곤 하나도 없었다. 모두 먹을 것과 바꾸어 버렸기 때문이다. 연장도 없고 걸칠 옷마저도 없는 형편이었다. 그래서 예리세이는 꼭 필요한 물건을 마련하기 시작했다. 자기가 직접 만들기도 하고, 밖에 나가서 사오기도 했다.

이리하여 예리세이는 하루, 이틀, 사흘을 보냈다. 기운을 찾은 사내아이는 가게로 심부름도 다니면서 예리세이를 잘 따랐다. 계집아이도 무척 명랑해졌다. 무슨 일이나 거들려고 했고, "할아

버지, 할아버지!" 하며 예리세이의 뒤를 졸졸 따라다녔다. 할머니
도 일어나 이웃집으로 나다닐 수 있게 되었고, 주인 남자도 벽을
짚고 걸음을 옮길 수 있게 되었다. 오직 그의 아내만은 아직도
일어나질 못했다. 그러나 그 여인도 사흘째가 되자 정신을 차리
고, 뭘 좀 먹었으면 좋겠다고 했다.

예리세이는 그제야 이런 생각을 했다.

'이렇게 오래 묵으리라고 생각하진 않았는데……. 이젠 그만
길을 떠나야겠군.'

6

나흘째 되는 날은 바로 축제일 하루 전이었다. 그래서 예리세
이는 그들과 같이 전야를 축하하고 선물을 좀 사 준 뒤, 저녁나절
에 떠나야겠다고 속으로 생각했다.

예리세이는 다시 마을에 가서 우유와 밀가루와 기름을 사 가
지고 왔다. 그리고 할머니와 함께 이것저것 음식을 만들었다.

다음 날 아침엔 교회의 미사에 참례했다. 그리고 집으로 돌아
와서 그들과 같이 음식을 맛있게 먹었다. 이날은 아이들 엄마도
자리에서 일어나 집안을 슬슬 거닐기 시작했다. 주인 남자는 수
염을 깎고, 할머니가 빨아 준 깨끗한 외투로 갈아입었다. 그리고
나서 마을의 부잣집 주인을 찾아갔다. 이 부잣집 주인에게 밭과

풀밭을 저당 잡혔기 때문에, 햇보리가 날 때까지 그 밭과 풀밭을 좀 쓰게 해 달라고 간청하려는 것이었다. 저녁 무렵에 어깨가 축 처져서 돌아온 남자는 눈물을 흘렸다. 부잣집 주인이 인정사정없이 돈을 갚으라고 했다는 것이다.

예리세이는 다시 생각에 잠기며 중얼거렸다.

'이 사람들은 앞으로 어떻게 살아갈 것인가? 딴 사람들이 모두 풀 베러 갈 때, 이 사람들은 멍하니 그냥 있어야 한다. 풀밭이 저당 잡혔으니까. 남들은 쌀보리가 익을 때면 추수를 할 텐데 이 사람들에겐 아무 기쁨도 없겠구나. 밭을 부잣집에 팔아 버렸으니. 내가 이대로 가 버린다면, 이 사람들은 다시 전처럼 길에서 구걸을 하며 헤매게 될 것이다.'

예리세이는 여러 가지 생각이 뒤엉켜 그날 저녁때도 출발을 하지 못하고, 다음 날 아침에 길을 떠나기로 했다. 밖에서 기도를 드린 뒤 자리에 누웠지만 잠이 오지 않았다. 그동안 돈도 시간도 너무 써 버려 이제는 그만 떠나야 하는데, 이 집 사람들이 불쌍해서 그럴 수 없었기 때문이다.

'모든 사람을 도울 수는 없을 것 같다. 처음엔 물이나 떠 주고 빵이나 한 조각씩 주고 떠날 생각이었는데, 이렇게 되어 버렸구나. 이제는 풀밭과 밭을 찾아 주어야만 하게 되었다. 밭을 찾아 주고 나면 그 다음엔 애들에게 먹일 우유를 위해 젖소를 사 주어야 된다. 그리고 주인 남자한테는 보릿단을 나를 수 있는 말을 사 주어야 될 것이다.

이봐, 예리세이! 아주 호되게 걸렸구나. 일을 벌여 놓고는 수습도 하지 못할 만큼 뒤죽박죽이 됐군!'

예리세이는 자리에서 일어나 베개로 썼던 긴 외투를 더듬어 담배쌈지를 꺼냈다. 머릿속을 맑게 하려고 담배를 한 줌 쥐었지만, 아무리 생각하고 또 생각해 보아도 신통한 방법이 떠오르지 않았다. 떠나긴 해야 할 텐데, 이 사람들이 불쌍해서 도저히 그럴 수가 없었다. 그는 다시 긴 외투를 둘둘 말아서 베개로 만들어 드러누웠다.

그렇게 가만히 누워 있는 동안 어느새 닭이 울고, 그는 자기도 모르는 새에 깊은 잠에 빠져 버렸다. 그때 갑자기 누군가가 예리세이를 부르는 것만 같았다. 일어나 보니 어느 틈에 자기가 떠날 채비를 하고 있었다. 자루를 등에 지고 손에는 지팡이를 짚었다. 그리고는 문 밖으로 나가려 했다. 문이 활짝 열려 있어, 바로 나가기만 하면 되었다. 그가 막 문 밖으로 나가려 하는데, 이쪽 울타리에 자루가 걸렸다. 그걸 떼려니까 이번엔 저쪽 울타리에 다리 싸개가 걸려 다 풀어질 형편이었다. 그것을 다시 감으려고 내려다보니, 아니 이게 웬일인가. 그것은 울타리에 걸린 것이 아니라 계집아이가 다리를 붙잡고 있는 것이었다. "할아버지, 할아버지 빵 좀 줘요!" 하고 외치고 있었다. 또 발을 보니 사내아이가 다리싸개를 계속 붙잡고 있었다. 할머니와 주인 남자는 창문에서 그를 멍하니 바라보고 있었다. 예리세이는 잠에서 깨어나 혼잣말로 중얼거렸다.

"내일은 밭과 풀밭을 찾아 주어야지. 그리고 말을 사 준 다음 먹을 밀가루도 사고, 아이들에게 우유를 먹일 젖소도 사 주자. 그렇게 하지 않는다면, 힘들여 바다를 건너 그리스도를 찾아간다 해도 내 안에 있는 그리스도를 잃어버리게 될 것이다. 살기 어려운 사람을 돕도록 하자!"

그러고 나서 예리세이는 아침까지 푹 잤다. 잠에서 깨어나자 그는 부잣집 주인을 찾아갔다. 빌렸던 돈을 갚고 저당 잡혔던 밭을 도로 찾았다. 집으로 돌아가는 길에 낫을 사 가지고 가서, 주인 남자에게 풀밭에 가서 풀을 베라고 했다. 그런 다음 예리세이는 마을 농가를 돌아다니다가 주막집 주인이 수레와 말을 판다는 얘기를 듣고 값을 흥정했다. 먼저 수레 값만 지불한 뒤 짐수레에 밀가루 한 포대를 사서 싣고, 이번에는 젖소를 사러 갔다. 가는 동안 두 명의 소러시아 여인들의 뒤를 따라가게 되었는데, 그 여인들은 열심히 이야기를 하면서 걷고 있었다. 소러시아어로 이야기했지만 예리세이는 알아들을 수가 있었다. 그런데 그들이 하는 얘기가 예리세이 자신에 대한 것이 아닌가.

"처음엔 그가 누군지 전혀 몰랐대요. 그저 순례자거니 했답니다. 물을 얻어 마시러 왔다가, 그냥 눌러앉았다는 거예요. 오늘도 그분이 주막집에서 짐수레와 말을 사 가는 것을 봤어요. 이 세상에 그렇게 착한 사람이 있다니, 우리 그곳에 한번 가 볼까요?"

예리세이는 자기를 칭찬하는 말을 듣고는 젖소 사는 것을 포기하고, 주막으로 돌아가서 말 값을 치렀다. 그리고 수레에 말을 맨 뒤 밀가루를 싣고 집으로 돌아와서 말을 세운 다음 마차에서 내렸다.

그 집 식구들은 말을 보고 깜짝 놀랐다. 자기들을 위해서 말을 샀을 것이라고 짐작은 했지만, 자기네들 입으로 그걸 말할 수는 없는 노릇이었다. 남자는 문을 열고 물었다.

"아니, 이 말은 웬 것입니까?"

"마침 싼 게 있어서 샀다네. 오늘 밤 잘 먹도록 풀을 넉넉하게 넣어 주게. 그리고 이 자루도 좀 내려 주게나."

주인 남자는 말을 풀고, 밀가루 포대를 창고에 갖다 넣었다. 그리고 풀을 한 아름 베어서 구유에 넣어 주었다.

이윽고 밤이 깊어 모두들 잠을 자러 갔다. 예리세이는 집 밖에서 자기로 했다. 저녁 전에 벌써 자기의 짐을 밖에다 내놓았던 것이다.

모두가 잠들자, 예리세이는 자기의 자루를 짊어지고 나막신을 신은 뒤 긴 외투를 걸쳤다. 그리고는 예핌의 뒤를 따라가기 위해 길을 나섰다.

7

예리세이가 5베르스타쯤 갔을 때 날이 밝아왔다. 그는 나무 밑에 앉아 자루를 열고, 남은 돈을 세어 보았다. 17루블 20코페이카가 남아 있었다.

'가만 있자, 이 돈으로는 바다를 건너 긴 여행을 할 수가 없다. 그렇다고 주님의 이름을 팔아 돈을 구걸하기는 싫다. 그러다가 자칫 죄라도 지으면 큰일이야. 예핌이 내 몫까지 촛불을 밝혀 주겠지. 나는 이제 죽기 전에는 성지 순례를 못할 것 같군. 그러나 자비로우신 주님께서는 모든 것을 살펴보시니까 틀림없이 용서해 주실 거야.'

예리세이는 자리에서 일어나 자루를 짊어지고 오던 길을 되돌아갔다. 다만 조금 전의 마을을 지날 때는 누구의 눈에도 띄지 않도록 멀리 돌아서 갔다. 이리하여 얼마 후에 예리세이는 집에 무사히 도착했다.

예루살렘을 향해 떠날 때는 걷기가 무척 힘들어 예핌을 따라가기가 어려웠는데, 돌아올 때는 마치 하느님이 도와주시기라도 하듯 아무리 걸어도 지치지를 않았다. 그는 나들이라도 가는 기분으로 지팡이를 휘두르며 걸었다. 그래도 하루에 70베르스타씩이나 걸을 수 있었다.

예리세이가 집에 도착했을 때, 마침 식구들은 들일을 끝내고 돌아온 참이었다. 집 식구들은 노인이 돌아온 것을 무척 기뻐하며 이것저것 물어왔다. 구경은 잘했는지, 왜 예핌과 헤어지게 됐으며, 왜 목적지까지 가지 않았느냐고 물어왔다. 그러나 예리세이는 별로 자세히 이야기하지 않았다.

"아니, 주님이 인도해 주시지 않았던 것 같아. 가는 도중에 돈을 잃어버리고, 예핌 영감도 놓
처 버렸지. 그래저래 갈 수가 없
었어. 어떻든 내 잘못이니 너무
나무라지는 마라!"

그는 남은 돈을 할멈에게 주었
다. 그리고 예리세이는 집안 형편
을 이것저것 물어보았다. 모든 일
이 순조로웠다. 일은 밀리지 않
고 처리되었으며, 식구들도 화목하게 지내고 있었다.

그날, 예리세이가 돌아왔다는 말을 듣고 예핌의 가족들이 찾
아왔다. 자기네 노인의 소식이 궁금해서 물으러 온 것이다. 예리
세이는 그들에게 다음과 같이 말했다.

"그 노인은 무사히 잘 갔네. 나하고 베드로 축제일 사흘 전에
헤어졌지. 나는 뒤따라갈 생각이었는데 일이 이상하게 되어 돈을
잃어버렸다네. 그래, 돈이 모자랄 것 같아서 그냥 돌아온 거지."

그 말을 듣고 사람들이 깜짝 놀랐다. '그리 어리석지도 않은
성실한 사람이 성지 순례를 떠났다가 중간에 돈을 잃어버리고
돌아오다니, 왜 그렇게 바보짓을 했을까?' 하고 고개를 갸우뚱거
렸다.

그러나 그 일은 차차 잊혀지게 됐다. 예리세이 자신도 잊어버
리고, 다시 일을 시작했다 아들과 함께 겨울을 지낼 땔나무를
장만하고 아낙네들과 같이 밀을 빻기도 했다. 창고에 지붕을 새

로 올리기도 하고, 꿀벌의 월동 준비도 해 주었다. 꿀벌 통나무 열 개는 새로 깐 애벌과 함께 옆집으로 보냈다. 아내는 이미 돈을 받은 통나무에서 애벌을 얼마나 깠는지, 속이려 했다. 그러나 예리세이는 어떤 통이 쓸모없는지, 어떤 통에서 새끼를 깠는지 모두 알고 있었다. 그래서 열 무더기가 아니라 열일곱 무더기를 옆집에 줬다.

가을일이 다 끝나자 예리세이는 아들들을 내보내고, 자기는 줄곧 집에 있으면서 나막신을 만들거나 꿀통으로 쓸 통나무를 파내면서 겨울을 보냈다.

8

예리세이가 아픈 사람이 있는 농가에 들르서 묵던 날, 예핌은 온종일 친구가 오기를 기다렸다. 그는 조금 가다가 길가에 앉아서 한참 기다렸다. 그러다가 깜박 잠이 들었다. 한참 푹 자고 나서 다시 친구를 기다렸지만 오지 않았다. 눈을 크게 뜨고 주위를 보니 벌써 해가 기울어졌다. 그러나 예리세이는 끝내 나타나지 않았다.

'내가 깜박 잠든 새 모르고 그냥 지나친 게 아닐까? 다리가 아파서 남의 짐수레를 얻어 타고 나를 못 본 채 여기를 지나간 게 아닐까? 그렇지만 못 볼 리가 없는데……. 허허 벌판이라 눈앞이 훤한 걸. 내가 다시 되돌아가면 영감이 앞서 가 버려 더 크게 어긋날 수도 있지. 나도 앞으로 가는 것이 좋을 거야. 가다 보면 여인숙에서 만날 수 있을 테니까.'

다음 마을에 이르자, 그는 마을의 반장에게 이러이러한 할아버지가 여기 오면 내가 있는 여인숙으로 안내해 달라고 부탁했다. 그러나 예리세이는 그 여인숙에도 끝내 나타나지 않았다. 예핌은 다시 앞을 향해 길을 떠났다. 만나는 사람마다 이러이러한 대머리 영감을 보지 못했느냐고 물었다. 그러나 보았다는 사람은 아무도 없었다. 예핌은 어처구니없어 하며 혼자서 계속 길을 갔다.

'그래, 오제사 근처에 가면 만나게 될 거야. 아니면 배 안에서 만나든지.'

그는 더 이상 생각하지 않기로 했다.

가는 도중, 한 순례자를 만나 동행이 되었다. 그는 보통의 법복을 입고 법모를 썼으며, 머리를 길게 기르고 있었다. 그는 아토스에 간 적도 있고, 이번이 예루살렘에 두 번째로 가는 길이라고 말했다. 어떤 여인숙에서 만나 여러 가지 이야기를 나누다가 동행이 되었던 것이다.

그들은 오제사까지는 무사히 도착했다. 두 사람은 꼬박 사흘 동안 배를 기다렸다. 순례자들이 세계 곳곳에서 숱하게 모여들어 기다리고 있었다. 거기서 예핌은 다시 예리세이에 대해 물어보았다. 그러나 보았다는 사람이 아무도 없었다.

예핌은 5루블을 내고 외국 여행 허가장을 받았다. 그리고 왕복 뱃삯 20루블을 치른 뒤, 도중에 먹을 빵과 청어를 샀다.

이윽고 배가 짐을 다 싣고 나자 순례자들을 본선으로 옮겨 타게 했다. 예핌도 그 순례자와 함께 탔다.

닻을 끌어올리고 배는 해안을 벗어나 큰 바다로 나갔다. 그날의 항해는 순조롭게 시작되었는데, 저녁때부터 바람이 불기 시작하더니 비가 쏟아졌다. 배는 몹시 흔들리기 시작했고 바닷물이 갑판을 휩쓸었다. 그러자 배 안이 시끄러워지면서 여자들이 큰 소리로 울부짖었고, 남자 중에도 겁이 많은 사람은 허둥거리며 안전한 장소를 찾느라 야단이었다.

예핌도 두렵긴 했지만 겉으로 드러내지는 않았다. 그는 배에 오르자마자 농부들과 함께 마룻바닥에 앉아 있었다. 그리고 그날 밤부터 다음 날까지 앉은 자세 그대로 보냈다. 오직 자기 자루만 움켜쥔 채, 말은 한마디도 하지 않았다. 사흘째가 되자 겨우 폭풍이 멎었다.

닷새째 되는 날, 콘스탄티노플에 도착했다. 어떤 순례자들은 땅으로 올라가, 지금은 터키에 점령되어 있는 성 소피아 대성당을 구경하기도 했다. 그러나 예핌은 땅에 오르지 않고 그대로 배에 남아 있었다. 그저 흰 빵만 조금 샀을 뿐이었다.

만 하루를 항구에 정박한 뒤 다시 넓은 바다로 나갔다. 그리고 스미르나 항과 알렉산드리아 항구에 들렀다가 마침내 야파에 도착했다.

순례자들은 모두 야파에서 내렸다. 여기서 70베르스타쯤 걸으면 예루살렘이었다. 배에서 내릴 때도 아찔한 일이 있었다. 보트가 계속 흔들리고 있어서 조금만 잘못해도 바다 속에 떨어질 위험이 있었다. 두 사람이 물에 빠져 건져내긴 했지만, 어쨌든 무사히 내렸다.

배에서 내리자, 모두들 걸어서 길을 떠났다. 사흘째 되는 날 점심 무렵에 예루살렘에 도착했다. 그들은 변두리에 있는 러시아인 숙소에 여장을 풀고, 여행 허가증 뒷면에 도장을 받았다. 그 다음 식사를 하고 순례자와 둘이서 성지 순례를 떠났다. 제일 중요한 그리스도의 무덤은 아직 허가되지 않았기 때문에 대주교 수도원을 참배했다. 안내하는 사람이 참배자들을 모두 안으로 데리고 들어갔다.

남자와 여자의 자리는 따로 나누어져 있었다. 신을 벗은 뒤 둥글게 둘러앉았다. 그때 한 신부가 수건을 들고 나와서 사람들의 발을 닦아 주기 시작했다. 발을 닦아 준 뒤 입을 맞춰 주었다. 그런 식으로 쭉 한바퀴를 돌았다.

예핌의 발도 닦아 준 다음 입을 맞춰 주었다. 밤 기도와 아침 기도를 드리고, 죽은 부모님을 위해 촛불을 올려 미사를 드렸다. 그때 성찬과 포도주가 나와서 먹고 마셨다.

이튿날 아침 이집트로 갔던 마리아가 목숨을 건졌다는 암자로 가서 촛불을 바치고 기도를 드렸다. 그런 다음 아브라함 수도원으로 갔다. 그곳에서 아브라함이 신을 위해 아들을 찔러 죽이려 했던 사베크의 동산을 보았다. 다음엔 그리스도가 막달라 마리아 앞에 나타났던 성지를 참관하고, 주님의 형제 야곱의 교회에도 가 보았다.

순례자는 여러 곳을 안내하며 여기선 얼마, 저기선 얼마 하고 돈을 얼마 정도 바쳐야 하는지 일일이 가르쳐 주었다.

한낮이 됐을 때 숙소로 돌아와서 식사를 했다. 그리고 막 잠자리에 들려고 준비를 하는데, 한 순례자가 '앗' 하고 놀라며 자기 옷을 여기저기 뒤지기 시작했다.

"지갑을 도둑맞았다. 틀림없이 23루블이 있었는데……. 10루블짜리 두 장하고 잔돈이 3루블……."

순례자는 화가 나서 떠들어 댔지만 어쩔 수 없는 일이었다. 모두들 잠자리에 누웠다.

9

예핌도 자리에 누웠지만, 문득 의심스러운 생각이 들었다.

'저 순례자는 돈을 도둑맞았을 리가 없다. 틀림없이 처음부터 돈을 가지고 있지 않았어. 어느 곳에서도 돈을 바치지 않았으니까. 나한테만 내라고 하고, 자기는 한 번도 낸 적이 없어. 오히려 내 돈 1루블을 빌려갔는데.'

이렇게 생각하면서, 예핌은 자기 자신을 꾸짖었다.

'내가 왜 이렇게 남을 의심하는 거지. 남을 의심하는 것은 죄를 짓는 일이야. 다시는 이런 쓸데없는 생각을 하지 말자.'

마음을 겨우 진정시켰다고 생각했는데, 다시 순례자가 돈에만 관심을 두고 있는 것과, 돈지갑을 도둑맞았다고 요란스럽게 떠들어 대던 모습이 자꾸만 떠올랐다.

'아니야, 돈은 정말 없었어. 사람들을 속이기 위해 지어낸 연극이 분명해.'

저녁때 사람들은 부활 대성당에서 거행되는 미사에 참석했다. 그곳에는 그리스도의 관이 있었다. 순례자는 잠시도 예핌의 곁에서 떠나지 않고 줄곧 따라다녔다.

그들은 성당에 도착했다. 러시아인 외에서 그리스인·아르메니아인·터키인·시리아인, 이렇게 여러 나라에서 순례자들이 모였다. 예핌은 다른 사람들과 함께 안으로 들어갔다. 한 신부가 안내를 해 주고 있었다. 터키 군인이 지키고 있는 옆을 지나서, 그리스도를 십자가에서 내려 기름을 발랐다는 자리에 이르렀다.

그곳에는 커다란 촛불이 아홉 개 켜져 있었다. 신부는 하나하나 설명을 하며 보여 주었다. 예핌은 여기서도 촛불을 바쳤다.

다음에는 안내하는 신부의 인도대로 오른쪽 계

단으로 올라갔다. 그리스도가 못 박힌 십자가가 세워졌던 골고다로 안내되었다. 예핌은 거기서도 잠시 기도를 드렸다.

그리고 예핌은 땅이 지옥까지 갈라져 있다는 자리를 돌아보았고, 그리스도의 손발이 십자가에 못 박혔다는 장소에도 가 보았다. 또한 그리스도의 피가 아담의 뼈를 적시었다는 아담의 관도 보았다.

그 다음엔 그리스도가 가시관을 쓸 때 앉았다는 바위와, 그리스도가 채찍질 당할 때 묶여졌던 기둥도 보았다. 끝으로 그리스도의 발에 채워졌던 구멍이 두 개 뚫린 돌도 보았다.

안내하는 신부는 그 외의 다른 곳도 보여 주려고 했다. 그러나 다른 사람들이 재촉을 하여 그리스도의 무덤이 있는 동굴로 따라갔다. 그곳에서는 지금 다른 교파의 의식이 끝나고, 러시아 정교의 기도식이 막 시작되고 있었다.

예핌은 어떻게 하든지 순례자에게서 떨어지려고 했었다. 줄곧 의혹이 생겼기 때문이다. 그러나 순례자는 좀처럼 곁에서 떨어지지 않았다. 그리스도 관 앞에서 드리는 기도식에도 함께 참석했다. 두 사람은 조금이라도 관 가까이에 서려 했지만, 때가 너무 늦었다. 많은 사람들이 꽉 차 있어서 앞으로 나가지도 못하고 뒤로 물러서지도 못할 형편이었다.

예핌은 가만히 선 채로 앞을 보며 기도를 드렸다. 그러면서도 때때로 지갑에 신경이 쓰여 더듬곤 했다. 예핌은 마음이 두 갈래로 갈라지고 있었다. 하나는 순례자가 자기를 속이고 있다는 생각이고, 또 하나는 만약 정말 도둑맞았다면 제발 자기는 그렇게 되지 않기를 바라는 마음이었다.

10

예핌은 기도를 드렸다. 그는 예수의 관이 있는 회당 앞에서 조금도 움직이지 않은 채, 타고 있는 36개의 성화를 사람들의 머리 너머로 바라보았다. 그때 이상스러운 일이 일어났다! 성화 가 타고 있는 등불 바로 밑 맨 앞자리에, 농부들이 주로 입는 허름한 외투를 입은 몸집 작은 노인이 보였다. 그 노인은 예리세 이를 꼭 닮은 대머리였다.

'아니, 예리세이가 아닌가? 그렇지만 그럴 리가 없어. 저 영감 이 나보다 먼저 여기 왔을 리가 없지. 앞의 배는 일주일 먼저 떠났는데, 저 친구가 나를 앞서 왔을 리가 없어. 또 우리가 탔던 배에도 없었는데. 난 순례자들을 샅샅이 살펴보았으니까.'

예핌이 그런 생각을 하는 동안에 작은 노인은 기도를 시작했 고, 머리를 세 번 숙였다. 한 번은 맞은편의 상단을 향해 절하고, 다음엔 양옆에 있는 러시아 정교 사람들을 향하여 절하는 것이었 다. 노인이 오른쪽으로 얼굴을 돌렸다. 그때 예핌은 분명하게 그 얼굴을 알아보았다.

역시 그랬다. 틀림없는 예리세이였다. 가무스름하고 구불거리는 턱수염, 희끗희끗한 구레나룻, 눈썹, 눈, 코 등 모든 모습이 꼭 예리세이였다. 예리세이 보드료프가 틀림없었다.

예핌은 친구를 찾아서 너무나 기뻤다. 그러나 그가 어떻게 자기보다 먼저 여기에 왔는지 알 수가 없었다.

'이 친구, 보드료프! 어떻게 앞으로 잘도 나갔네 그려! 아마 어떤 재주 있는 사람을 만나 안내를 받았을 게야. 그렇지. 출구에서 저 영감을 만나야지. 법복 입은 순례자를 따돌리고 난 뒤, 이제 저 친구와 함께 다녀야겠군. 그렇게 된다면 아마 나도 앞자리로 갈 수 있을지도 몰라.'

이렇게 생각하며, 예핌은 혹시라도 예리세이를 놓칠까 봐 줄곧 그쪽만 지켜보고 있었다. 드디어 기도식이 끝나고 사람들이 술렁거리기 시작했다. 십자가에 입 맞추기 위해 밀고 당기고 하다가, 예핌은 옆으로 밀려나게 되었다.

그때 그는 갑자기, 잘못하면 지갑을 도둑맞게 될 것 같은 걱정이 와락 생겼다. 예핌은 지갑을 한 손으로 꽉 잡고 사람들이 덜 붐비는 곳으로 헤치고 나갔다.

겨우 덜 복잡한 곳으로 나온 그는 예리세이를 찾기 위해 그 부근을 마구 돌아다녔다. 대성당 안의 이쪽저쪽 암실에는 여러 나라 사람들이 잔뜩 모여 있었다. 그들은 그냥 그 자리에서 도시락도 먹고, 음료를 마시면서 책을 읽기도 했다.

그러나 예리세이의 모습은 어디에서도 보이지 않았다. 예핌은 숙소로 돌아가 보았지만, 그곳에도 예리세이는 없었다. 그날 밤

동행했던 순례자도 돌아오지 않았다. 그는 끝내 1루블을 돌려주지 않고 어디론가 달아나 버린 것이다. 예핌은 졸지에 외톨이가 되어 버렸다.

다음 날, 예핌은 땀보프에서 온 노인과 함께 다시 그리스도의 관에 경배 드리러 갔다. 그 노인은 배 안에서부터 동행했던 사람이었다. 또 앞쪽으로 나가려 했지만, 이번에도 사람들에게 밀려나 버렸다. 그는 기둥 옆에 서서 기도를 드렸다. 문득 앞쪽을 보니까, 이번에도 역시 제일 앞인 성화 밑의 그리스도 관 옆에 예리세이가 서 있었다. 그는 제단 옆에서 신부처럼 두 팔을 벌리고 서 있었는데, 빛을 받은 그의 머리가 더욱 반짝였다.

'좋아, 이번엔 절대 놓치지 말아야지.'

그는 그렇게 생각하며, 사람들을 막 헤치고 앞으로 나갔다. 그러나 겨우 앞자리에 이르고 보니, 벌써 예리세이의 모습은 어디론가 사라지고 보이지 않았다. 그 사이에 돌아간 모양이었다.

셋째 날도 눈에 제일 잘 띄는 그리스도 관 옆의 특별 상좌에 예리세이가 있었다. 그는 두 팔을 벌린 채, 머리 위에 무엇이 보이는 듯 위를 우러러보고 서 있었다. 그의 머리는 여전히 빛을 받아 반짝였다.

'됐어! 이번에야말로 놓치지 말자. 출구에서 지키고 서 있어야지. 거기라면 놓칠 리가 없어.'

예핌은 밖에서 오랫동안 지키고 서 있었다. 반나절을 쭉 서 있었지만, 흩어져 나오는 군중들 속에는 예리세이가 없었다.

예핌은 여섯 주일 동안 베들레헴에 머물며 성지를 두루 돌아봤다. 베들레헴에도 갔고, 베다니와 요단강 등 여러 곳을 순례했다. 또 그리스도 관 옆에서는 새 외투에 도장을 찍어 받기도 했는데, 그것은 대개 죽어서 수의로 입게 되는 것이다. 그 다음엔 요단강의 물을 작은 병에 담기도 하고, 예루살렘의 흙을 퍼서 챙기기도 하고, 성화를 태웠던 초를 얻기도 했다. 여덟 곳에서 연미사에 이름을 써 넣기도 했다. 그렇게 해서 돈을 다 써 버리고 간신히 집으로 돌아갈 노자만 남겼다.

예핌은 귀로에 올랐다. 야파에 도착해서 기선을 타고 오제사까지 왔다. 거기서부터는 집까지 줄곧 걸어갔다.

II

예핌은 순례를 올 때와 꼭 같은 길로 되돌아갔다. 집이 점점 가까워지자, 자기가 집을 비운 사이에 가족들이 어떻게 지내는지 걱정이 되기 시작했다.

'일 년이나 지났으니 많이 변했겠지. 한 집안을 일으키는 데는 평생이 걸리지만, 재산을 없애는 것은 잠깐 동안의 일이야. 내가 집을 비운 사이에 아들 녀석은 집안일을 어떻게 처리했을까? 봄에 농사일은 시작했을까? 겨울 동안 소와 말은 무사히 지냈을까? 내가 시킨 대로 새 집을 다 지었을까?'

한참을 걸어 예핌은 지난해에 예리세이와 헤어진 마을 가까이에 이르렀다. 그 마을 사람들은 지난해와는 전혀 다르게 변해 있었다. 그때는 아주 형편이 어려웠던 사람들이 지금은 모두 여유 있는 생활을 하고 있었다. 밭에는 곡식이 풍성하게 무르익었다. 사람들은 넉넉한 생활을 누리며, 지난해의 어려움을 잊고 있었다.

저녁 무렵, 예핌은 지난해에 예리세이가 물을 얻으러 갔던 마을에 닿았다. 그가 마을에 들어섰을 때, 어떤 집에서 흰 셔츠를 입은 소녀가 달려 나왔다.

"할아버지, 할아버지! 우리 집에서 쉬고 가세요!"

예핌은 그대로 지나쳐 가려 했지만, 소녀가 소매를 붙들면서 생글거리며 마구 집으로 끌었다. 문의 계단에서는 남자애를 데리고 서 있던 여자가 어서 오라고 손짓을 하고 있었다.

"할아버지, 저희 집에 들어오셔서 저녁을 드시고 주무시고 가세요."

예핌은 마지못해 집 안으로 들어갔다.

'이왕 안에 들어왔으니, 예리세이에 대해 물어보자. 그 영감이 그때 물을 얻으러 들른 집이 아마 여기쯤 될 텐데.'

예핌이 방 안에 들어서니까, 여자는 그가 어깨에 메고 있던 자루를 내려 주었다. 그러고 나서 몸 씻을 물까지 떠다 주었고, 식탁으로 안내했다. 우유와 보리단지를 내놓고 식탁 위에 죽을 올려놓았다. 예핌은 그 가족들이 순례자에게 이렇게 친절히 대해 주는 것이 무척 고마웠다. 그래서 감사의 인사를 하며 칭찬하자, 여자가 머리를 가로저으며 말했다.

"우리는 순례하시는 분들을 친절히 대접할 수밖에 없답니다. 어떤 순례자 덕분에 참되게 사는 법을 배웠으니까요. 예전에 우리는 하느님을 잊고 제멋대로 살았답니다. 하느님은 우리에게 벌을 내려, 우리는 거의 다 죽을 지경이 되었지요. 끝내 지난해 여름엔 식구들 모두가 병에 걸리고, 먹을 것도 다 떨어지고 말았답니다. 만약 그때 하느님께서 손님과 비슷한 할아버지를 우리 집에 보내 주시지 않았다면, 우리는 벌써 오래전에 죽었을 거예요. 그분은 한낮에 물을 얻어 마시러 들어오셨다가, 그때 우리들을 보시고 불쌍히 여겨 그대로 우리 집에 머물렀지요. 병들고 굶주려 쓰러져 있는 우리들에게 마실 것과 먹을 것을 주셨고, 건강도 되찾게 해 주셨습니다. 또 논밭을 찾아 주셨고, 짐수레와 말까지도 사 주셨지요. 그 뒤 그분은 아무 말 없이 떠나 버리고 말았답니다."

그때 할머니가 들어오며 여자가 하는 말을 가로챘다.

"우리 자신도 그분이 사람이었는지, 천사였는지 알 수가 없습니다. 우리 식구들을 무척 사랑했고 불쌍히 여겼는데, 아무 말도 없이 떠나 버렸지요. 그분의 이름조차 모르니, 누굴 위해 하느님께 기도드릴지 모르겠군요. 지금도 눈앞에 보이는 듯합니다. 나는 쓰러져 죽을 때만 기다리고 있었어요. 그런데 갑자기, 별로 특이하지도 않은 대머리 할아버지가 물을 얻으러 들어왔어요.

그때도 이 죄 많은 늙은이는, 누가 집에 들어와서 어물거리나 하고 생각했지요. 그런데 그분은 방금 말했던 그런 일을 해 주셨던 것입니다! 우리들을 보자 서슴지 않고 등에 짊어졌던 자루를 내려놓았어요. 바로 이 자리예요. 바로 이 자리에다 놓고 자루의 끈을 풀었답니다."

그러니까 소녀도 끼어들었다.

"아니에요, 할머니. 처음엔 자루를 방 복판에 내려놓았다가, 다시 걸상 위에 올려놓았어요."

이렇게 그들은 서로 다투어 가며, 그 노인이 한 말과 한 일들을 자세히 이야기해 주었다. 어디에 앉았고 어디에서 잤고, 무슨 일을 어떻게 했고 누구에게 어떤 말을 했다는 것을, 그들은 끝도 없이 들려주었다.

밤이 되자 주인 남자가 말을 타고 돌아왔다. 그도 역시 예리세이에 대해 이야기했다. 예리세이가 자기 집에 있는 동안, 어떻게 도와주며 지냈는지 들려주기 시작했다.

"만약 그분이 오시지 않았다면 우리는 모두 죄를 지은 채 죽었을 것입니다. 우리는 절망에 빠져 하느님과 사람들을 원망하며 죽을 때만 기다리고 있었거든요. 그런데 그분이 오셔서 우리를 살려 주셨습니다. 그래서 이제는 하느님도 알게 됐고, 친절한 사람을 알게 되었지요. 하늘에 계신 우리 아버지, 부디 그분을 보호하여 주소서! 예전엔 짐승과 다를 바 없이 살았는데, 그분이 우리를 사람답게 만들어 주었으니까요."

그들은 예픔에게 먹을 것과 마실 것을 대접한 다음, 잠자리를 마련해 주었다. 그 다음에 그들도 자러 갔다.

예픔은 자리에 누웠지만, 좀처럼 잠이 오지 않았다. 예리세이의 일과 예루살렘에서 세 번씩이나 예리세이를 앞자리에서 본 일이 머리에서 사라지지 않았다.

'그렇다. 예리세이는 여기서 나를 앞질렀구나……. 내 예배를 하느님께서 받아들이셨는지는 모를 일이지만, 그 친구의 간구는 하느님께서 받아들이신 것이 틀림없다.'

다음 날 아침, 그 집 식구들은 예픔에게 작별의 인사를 하곤 가는 도중 먹을 고기만두를 그의 자루 속에 넣어 주었다. 그리고 일터로 나갔다.

예픔은 다시 집을 향해 길을 떠났다.

12

예픔은 꼭 일 년만인 봄에 집으로 돌아왔다. 집에 당도한 것은 저녁때였다. 아들은 집에 없었다. 술집에 있었던 것이다. 늦게야 아들은 술이 잔뜩 취해서 돌아왔다. 예픔은 아들에게 여러 가지 일을 물어보았다. 그가 집에 없는 동안에 아들이 쓸데없이 돈을 낭비했다는 것을 금방 알 수 있었다. 예픔은 아들을 꾸짖었다. 그러자 아들도 말대꾸를 했다.

"아버지께서 집을 떠나지 않았으면 좋았을 것 아닙니까. 아버지는 돈을 잔뜩 가지고 성지 순례를 갔잖아요. 나는 조금밖에 쓰지 않았는데……."

노인은 화가 나서 아들을 마구 때렸다.

다음 날 아침, 예핌 타라스이치는 아들의 일로 마을의 반장에게 의논하러 가는 도중에 예리세이의 집 앞을 지나게 되었다. 그때 예리세이의 아내가 문 앞 계단에 서서 인사를 했다.

"안녕하세요 영감님, 무사히 돌아오셨군요!"

예핌은 걸음을 멈추고 말했다.

"걱정해 주신 덕택입니다. 가는 도중에 예리세이와 헤어졌는데, 먼저 돌아와 있다면서요?"

그러자 좀 수다스러운 편인 할머니가 이야기를 늘어놓았다.

"벌써 오래전에 돌아오신 걸요, 영감님. 성모승천제가 지난 뒤 바로 왔답니다. 하느님께서 돌봐 주셔서 무사히 돌아왔지요. 그래서 온 식구가 아주 기뻐했어요. 그분이 계시지 않으면 집안이 허전하답니다. 이젠 나이가 많아서 큰일은 못하지만, 그래도 한 집안의 가장이니 모두들 의지하는 거지요. 글쎄, 아들이 얼마나 반기는지, 원! 아버지가 계시지 않을 땐 눈빛까지 꺼지는 것 같다면서 말입니다. 그분이 집에 없으면 정말 허전해요. 우리 식구들은 모두 그를 의지하고 소중하게 생각한답니다."

"그럼, 지금 집에 계신가요?"

"계세요, 영감님. 꿀벌집의 애벌을 나누고 있지요. 금년에 깐 애벌은 정말 아주 좋은 것이라는군요. 모든 것이 하느님의 보살핌이지요. 그이도 그렇게 기운 좋은 벌은 처음 봤다고 했어요. 우리가 죄를 짓지 않고 사니까 하느님께서 돌봐 주시나 봐요. 영감님, 어서 들어오세요. 무척 반가워하실 겁니다."

예핌은 복도를 통해서 뒷문으로 나가, 예리세이가 있는 꿀벌 집으로 갔다. 꿀벌 집에서 예리세이는 그물도 쓰지 않고 장갑도 끼지 않은 채, 긴 회색 외투를 입고 자작나무 밑에 서서 두 팔을 벌리고 하늘을 쳐다보고 있었다. 그 머리 위에서는 역시 예루살렘에서 볼 때처럼 자작나무 잎 사이로 햇빛이 들어 타는 듯이 빛을 발하고 있었다. 그리고 머리 둘레에는 금빛 꿀벌이 관처럼 동그라미를 그리며 날고 있었지만 쏘지는 않았다.

예리세이의 아내가 그를 불렀다.

"예핌 영감님이 오셨어요."

예리세이는 뒤를 돌아다보면서 반가워하며 친구에게로 달려왔다. 턱수염 속에 기어든 꿀벌을 살며시 집어내면서 말했다.

"어서 오게. 그래, 잘 다녀왔나?"

"잘 갔다 왔지. 자네한테 주려고 요단강물을 가지고 왔네. 이따가 우리 집에서 가져가게. 그런데 하느님께서 내 예배를 받아 주셨는지……."

"어쨌든 기쁜 일이야. 하느님, 자비를 베푸소서!"

예핌은 한참 동안 입을 다물고 있다가 말했다.

"그런데 몸은 갔다 왔지만, 아무래도 영혼은 모르겠어. 그보다도 누군가 딴사람이 갔다 왔는지도 모를 일이야."

"어떤 일이든 다 하느님의 뜻이지. 예핌 영감, 하느님의 뜻이야."

"돌아오는 길에 자네가 물 마시러 갔던 집엘 들렀었네."

예리세이는 그 이야기가 나오자 깜짝 놀라며 손을 휘저었다.

"모든 일들이 하느님의 뜻이야. 예핌 영감, 하느님의 뜻이고말고. 아무렴! 자, 그러지 말고 어서 안으로 들어가세. 내가 꿀을 가지고 갈 테니까……."

예리세이는 살림살이 이야기로 말을 바꾸면서, 그 이야기를 더 이상 못하게 했다.

예핌은 한숨을 길게 내쉬었다. 그리고 그 농가에서 들은 이야기나 예루살렘에서 본 사실에 대해선 한마디도 말하지 않았다.

예핌은 깨달음을 얻었던 것이다. 하느님께서 원하시는 것은, 이 세상에서 살아 있는 동안에 한 사람 한 사람이 자기에게 맡겨진 의무를 사랑과 선행으로써 다하지 않으면 안 된다는 것을……. 바로 그것이 우리를 이 땅에 보내신 하느님의 뜻이라는 것을…….

사람은 무엇으로 사는가

1판 1쇄 인쇄 | 2021년 04월 15일
1판 1쇄 발행 | 2021년 04월 20일

지은이 | 레프 니콜라예비치 톨스토이
옮긴이 | 김시오
펴낸이 | 윤옥임
펴낸곳 | 브라운힐

서울시 마포구 신수동 219
대표전화 (02)713-6523, **팩스** (02)3272-9702
등록 제 10-2428호

© 2021 by Brown Hill Publishing Co. 2021, Printed in Korea

ISBN 979-11-5825-097-3 00890
값 13,500원